向我开枪

张宝瑞　著

中国工人出版社

目　录

第一章　洞房受命

公安人员肖克和夏一琼的婚礼在国庆节举行，这是 1968 年的秋天。

北京城昨夜下了一夜淅淅沥沥的小雨，给那些带有金黄色彩的树木增添了不少清鲜。那些历朝历代留下的红墙绿瓦更加鲜艳夺目，古朴中增加了一些湿润和清丽。

30 岁的肖克一直憨厚地笑着，蓝色的中山装皱皱巴巴的，沾着一些油渍和酒痕。新娘夏一琼比他大两岁，但是显得年轻娇艳。她皮肤白皙，微呈弧形的高鼻梁，红艳艳的樱桃小嘴，两只湛黑的杏核眼，秋波闪烁，娴雅生动，气质夺人。她的前夫——苏联航母科学家瓦西里一年前被梅花党人杀害后，她一度陷入绝望之中，后来在破案中结识了肖克，被肖克的坦诚和勇敢所感动，又坠入爱河，终于有了这幸福结合的时刻。

婚礼显得简朴，一共有 5 桌酒席，除了部领导小组办公室的一位副主任，其他都是肖克的战友和同事。凌雨琦穿梭在几个酒桌之间，给他们照相；朱江当主持，龙飞没有来，他去南方办案了。肖克和夏一琼在北京没有亲戚，所以没有太多的礼数。在当时的时代背景下，也没有按照旧风俗行事，吃过晚宴后，宾客散去，肖克牵着夏一琼的手，进入他们居住的单元楼 5 楼，来到自己的房间。

此时天色已晚，夜幕降临。

这个两室一厅的房间是部里为他们分配的新房，经过简单的装修，整齐干净，优雅舒适。客厅电视柜上摆着一个黑白电视机，对面是一个长沙发，沙发侧墙上挂着一幅高 1 米、宽 1 尺多的镜框，框内镶嵌着毛主席在北戴河站立的照片。南侧有两个书架，书架上摆有《毛泽东选集》《毛主席论公安工作》等书籍。厨房旁边有个工作间，房内有办公桌、木椅和两个文件柜，其中一个文件柜上立有一尊毛主席挥手的石膏像。文件柜的对面是一架旧钢琴，被女主人擦得锃亮，光可鉴人。卧室内的双人木床上带有蓝色杭绣的床罩非常醒目，床头柜上有一个带有花纹灯伞的台灯和一部电话机。双人床的对面是一个大衣柜，旁边有个五屉柜。

夏一琼把肖克扶到床沿坐下来，然后拉上褐色的窗帘，她飞快地吻了一下肖克，朝他嫣然一笑，说："我去洗个澡。"然后走进浴室。

肖克喝得有点儿多了，满脸通红，洋溢着幸福的光彩。他脱下中山服，又脱下皮鞋，换上拖鞋，斜倚在床边，月光落在对面墙上他和夏一琼的结婚照片上。照片上的肖克梳着分头，夏一琼梳着整齐的短发，两个人由衷地微笑。肖克越看越朦胧，自己只有初中学历，娶了这么一个有大学本科学历的漂亮女人做妻子，真是不知哪辈子修来的福气。

夏一琼洗浴后走出浴室，换上了一件饰有浅色花纹的白睡袍。她笑盈盈地走来，宛似贵妃出浴，仙女下凡。

肖克站了起来，不由自主地迎上去，拥住了她。顿时香气扑鼻，他有些不能自持。

夏一琼轻轻地推开他，柔声说："你也去洗个澡，我等你……"

肖克恋恋不舍地离开她，向浴室走去。

浴室内弥漫着水汽，薄荷的香气融化在水汽之中。

肖克小心翼翼地褪尽衣物，望了望自己黑黝黝的身体，然后拧开开关，任凭一股暖暖的急流喷泻到自己的头上、身上。

肖克洗得很认真——把半瓶浴液都用光了，等他用手巾擦干身体后，才发现一个木凳上摆放着一件深蓝色的睡袍，这是夏一琼专门为他准备的。

肖克穿上睡袍，走出浴室，远远看到夏一琼躺在床上，正惬意地望着墙上的结婚照，脸上喜气洋溢。

肖克涌起一阵激动，快步走入卧室，扑到床上。

夏一琼紧紧地拥住他，用粉红色的脸颊贴住他的脸。

肖克觉得身体的每一个部位都充满了快感，他紧张得不敢大口喘气，眼睛微微闭着，尽情贪婪地吸吮夏一琼身上的香气。

夏一琼是七机部一个研究机构的医生，20世纪50年代结识了苏联到中国援建的航母专家瓦西里，两个人一见钟情，共涉爱河，很快结为夫妻。中苏关系破裂，大批苏联专家撤回苏联，瓦西里为了爱情，毅然留在了中国。但是他又留恋祖国，始终不肯把核动力航母的最新研究成果交给中国政府。为了争取瓦西里，中共党组织发展夏一琼为中共党员，以引导瓦西里放弃此做法。各国情报机构都在寻找瓦西里和他的研究成果。当时瓦西里夫妇秘密居住在东城一个四合院里，可谓险象环生。“反右”开始，夏一琼由于给党支部提意见，被打成右派，放逐到福建省屏南县仙山农场劳动改造，瓦西里也到这个农场陪伴她度过痛苦和寂寞的岁月。各路特工又汇聚屏南，制造了多起事件，黑湖遇冷枪袭击，鸳鸯溪乱石滚下险些丢命，这些让瓦西里夫妇惊骇不已。后来周恩来总理特别批示，安排他们夫妇到北京东城土地庙下坡5号一个四合院居住，不幸的是瓦西里被梅花党头子白薇杀害，但是瓦西里的研究成果藏匿何处一直是一个谜，各方苦苦寻觅都无果，连夏一琼也不知晓。公安部派以龙飞为首的工作组进驻这个神秘的四合院，寻找蛛丝马迹，各路特工也频频光顾。

肖克在蹲守四合院的岁月里，和夏一琼建立了感情。他被对方的正直、娴雅所吸引，夏一琼也喜欢他的憨直、勇敢、坦率和真挚，她觉得自己在失去瓦西里之后，找到了慰藉，新的生活开始了。龙飞在翻阅瓦西里的俄文日记中见到一则题目为“抬头见喜”的日记，从中得到启示。他看到瓦西里书房窗外是一棵老槐树，茂密的树叶中有一个喜鹊窝。龙飞爬上十几米高的老槐树，摸到那个喜鹊窝，从窝里摸出一个木匣，打开木匣，发现正是千寻百觅的瓦西里核动力航空母舰的最新研究论文。

肖克和夏一琼热恋后，始终不敢和她有身体上的亲密接触。在他的眼里，她就是天仙，就是公主，她的气质、风韵，使他一直不敢直视。肖克出身在一个工人家庭，夏一琼出身书香门第、官宦之家，又是医学院毕业，文化差距比较悬殊，形象上肖克更是差得很远。

两人紧紧相拥了片刻，夏一琼用芳唇贴住肖克的脸颊，柔声说：“大骆驼，喜欢我吗？……”

肖克睁开眼睛，点点头，说：“喜欢……”

夏一琼将脸侧向一边：“不在乎我以前的经历吧？……”

肖克连忙说：“不在乎，你是我的爱人……”

夏一琼涌出泪水，飞快地脱掉肖克的睡袍，然后褪掉自己的，露出精赤条条的胴体……

肖克惊呆了，这简直是一幅精雕玉琢的艺术品，洁白无瑕，玉润玲珑，只有在西方艺术大师笔下的油画里才能见到。

夏一琼微微笑着，显得有些羞涩，她爬起身来，想去关掉床头柜上的台灯。

肖克轻轻地牵住了她的手，小声说：“不要关灯，我想好好地欣赏你……”

夏一琼平躺在柔软的席梦思床上，像一尾白鱼。

肖克聚精会神地欣赏着……

这时，床头柜上的电话响了。

这铃声打破了屋里的寂静。

肖克飞快地拿过电话。

对方是公安部办公厅的值班干部，他对肖克说：“是肖克同志吗？”

肖克回答：“我是肖克。”

“龙飞在普陀山失踪了，部长让你马上来部长办公室，有紧急任务！……”

公安部办公室里，李部长吸着香烟在屋内来回踱步。

肖克和凌雨琦坐在旁边的沙发上，洗耳恭听。

李部长面色沉重，缓缓地说：“最近发现在浙江普陀山有敌台活动，部里派龙飞前去指导侦破。几日前龙飞前往宁波，会同浙江省公安厅的两位同志去了普陀山，住在普济寺旁边的烟波旅馆。两天前的晚上，龙飞独自外出，临行前说要去佛顶山上的慧济寺，一宿没有回来，省公安厅的两位同志找遍全寺，也没有龙飞的踪迹，至今消息全无。省公安厅的电台探测车在普陀山侦察了几天，也没有找到蛛丝马迹，这些天敌台停止了活动。”

李部长将烟头掐灭在烟灰缸里，又点燃了一根中华香烟，烟圈在空间游走。他接着说：“最近我们得到情报说，梅花党派出得力干员会聚东南沿海的舟山群岛，目标是我方刚刚研制成功试水的‘099号’导弹巡洋舰。普陀山离鲨鱼岛、梅花岛一带不远，这种在普陀山一带发现的敌方电波一定和‘099号’导弹驱逐舰有关联。龙飞几日未归，恐怕遭遇了不测……”李部长说到这里，欲言又止。

凌雨琦听到此处，眼泪不禁涌了出来。她的心一直怦怦地跳得厉害。龙飞是她的老上级，又是她一直暗恋的英雄人物，从见到他的那一刻起，她就爱上了他。早在她在公安学校上学时，龙飞的名字就如雷贯耳。龙飞被誉为“中共第一神探”，他英俊、潇洒、博学、机智，20世纪40年代毕业于南京中央大学新闻系，那时就是中共地下工作者。为了探听梅花党的内幕，他藏匿于同班女生、梅花党主席白敬斋的二女儿白薇的轿车里，来到南京紫金山梅花党总部。当时梅花党首领正在前厅开会，布置潜伏撤退事宜。为了拿到梅花党潜伏人员名单，中共地下党员、白薇的丫鬟翠屏在后院放了火，引走敌特，龙飞则孤身潜入前厅白敬斋坐椅之下的地穴，在地穴的墙壁上摘下梅花图画作，从底轴里抽出梅花党潜伏人员名单。没想到名单涂有磷料，遇到空气即燃，化为灰烬。此时外面枪声大作，龙飞钻入画后地洞，来到后山。中共南京地下党负责人柯原率领的游击队在此接应，龙飞乘坐一辆吉普车奔向苏北解放区，后面传来激烈的枪声和爆炸声。南京解放后，他和华东野战军首长一同来到紫金山半山腰那一排白色小楼（南京紫金山梅花党总部）前，只见那里已被炸成一片废墟，残墙颓壁，面目皆非。

白薇不见踪迹。

梅花党主席白敬斋、副主席黄飞虎等一干匪徒也如鸟兽散。

翠屏随同柯原等人也从此下落不明。

梅花党成立于1948年，是蒋介石为了战略退却，取代中统、军统专门潜伏大陆和世界各地的一个新型严密的特务组织，直接领导人便是蒋氏父子。将此组织命名为梅花党，一则是梅花开在凄冷的冬天——遥知不是雪，为有暗香来，有坚韧坚忍之意；二则是国民党党徽即是梅花造型。梅花党主席白敬斋是蒋介石谋士，中统出身，浙江人；副主席黄飞虎是行伍出身，军统少将，山东人。白、黄各成体系，互有矛盾，互相牵制。白敬斋有3个如花似玉、各怀绝技的女儿，长女名白蔷，次女名白薇，小女名白蕾。黄飞虎有两个多情妩媚、风韵十足的女儿，长女名黄栌，次女名黄妃，这5个小姐号称梅花党的5朵梅花，是联络员。白敬斋的妻子名梦韵，是白蔷的生母，正在台湾出家为尼。大姨太蔡若媚，原是军统少将，是白薇的生母，已被我方击毙。二姨太王璇是白蕾的生母，几年前被白薇害死。黄飞虎的大姨太名林蔷薇，山东临沂美人，是黄栌的生母。二姨太林莺晓，是黄妃的生母，新中国成立后长期隐居在北京朝内大街的一个杂院，嫁给残疾军官为妻，潜伏下来，制造在教堂自缢而死的假象，后来企图刺杀1965年返回祖国大陆的原国民党上将李正人，被我方侦破击毙。黄飞虎还有个三姨太桥本阿菊，是日本人，日本阿菊特工组织骨干，是黄飞虎担任国民党政府驻日本大使馆武官时，在东京银座舞会上相识的；解放后她长期潜伏长春，与一个车夫结婚，以后藏身在北京东城粮钱胡同13号凶宅、梅花党秘密据点地穴中，由于顽抗被我方击毙。她和黄飞虎相交生下的私生女稻春阿菊在日本北海道长大成人后，参与破坏我国建设的阴谋行动，被我方击毙。

梅花党人一般是单线联系，多是沉鱼落雁之貌的美丽年轻女子，每个人身上都有梅花文身，或在肚脐、臀部、乳沟、背部，或在腋窝、脚心、手掌、阴部，只要用美国中央情报局研制的一种秘密药水轻轻涂抹，小巧精致的梅花文身便会浮现。有的成员在旗袍上缀有梅花图案、皮包上缀有梅花纹饰，或者戴有梅花徽章等。梅花党人的接头信物是饰有金色梅花的绣花鞋，最高接头信物是白敬斋的大姨太蔡若媚亲手绣的一双绣花鞋，其中一只在白薇手里，另一只则在打入我反谍机关的副部级干部叶枫手里，叶枫后被我方击毙。梅花图正图消失后，还有一幅幅图不知所终，其实它就藏在白薇的皮肤上，只要将美国中央情报局秘密研制的那种药水涂抹在白薇的身体上，就会显现出来，这种药水一度掌握在叶枫手中。只要两只特定的绣花鞋相遇，又能说出暗语，便能接上头。

白敬斋有个管家叫金老歪，在香港开赌馆。黄飞虎有个副官叫老雕，在江湖上飘浮不定，来去匆匆。黄飞虎的大女儿黄栌以归国华侨的身份在大连市潜伏，白蕾因为与她争夺核潜艇图纸，在老虎滩公园将她杀害，并造成奸杀的假象，由此黄家与白家结怨更深。黄栌曾经在1950年至1959年在东南亚金三角地区担任梅花党特工培训班教务长，每年负责培训20名高级特工，其中10名女特工、10名男特工。这些人受训两年，毕业后奔赴世界各地。

这5朵梅花的背景各有不同，白蔷的背景是美国中央情报局。白薇新中国成立后长期潜伏在大陆，是梅花党中国大陆地区的负责人。她潜伏在山西五台山台怀镇，与一个柯姓教师结婚，“反右”时，她伪装跳河自杀，躲进五台山出家为尼，蓄机再起。蒋介石在1963年叫嚣反攻大陆，白薇率领大陆潜伏特工暗杀中共干部、炸毁著名桥梁、盗取机密文件、积极发展党员。在与叶枫接头时被我公安人员围捕，裸身驾车西逃。被龙飞追至一处悬崖，无处可逃，跳崖而去。她落在一棵老树上，被一个看林人救了。这个看林人是地主出身，对共产党怀有刻骨仇恨。他精心照料重伤的白薇，使她痊愈。为了感激和利用看林人，白薇与他同居。后来看林人帮助她逃出老林，为了灭口，白薇将那个看林人杀害，游走江湖，兴风作浪。

凌雨琦的父亲是老红军，军衔中将，现任总参顾问。她从小崇拜英雄人物，遇到龙飞，暗生情愫。在龙飞的精心培养下，她进步很快。因为当时龙飞有妻子南云，夫妻恩爱，患难与共，龙飞只把她当作小妹妹小心呵护。凌雨琦聪明善良，只好和龙飞保持一定距离，把爱深埋心底，但是龙飞的身影总在梦中浮现。去年南云英勇牺牲，凌雨琦失去这么一位可亲可敬的同事和战友，深感悲痛。以后，她对龙飞的爱欲又浮现出来，盼望着能成为他的妻子，成为他形影不离的生活和工作的伴侣。可是她不敢向龙飞表达，因为她深知龙飞对妻子南云的爱有多么深沉，没有重新组成家庭的热望。每当她在办公室和龙飞的视线相遇，看到龙飞眼角又增添几丝皱纹时，她的满腹倾吐又被压了回去。

她太爱龙飞了。

可是龙飞是不是也这样爱自己呢？

她百思不得其解。

从龙飞的目光里，她看到的是由衷的微笑，至少龙飞不讨厌这个比他小15岁的小妹妹。

肖克这时眼睛已经泛红，心底就像冰窖，冷飕飕的。龙飞是他的上级和战友，多少次他们彻夜长谈，把盏高歌。早在大连市公安局一起工作时，龙飞这位良师益友，就总是娓娓地同他讲古今中外的精典破案故事。他在和白堤分手深深陷入失恋的痛苦旋涡中时，龙飞带他来到颐和园昆明湖划船谈心，给他讲宇宙史、天体史、生物史和人类社会发展史，讲“山重水复疑无路，柳暗花明又一村”，让他转移注意力，摆脱痛苦。龙飞比他大 9 岁，就像老大哥一样，关心他，爱护他，培养他，教他学会如何做一个合格的特工人员。

如今龙飞下落不明，怎么能不牵动肖克的神经呢？新婚的喜悦云消雾散了，肖克眉头紧皱。

李部长最后说：“今天夜里你们就坐飞机飞往宁波，然后乘船去普陀山普济寺旁的烟波旅馆，与省公安厅的同志会合，迅速展开破案工作，查找龙飞同志的下落，破获敌特电台，掌握敌特的阴谋，将敌特一网打尽！……”

肖克和凌雨琦来到普陀山普济寺旁边的烟波旅馆时，已经是次日上午 10 时多了。浙江省公安厅的公安人员绩东和周楠与他们见了面。

绩东今年 26 岁，是侦察处副处长；周楠 23 岁，是一个女公安人员。

绩东向肖克和凌雨琦介绍了有关情况，肖克和凌雨琦一边认真地听，一边迅速在本上记录着。

普陀山和五台山、峨眉山、九华山并称为中国四大佛教名山，这四大名山各自尊崇一位菩萨，五台尊文殊，峨眉尊普贤，九华尊地藏，普陀则为观音道场。普陀山名得自佛经，佛经中记载，普陀洛伽山是观音菩萨说法道场。普陀作为佛教名山始自宋代，独尊禅宗，代有兴衰。元代书法家赵松雪有诗云：

缥缈云飞海上山，挂帆三日上潺湲。

两宫福德齐千佛，一道恩光照百蛮。
涧草岩花多瑞气，石林水府隔尘寰。
鲰生小技真荣遇，何幸凡身到此间。

由于龙飞临行前曾说过去佛顶山，因此肖克和凌雨琦在听完绩东的介绍后，匆匆吃了面条，奔往佛顶山。

普陀山山峦叠翠，奇洞怪石，古木参天，琼楼玉宇，巍峨殿堂，悬峙于大海之中，海上列岛斑斑点点，星罗棋布。

一路上凌雨琦都在听肖克讲述普陀山的来历，肖克说："普陀山位于浙江省东部海中，是舟山群岛中的一个岛，岛呈菱形，以西北部的佛顶山为最高。普陀山有普济寺、法雨寺和慧济寺三大名寺，普济寺也称前寺，在唐五代后梁时期就有遗迹。法雨寺也称后寺，开创于明代万历八年（1580 年），这一年麻城僧人大智真融从西蜀来到此山，结茅居住，布法讲经。慧济寺在佛顶山上，又名佛顶山寺。明代僧人圆慧在榛莽之间发现石上刻有'慧济禅林'四字，于是在此创立慧济庵。清朝康熙年间，圆慧禅师的八世徒子普顺重建庵院，其后兴废无常。以后禅宗临济派正宗能积禅师偶然来到此地，扩庵为寺，声名远播。"

凌雨琦说："肖克，你怎么知道这么多？"

肖克笑了笑，说："你没看见我在飞机上捧着一本小册子？那是有关普陀山的介绍。普陀山历史悠久，早在 4000 年前此处便有人居住。秦代有个叫安期生的文人，因避战乱来到此山修炼。唐宣宗年间，有个印度僧人来到此山，他在洞中燔尽十指，亲睹观音，从此这里便成为观音菩萨的说法道场。宋神宗元丰三年（1080 年），王舜封奉皇命出使朝鲜，到普陀山时遇到风浪。他叩头祈祷观世音保祐，果然风平浪静，顺利出访。回京后他把这件事禀告宋神宗，神宗由此赐名此山为宝陀，敕建宝陀寺，尊奉观世音，普陀山自此香火大盛。元代对普陀山多有赐给，元统二年（1334 年），普陀山曾经接受王臣赐银修建了多宝塔。明代佛教大兴于世，万历三十二年（1604年），普陀山主刹圆通宝殿奉皇帝之命修建。清代康熙年间，康熙皇帝下令修建普济、法雨两个寺院。普陀山香火最旺时有僧人3000多名。近年来由于‘破四旧’，僧人大减，香火也随之弱了。”

肖克和凌雨琦来到佛顶山上时，天色已晚，慧济寺掩映在一片竹林之中，显得清幽秀丽，周围有碧海环绕，涛声阵阵，如身临仙境。东南方是白华顶，上有做海上船标的天灯。

寺门洞开，肖克和凌雨琦走进寺院，正遇到一个小僧在走快步，肖克上前问：“住持在哪里？”

小僧打量着二人，问：“找住持做什么？”

肖克回答：“我们是公安部的，找住持有重要的事情。”

小僧引二人穿过天王殿、大雄宝殿，来到后院的方丈室。走进屋内，只见桌前坐有一个老僧，正在翻阅经书。

肖克正要说话，老僧已站起身来，揖首道：“阿弥陀佛。”

肖克递上介绍信，说明来意。

老僧请二人坐下，让小僧去倒茶水。

他缓缓地说：“前几日来过一个40来岁的男人，行为诡秘，像是远道而来，风尘仆仆，他对每个殿堂都看得十分仔细。”

肖克请老僧形容那个男人模样，老僧缓缓说道：“国字脸，英气逼人，身材高大，气宇轩昂，讲一口普通话。”

肖克思忖：定是龙飞。

凌雨琦急急地问：“他是上午还是下午来到寺院的？”

老僧回答：“也是这个时辰。”

“什么时候走的？”肖克问。

“在寺院待了有半个时辰，从后门出去的。”

“后门在哪里？”

老僧领二人穿过藏经阁，来到西北一个紧闭的角门前。老僧打开角门，外面是一片松林，夜色朦胧，云遮雾绕，路径不辨。

肖克问："寺院后面还有什么建筑吗？"

老僧指着远处说："沿着这条小路，走一里多地，有个绿梅庵。庵内住有几个尼姑，你们可到那庵中看一看。那个男客也可能去了绿梅庵。"

肖克和凌雨琦趁着月色，深一脚浅一脚地摸索着前往，仿佛穿梭在云雾之中。

周围弥漫着树叶的湿气，走了约莫1里地，果然看到一个精致小巧的庵院，朱门紧闭，上书"绿梅庵"3个隶书题额。两侧围墙有竹林掩映，门口左侧有一株高大的普陀枥树。

肖克上前叩门，不一会儿，寺门开了一道缝儿，伸出亮闪闪的光头，一个秀丽的年轻尼姑说："天色已晚，闲人免进，僧人们该歇息了。"

肖克递过介绍信，说明来意。

小尼姑看了看信，说："你们先在这里等一会儿，我去禀报住持。"说完，关上庵门，只听见远去的脚步声。

一忽儿，庵门开了，一个30多岁的尼姑和小尼姑现于门前。

"公安同志，辛苦了，快进屋坐。"

这是一个小跨院，穿过上斋堂、佛堂，来到后院的厢房，房内烛光摇曳，布置整洁；外屋算是个客厅，一个木桌，几把木椅，桌前壁上有一幅"达摩面壁"的轴画，里屋是卧房。

尼姑请肖克、凌雨琦在木椅上坐了，让小尼姑上香茶，她坐在对面的一个瓷凳上。

肖克问："师父怎么称呼？"

尼姑回答："就叫我妙玉法师吧。"

只见她眼睛清澈如水，略有些黑的脸蛋透出灵秀之气，身穿褐色长袍，端坐如钟，说话有条不紊。

肖克说："妙玉法师，前几日晚上可有一个 40 来岁的男人来过此地？"

妙玉回答："我们绿梅庵是个小庵，只有 4 个尼姑，平时专心念经求佛，不对外开放。这里从来不接待外人，没有见过你所说的宾客。"

凌雨琦说："刚才我们去慧济寺，听住持说，几日前的晚上，有个男人从寺院后门出来，好像到这里来了。"

妙玉淡淡地说："可是我们并没有见过这个男人啊，你们如果不相信可以在小庵里查一查。如果说天色已晚，他或许迷路，这里到处是悬崖峭壁，不会失足落入大海吧？"

凌雨琦听了，心里"扑腾"一下，眼圈顿时红了。

肖克又问了妙玉一些问题，但都没问出什么结果，于是他站起身来说："妙玉法师，您也知道我们的身份了，那就带我们到各屋去看一看吧。"

妙玉点头称是，便引他们二人逐屋查看。

这是典型的一个四合院，院内栽有青竹、桂花、梅花。北屋是个佛堂，供奉着观世音菩萨。两侧有功德堂和客堂，功德堂内一个年轻尼姑正在念经。

后院两侧是尼姑的卧房，卧房内布置简单，一张单人木床，两把木椅，一张木桌，一个衣柜，墙壁上贴着佛家格言。

妙玉又引二人查看了厨房和藏经室，走过一个垂花门，听到"哗哗"的水声。

肖克忙问何故。

妙玉说："那是浴室，有尼姑正在那里洗浴，你去不合适，让这位女公安进去看一眼。"

妙玉带着凌雨琦来到后院东南角那间浴室，只见水汽朦胧，一个年轻尼姑正露着白花花的身子在喷头前洗澡。浴室也就十几平方米，外屋有几个更衣柜。走出浴室，旁边有个土锅炉，炉火通红。

下山时已是凌晨4时，肖克问凌雨琦："这个绿梅庵，你看出什么破绽了？"

凌雨琦摇摇头，说："没看出什么破绽。"

肖克说："庙小神灵大，池浅王八多。"

"怎么？"

"你看藏经室内那些经书堆了有小山那么高，上面尽是尘土，应该很久没有人动了。再看那厨房，乱七八糟，而且你闻到没有？有羊肉的味道。僧人吃素呀，怎么会有羊肉的味道呢？真是奇怪！"

凌雨琦立即警觉起来："老肖，你说这是不是一个黑窝呀？"

肖克思忖一会儿，又说："你注意到没有？妙玉法师的脸上红扑扑的，好像以前还施脂粉。在一个尼姑的卧房，我发现绳子上吊着一个红色内裤。尼姑向来吃素穿素，怎么会穿一条红内裤呢？"

凌雨琦说："会不会是来月经了？尼姑也有月经的。"

肖克没回答，而是喃喃地说："这个小尼姑庵不寻常，今天回去大家商议一下，今天夜里咱们还要二闯绿梅庵，悄悄地来，不惊动她们……"

二人回到烟波旅馆，绩东和周楠已等得有些着急。肖克把见到的情况述说了一遍，绩东和周楠也觉得这个绿梅庵蹊跷。

肖克说："我今晚再去闯一下这个尼姑庵，龙飞或许就是在这个庵里失踪的。"

凌雨琦说："我也去。"

肖克说："人多动静大，如果真是个黑窝，惊动了她们，怕她们跑了。"

绩东说：“老肖，你一个人去有危险，还是我们几个在周围策应吧。用不用通知当地公安部门，再派一些人来？”

肖克笑了笑，说：“不用，这个尼姑庵一共只有 4 个人，不用惊动当地公安部门。你们都带枪了吗？”

周楠拍拍腰间，说：“带着家伙呢。”

肖克说：“好，咱们白天好好休息一下，小绩辛苦一下，到当地文物部门打听一下绿梅庵这几个人的来历。”

绩东点点头：“好。我马上就去，已经跟他们打过交道了。”

中午肖克、凌雨琦和周楠刚匆匆吃了几个鲜肉包子，绩东就气喘吁吁地回来了。

绩东说：“据当地文物部门讲，那个慧济寺最早就是个尼姑庵，后来改庵扩寺。绿梅庵原来就是一个废弃的四合院，是慧济寺里和尚的亲属临时的住处。几年前从四川峨眉山来了 3 个尼姑，占住了那个小院，挂出大匾，取名为绿梅庵，因为后院有一棵老梅树，周围都是绿竹遮映。”

凌雨琦说：“那怎么有 4 个尼姑？”

绩东擦了一把汗水说：“据他们讲可能又招收新的尼姑了。”

肖克点燃了一根香烟，递给绩东，又点燃了一根，问凌雨琦和周楠：“你们两个抽不抽？”

周楠接过香烟，说：“我也来一根吧，闷死了。”

绩东说：“真是奇怪，敌特的电台最近忽然消失了，一直没有动静。”

肖克说：“敌特一定了解了我们的动向，暂时停止了活动。”

肖克一行 4 人到达佛顶山时，天已全黑，空气中有海水的腥咸味道。

肖克带着3个人绕到绿梅庵的后墙前，他小声地嘱咐几句后一个人攀上院墙。只见院落里静悄悄的，一株老桂树旁的一间小屋传出臊臭气味。

肖克摸下墙，躲到一株高大的芭蕉树后，他听到一阵轻微的脚步声。

一忽儿，一个小尼姑端着一个木盆姗姗而来。

肖克定睛一看，盆里有半盆屎尿，传出异味。

小尼姑走进那间小屋，一忽儿拎着木盆走了出来，哼着小曲，奔前院去了。

肖克走进小屋，原来是个茅厕，有一个坑位，坑位一角有个纸篓，里面有一些用过的卫生纸。

肖克感到奇怪。

妙玉和其他3个尼姑都很年轻，并没有瘫痪之人，怎么不直接上茅厕而是倒屎尿呢？

肖克蹑手蹑脚上了藏经室，只见住持室内亮着烛光。他来到住持室的房上，透过窗户往里望去，只见妙玉正坐在木椅上发怔，木桌上有一杯香茶，旁边是江苏宜兴的紫砂壶。墙上挂着一个1米长的镜框，内嵌一个硕大的“禅”字。

这时进来一个年轻尼姑，神采奕奕，秀色可餐。

肖克上番没有见过这个尼姑，可能是第一次来时那个正在洗浴的尼姑。

这个尼姑说：“大姐……”

妙玉急忙纠正说：“叫法师。”

“哦，法师，我看把那个公安干掉算了，留着是个祸害。”

“放屁！白专员特别叮嘱不要伤害他的性命，要用他换4个被共党关押的我党要员。”

尼姑皱着眉头说：“怎么交换？这里是共产党的天下，虽然各地挺乱，武斗成风，可是怎么交换呀？”

妙玉说：“白专员有办法，可以在大海上交换，各自有舰艇。咱们捕住的这条大鱼，以前是白专员的相好，本来白专员想把他带往第三国，可是他顽固不化，死活不肯。白专员也无可奈何！”

肖克心中暗喜，思忖：她们所说的大鱼看来就是龙飞，这么说龙飞被她们抓住，并没有被处死。不知龙飞被她们关押在哪里，也可能就在这庵中。

这时，又一个年轻尼姑匆匆而入。

“法师，门口有人求见，她手里拿着一只绣花鞋，要见法师。”她气喘吁吁地说。

“是吗？”妙玉两眼泛光。

“海外来人了？”她腾地站起身来，往外就走，忽然又折回身，进入卧房，掀开墙上的一幅“怀索书蕉”轴画，露出一个小洞。她从洞里摸出一个木匣，打开木匣，里面现出一只镶有金色梅花的绣花鞋。她小心地把绣花鞋揣进腰间，然后来到外屋，对第一个进屋的尼姑说：“巧翠，你到 1 里外放风，带着家伙。”

那个唤作巧翠的尼姑点点头，出去了。

妙玉对另外那个尼姑说：“巧凤，跟我来。”

妙玉和巧凤走出住持室，匆匆来到前院门前。

肖克也悄悄地来到前院屋顶。

妙玉没有开门，她将身体掩在黑暗里，问道：“来客找谁？”

门外凄冷的月光下，站立着一个风尘仆仆的少妇，穿着白色的风衣，面容俏丽，手里攥着一只镶有金色梅花的绣花鞋。

妙玉吟道：“驿外断桥边，寂寞身无主。已是黄昏独自愁，更著风和雨。”

门外那个少妇吟道：“山重水复疑无路，柳暗花明又一村。”

妙玉又惊又喜，立即开了庵门，然后摸出腰间的那只绣花鞋。

少妇也把那只绣花鞋递了上来，凑成一对。

妙玉紧紧拥住少妇，说："哎呀，可把你给盼来了！快进屋！"

妙玉牵着少妇的手朝后院走来。

肖克望着一步步走来的少妇，不禁惊呆了：这个女人是白薇！

白薇，多次从我方手中逃脱的梅花党要犯，梅花党大陆地区的头目。

妙玉把那个叫巧凤的尼姑支开，带着少妇走进住持室。

肖克跟着来到住持室的屋顶上。

妙玉给少妇倒了一杯香茶，说："请喝茶，这是普陀山的佛家茶。"

少妇坐下来，仔细打量着妙玉，笑着说："姑娘为何装扮得如此苍老，像30多岁的妇人。"

妙玉笑道："还不是为了隐藏自己嘛，妹妹见笑了。"

少妇纠正道："我是你姐姐，我比你大多了。大总管的千金果然精明干练，一表人才！"

妙玉呷了一口茶，说："姐姐是白专员什么人？都说白专员神出鬼没，变化多端，多少次化险为夷，留下众多佳话，我要有缘能跟她见面就好了。"

少妇呵呵大笑，说："远在天边，近在眼前！"

妙玉惊得一抖，茶杯翻滚在地，"啪"一声碎了。

"你就是白专员?!"她站了起来。

少妇冷冷地说："言归正传吧，这次任务紧急，台湾蒋总裁非常关注此事。共军最新研制的'099号'导弹驱逐舰正在舟山群岛附近试水，上峰下令要不择手段炸沉它！"

妙玉面露难色："这可不是一件容易的事情，共军戒备森严。那个柯平舰长精明得很，忠于共党，死心塌地，是共军高级将领之后，软硬不吃。”

少妇说：“没有吹不透的篱笆，事在人为。‘099号’导弹驱逐舰藏于鲨鱼岛，柯平的家乡在附近的梅花岛，你不是已经打进梅花岛了吗？还有，堡垒是容易从内部攻破的！现在大陆到处都在闹革命，都在造反，还有人提出要揪出‘军内一小撮’，咱们乘乱举事，巧借东风，因势利导。”

妙玉沉默不语。

少妇说：“这次你们抓住了共党头目龙飞，蒋总裁要嘉奖你们，白主席激动得失眠，黄副主席提出要用龙飞交换4个梅花党精英，其中多是黄系干员。”

妙玉说：“我不赞成黄副主席的建议，龙飞一天不杀，党国终无宁日，梅花党也终无宁日。万一出了差错，悔之不及呀！这个龙飞该千刀万剐，不能留他！我听说你一直不让伤害龙飞，而且你们旧情不浅啊，还听说你和龙飞每当关键时刻谁也不肯伤害对方的生命，但是又都劝诫对方投诚。”

少妇听了，微微一笑，说：“金寅小姐，龙飞藏在何处？快带我去，我要见他！”

肖克趴在房顶上有些慌神，他站起身来，不小心踩落了一块房瓦。

这时只见屋内烛光顿灭，几个人影蹿了出来。

肖克拔出手枪，朝着黑影开枪，并叫道：“你们已经被包围了，缴械投枪，缴枪不杀！”

“砰，砰……”几声清脆的枪声，一颗子弹擦着肖克的耳际飞过。

肖克眼看那几个人影蹿上前院的院墙，倏忽不见。

这时，凌雨琦、绩东、周楠押着一个小尼姑从前门走进庵院。

凌雨琦说：“那几个跑得飞快，天黑路熟，已然追不上了，抓了这个。”

肖克跳下房，只见小尼姑哆哆嗦嗦，脸色苍白，尿了裤子。

肖克对小尼姑说："坦白从宽，抗拒从严，你要老实交代！"

小尼姑连声说："我交代，我交代……"

原来小尼姑叫水妮，是附近梅花岛的渔家女，不久前有个年轻女子来到梅花岛，绑架了水妮的父亲——渔民宋老黑，胁迫水妮跟她们来到普陀山绿梅庵。她们对水妮说，如果水妮不按照她们的意愿办，她的父亲将性命难保。水妮只好来到庵内给她们洗衣做饭，干些杂活。水妮听那个女子说，以前这庵内有两个尼姑，是从四川峨眉山过来的。妙玉等 3 人装神弄鬼，把那两个尼姑吓走了，并强占了这个院落。妙玉平时不在庵内，偶尔回来，但最近不知何故，她一直住在庵内。几天前的一天晚上，庵里进来一个陌生男人，40 来岁，长得英武，苏北口音，不知在找什么。

妙玉把他迎进住持室，递过香茶，那个男人不敢喝。

妙玉接过茶杯，大口喝了，又倒了一杯香茶递给来人。那个男人呵呵大笑，一口饮尽，但不久就"扑通"一声，倒地晕厥。原来这个茶杯左边没有涂药，右边涂了麻醉药。

肖克听到这里，急忙问："那个男人关在哪里？"

水妮说："你们跟我来。"

肖克 4 人跟随水妮来到中院一口水井前，指着井下说："他就在里面。"

凌雨琦探头望去，这口井有 1 米直径，底下漆黑一团。

肖克拾起一个小石子，投入井中，半天才听见水声。

肖克说："这是一口泉水井。"

这时，绩东和周楠已经在庵内搜索完，绩东说："没有发现电台，只搜到一支半自动步枪、两个军用匕首和一箱步枪子弹。在厨房发现了羊肉、猪蹄、牛腿。"

周楠说："在另外两个尼姑的卧房发现了令人恶心的东西。"

绩东说："唉，别说了，不知羞耻的东西，有两个阳具，带5号电池……"

肖克说："找个电筒来。"

绩东从兜里摸一个手电筒拧亮递过来："我带着呢。"肖克接过来朝井里照去。

只见井壁上满是绿色的苔痕，往下3米处左侧有一个洞口，有1米高。

凌雨琦说："怎么下去呀？"

水妮从一个屋里拿过一个铁梯，这是一个攀梯，有两米多高。

水妮说："我们都是架好攀梯下去。"

肖克架好攀梯，顺着梯子下了井。

他摸索到那个洞口，打开手电筒进了洞口，走了几步远便走进一个七八平方米的地穴。只见有个人被绑在一块巨石上，嘴里塞着毛巾。洞内潮湿，泛着霉味，那人身后有个木盆，身前有块木板，木板上放着一个空碗、一个铁勺，旁边还有一个竹筒，竹筒内盛有半筒井水。

肖克把手电的光柱射在那人的脸上，"哎呀"叫出声来："龙飞，龙飞……"

只见龙飞面容憔悴，微睁着双眼，用力地点着头。

肖克上前拔去他嘴里的毛巾，用匕首割断绳索。

"老龙，我们来晚了……"肖克用力扶起身体衰弱的龙飞。

"特务抓到了吗？……"他问。

"抓住一个帮忙的，其他的跑了，跑得了和尚，跑不了庙！咱们先上去。"

几个人把龙飞和肖克拖拽上来，把龙飞扶到住持室的床上。

凌雨琦泪流满面，找了一块毛巾，浸了水，给龙飞擦脸。

绩东说：“龙飞身体太弱，需要住院，我联系一下当地部队医院。”

肖克点点头，说：“好，你赶快联系。”

龙飞苦笑着说：“我这次遭了敌特的暗算……”

肖克说：“常在岸边走，哪有不湿鞋的？”

龙飞吃力地说：“快给我讲讲你们了解到的情况。”

肖克把所知道的新情况对龙飞叙说一遍。

水妮在一旁说：“她们也总是提到梅花岛，那是我的家乡，我就住在岛上面，可惜我的爸爸不知死活，家里就剩一个双目失明的奶奶了。当年爸爸经常出海捕鱼，有一次遭到风暴，爸爸当天没有回来，奶奶把眼睛哭瞎了。第二天爸爸回来了，原来他落海后被另一条渔船上的人救了。”

肖克问水妮：“你有没有看到她们使用的电台？”

“什么电台？”

“像收音机似的，带着耳机和天线……”

水妮摇摇头：“没有。她们许多事情都背着我，不让我知道。”

肖克又问：“另外两个假尼姑是哪里人？”

水妮说：“你瞧她们那个黑雀儿样，被太阳晒的，好像是从柬埔寨来的华侨，一个个可爱臭美了，整天洗澡，怀里揣着一个小镜子，没事儿就照照。我有一次听那个女的叫妙玉金姐……”

龙飞喃喃自语着：“金姐？……”

“对，金姐。”水妮肯定地点点头。

一天后，龙飞就出院了，他对肖克等人说：“我已跟部里汇报了，看来梅花党下一个目标是正在试水的‘099号’导弹驱逐舰，舟山群岛是重点，普陀山绿梅庵是她们的活动据点，目前已经暴露，在这里久待已没有更大意义。部里让我们5人组成一个行动小组，我任组长，肖克任副组长。咱们现在出发去嵊泗县城，部里和省里已经跟那边打了招呼，而且通过总参跟东海舰队也打了招呼；水妮也跟我们一起去，她熟悉环境。”

到达嵊泗县城已是下午，县公安局的同志把他们安排到县政府招待所。

招待所里，龙飞住单间，肖克和绩东住一间，凌雨琦、周楠和水妮住一间，楼道里有公共厕所。

安顿好以后，龙飞对众人说：“明天一早我和水妮先去梅花岛探探虚实，你们在家听命，肖克可以先跟驻岛部队接上头。”

肖克摇摇头：“不行，龙飞，你在井下关了 3 天，受了不少苦，身体虚弱，先缓两天，我跟水妮去梅花岛。”

凌雨琦说：“对，我同意老肖的意见，你去跟部队接头，我和老肖去梅花岛。”

龙飞想了想，点点头，说：“也行，就按你们说的办。省公安厅的同志在招待所待命，咱们随时保持联系，把这里的电话记下来。”

第二天一早，县政府的同志给肖克和凌雨琦准备了一艘快艇，送他们 3 个人前往梅花岛，龙飞、绩东和周楠到码头送行。

艇上除了肖克 3 个人，还有一个驾驶员和两个渔民，共 6 个人，快艇在东海上疾驶，掀起一片片雪白色的浪花。海鸥在海面上自由自在地飞翔，有时掠过几个人的头部。

太阳破霭而出，金色霞光万道，倾泻在蓝色的海面上。远处渔帆点点，偶尔有轮船驶过，肖克感到十分惬意。

凌雨琦掠了一下被风掀动的乱发，拼命地呼吸着新鲜空气，空气里有一股股海腥味。

水妮高兴地指着远处的岛屿，说：“你们看，那是徐公岛，那是五龙岛，那是大黄龙岛……”

凌雨琦兴奋地说：“大海真慈祥，我真想跳下去……”

肖克笑道："你是不是患上抑郁症了？跳下去就喂鲨鱼了！"

凌雨琦呵呵大笑："老肖，这个秘密你就不知道了吧！我会游泳，而且是游泳能手。在公安学校上学时，一次学校开运动会，我还得了游泳冠军呢！"

水妮笑着说："我会潜游，一次憋气能游50多米，我爸爸游泳更棒，是全岛的第一名。"她指着最远处的一个岛屿说："你们看，那里就是鲨鱼岛，是军事防区，不让老百姓靠近。"

肖克望去，远处隐约可见一个岛屿，鲨鱼状，有跳跃之势。

水妮又指着对面的一处岛屿说："那里是嵊山岛和枸杞岛，由一座三礁江大桥连接着。嵊山岛上有东崖绝壁和情人石，枸杞岛上有一个小蓬莱名胜，还有小西天，拜佛的不少。"

凌雨琦问："梅花岛还没有到？我有点儿晕船了……"

肖克笑道："还游泳冠军呢？风浪不大，就晕船了。"

凌雨琦说："这几天听说老龙失踪了，我几宿都没有睡好，恍恍惚惚的……"

肖克说："我也没有睡好，可是昨天夜里睡得可香了。"

凌雨琦脸一红，说："我昨天夜里也没有睡好，一换地方不容易睡踏实……"

"又想老龙了吧？"肖克斜着眼睛望着凌雨琦。

"去你的，嚼舌头！看我撕烂你的嘴！"凌雨琦伸出右手，险些掉到海里。

"哎，小心！"旁边一个渔民警告说。

水妮用手扶稳凌雨琦。

凌雨琦站稳了，瞪了一眼肖克，气哼哼地说："老肖，你再胡说八道，我告诉琼姐去，让她叫你跪搓板儿！一跪跪一宿！……"

肖克连忙说："不敢！不敢！我可是妻管严！"

12时，快艇靠近一个小岛码头，水妮高兴地说："梅花岛到了！"

肖克望去，只见码头上聚集着不少人，水妮招呼肖克、凌雨琦上岸。

肖克对快艇驾驶员说："谢谢小伙子。"

驾驶员说："不用谢，如果需要，再打电话，这都是县里安排的。"

他们沿着石阶走上码头，只见有三四个卖水产品的小摊。

凌雨琦挤到一个摊位前，一个妇女正蹲在那里招呼买主。她面前有几个脸盆，有的装着牡蛎、扇贝、沙蛏，有的装着石斑鱼、鱿鱼等，有一个大脸盆里没有水，堆着一堆红嘴小虾。

水妮挤过去说："这是红嘴虾，是本地的特产，可好吃了，你们北京吃不着。那些牡蛎、沙蛏，可以清蒸，肉能吃，汤也好喝。"

码头上人不少，多是岛上渔民、住户，凌雨琦正在人群里观看，忽然有人挤了她一下，她险些掉进大海，回头一看，正见一个年轻妇女戴着花头巾，瞬间不见。

肖克建议先去村委会借宿，水妮摇手说："不用，先去我家，我家有好几间房，有地儿住。"

凌雨琦说："我也想先不惊动村里，就去水妮家住吧，到时候可以留下点钱。"

水妮说："不用留钱。"

肖克和凌雨琦随水妮走上一条石板路，沿着依山递进的道路逶迤走进一个二层小楼。楼房年代久远，墙皮剥落，灰蒙蒙的。

院门洞开，水妮带着他们走进正屋，正见一个七旬失明老妇在灶台前打开蒸锅。

"奶奶，我回来了！"水妮高兴地叫道。

老妇听了，又惊又喜，颤巍巍地转过身。

"妮子回来了?! ……"

水妮扑到老妇怀里："奶奶，是我。我还带来两个公安局的同志，是他们救了我。"

"你爸爸回来了吗？"老妇的声音里充满了希冀。

"爸爸?！他还没有回来？他一定会回来的。"水妮的眼里涌出了泪水。

水妮扶奶奶坐到一个竹椅上，介绍了肖克和凌雨琦，并把来龙去脉叙说了一遍。

老妇说："二位公安同志，若不嫌弃，就住在我家吧，我和妮子住楼下，你们两个人可以住楼上，一间是儿子的房间，另一间是给来的亲戚住的。"

肖克说："大娘，就听您的，我们暂时先住这里，给您添麻烦了。"

"不麻烦，不麻烦，我还盼望你们给我找回儿子呢。我儿子叫宋老黑，是个老实的渔民，下海 25 年了。唉，风里来，雨里去，命苦哟！这个孙女今年刚 15 岁，心眼儿好，又能干活儿，小学毕业就跟着她爸出海捕鱼……"

水妮说："奶奶，其实我的理想是当一名人民教师，就在岛上教书，岛上的文盲太多，需要扫盲。而且我就不信土窝窝不能飞出金凤凰。我要好好教孩子，为国家培养出优秀的科学家、工程师、艺术家……"

"好孩子，有志气，那都是理想呀，还是看看眼前这些事吧。"老妇重重地叹了口气。

这个老妇虽然双目失明，但是耳力极佳，手脚也麻利。她能独立地洗澡、烧火、做饭、上厕所，不用人扶，门道清楚。

水妮出去向邻居要了几个馒头回来，凌雨琦塞给她 10 块钱，让她到小店买了红嘴虾、鸡蛋和西红柿。

午餐还算丰盛，一盘红嘴虾、一盘鸡蛋炒西红柿、一罐老咸菜、几个咸鸭蛋和馒头。

吃过饭后，老妇自己进屋上床睡午觉去了。

水妮领肖克和凌雨琦上了二楼，肖克住进宋老黑的房间，凌雨琦住进旁边的一个房间。

水妮抱来一床被褥，铺在凌雨琦房间的单人床上。

凌雨琦闻到一股霉味，于是打开窗户。窗外就是一望无垠的大海，金色的阳光泻在蓝色的海上。下面是鳞次的住房，中间有通道，不远处有一片梅林。

水妮指着那片梅林，说："那里是一大片梅花树，一到冬天，梅花开了，满山遍野，可漂亮了。"

肖克走进屋，环顾一周，对水妮说："水妮，你给凌姐找个尿盆来，夜里就别下楼了，这样安全一些。"

凌雨琦说："我不怕，我带着家伙呢。"

水妮说："我去拿。"她说完下楼去了。

凌雨琦说："这些天咱们到岛上走一走，也走访一些人家，找点线索。"

肖克说："岛上有100多户人家，白薇说妙玉她已潜入这里，不知在哪里。另外'099号'导弹驱逐舰的舰长柯平的家也在岛上，正好可以寻访一下。"

正说着，水妮端着一个尿盆上来了。她把尿盆放到床下，说："这是我用过的，用水刷干净了。"

肖克问："水妮，你知道有个姓柯的海军军官住在哪儿吗？"

水妮说："你说的是那个大官吗？他的家听说在上海，这是他妈妈的家；他的爸爸是个老红军，是个将军，早就病死了。他的妈妈不愿住在上海，提出回老家居住，在岛上种一点儿菜，有时出来散散步。姓柯的大官不经常在这里住，他妈妈身边有个保姆，照顾老人的生活。"

凌雨琦问："老太太住在哪里？"

“住在岛的南边，旁边有个小学校，她家是一个二层小红楼，非常明显，门口有一棵老榕树，几个人才能抱过来……”

晚饭后不久天就黑了，水妮上楼和肖克、凌雨琦聊了一会儿，便下楼睡觉去了。

凌雨琦有些困倦，她与肖克作别，匆匆洗漱，也上床睡了。

肖克有些睡不着，他怕浪费蜡烛，看了一会儿嵊泗县的地图，也上床睡了。

睡至三更，肖克被一声女人凄厉的叫声惊醒。他急忙穿衣起床，推开凌雨琦的房门，正见她斜躺在床上，被子有一半滑落到地下，发出轻轻的鼾声。

肖克掀起滑落地下的被子，替她盖好。然后他打开手电筒，下了楼梯，这个手电筒还是绩东留给他的。

他走进老妇的房间，只见老妇鼾声大作，呼吸气味浓重。

他又走进水妮的房间，只见床上凌乱不堪，桌子上的水杯落地，碎成两半。

水妮不见了。

第二章　绿色尸体

肖克看到水妮不见了，大吃一惊。

刚才那个凄惨的女人叫声可能就是来自水妮。

他急忙上楼，想推醒凌雨琦，可是推了七八下，她就是没有醒来。

肖克心想她可能是太累太困倦了，于是一个人迅疾下楼，奔出门外。

梅花岛的夜，墨汁一般黑。

肖克沿着石板路一路喊着："水妮，水妮！……"一直走到海边，海浪有节奏地拍击着礁石，一股股涌向海滩，又退了回去；一忽儿积蓄力量又返回来，黑蒙蒙一片。

水妮在哪里呢？

他看到旁边有一座小山，山上树影婆娑，于是往山上走去。

怪石嵯峨，杂树纵横，肖克用手电筒照着前面的道路，费力地一步步上山。

走至半山腰，只见对面隔着几十户院落房屋的山上隐隐有亮光，他感到惊奇，于是站立在一块巨石上，朝对面眺望。

那边可能是座灯塔，他在路上听水妮讲过，这座灯塔建于清末，是重点文物保护单位，夜里路过此地的轮船、军舰都要靠这座灯塔导航。梅花岛的东南方向有一片礁石区，地势险峻，经常出现触礁沉船海难。最大的一次海难发生于新中国成立前夕，一艘满载黄金、珠宝、文物的轮船在附近触礁，死亡96人。

这座梅花灯塔又称鬼塔、死亡之塔，清朝光绪年间，62岁的守塔老人邹宁在塔楼自缢。民国初年50岁的守塔人牧野被人割喉，财物被洗劫一空。抗战时期，38岁的日本守塔士兵藤田一雄被人割了生殖器，血染塔楼。新中国成立后，有一个叫金山的当地郎中，自告奋勇要当守塔人，他自称清太祖努尔哈赤的后裔，正黄旗主楚英大将军的后代，刀枪不入，无所畏惧。因为年代久远，也无人特意考证这位金先生的祖先渊源。但是当地政府在查他的出身和社会关系时，却发现他有个哥哥下落不明。他这个哥哥以前是个盐商，后来当了海盗，且没有音讯，也有人说在香港看见过他，主持一家赌馆，说法不一。但是当地政府最终还是一锤定音，让他上塔——因为除他之外，没人敢上。金山日夜守塔，恪守职责，兢兢业业，一守就是17年。

肖克望了一会儿灯塔，又往前走去。正走着，手电筒没电了，周围一片漆黑，夜风吹来，树叶簌簌作响。

正走着，忽然脑袋撞上了一个软绵绵的东西。他大吃一惊，立刻停住脚步。他用手摸索着，借着月光一瞧，是两条雪白的腿，年轻女人的腿……

他惊呆了，脑袋嗡的一声，像炸开了。他慢慢抬头，往上望去，只见树上吊着一个人，皎皎月下，脸色惨白、苍绿，伸着长长的红色的舌头……

是水妮。

肖克把水妮从树干上抱下来，她的身体冰冷、僵硬。她已经停止了呼吸……

岛上党支部书记赵长征、民兵队长梁满仓等闻讯赶来时，东方已现出鱼肚白，树木、大海不再朦胧。

肖克痛苦万状，水妮死了，肯定是梅花党特务干的，这是一次疯狂的报复。水妮说出了关押龙飞的准确位置，使龙飞得救，她又协助他们参与破案工作。梅花党真是神速，他们从什么渠道如此快捷地获悉信息呢？

梅花岛上一定隐藏着梅花党特务，而且来者不善。

水妮死了，他怎么向宋奶奶交代呢？

这个饱经沧桑的老人能够经受这么沉重的打击吗？儿子宋老黑至今下落不明，孙女又惨遭毒手。

这时，只听见民兵队长梁满仓叫道："你们看，水妮的尸体变绿了！……"

肖克急忙挤过去，只见水妮仅穿着白色背心和粉红色内裤，她的身体变成了绿色。

绿色尸体！

肖克想起过去的一幕幕情景，梅花党人手中有一种绿色毒药，向人体注射，会导致人烈性中毒而亡，过一段时间尸体就会变绿。

肖克在水妮身体上寻觅着，发现在她的左臂部有一个微小的粉红色针孔，如果不仔细观察，肉眼很难发现。

这时，只听村党支部书记赵长征在一边叫道："你们快来看，这里新树立了一块墓牌，上面写着'宋老黑之墓'！"

大家往西走了七八步，在草丛之中果然有一个新立的坟头，坟前有个木牌，上写：宋老黑之墓。

肖克一看木牌脸色陡变。

赵长征说："哎呀，不好！宋老黑兴许也被他们杀了，没准儿尸体就埋在下面。"

民兵队长梁满仓招呼几个民兵说："快去找几把铁锹来！"

两个民兵应声跑去，不一会儿就找来几把铁锹。

肖克抄过一把铁锹，在坟头上刨起来，另外两个民兵也手持铁锹刨起来。

赵长征叹了一口气，说："毛主席他老人家说：千万不要忘记阶级斗争！一点儿不假。”

梁满仓说：“我去村部打电话向县里汇报，让县公安局和县医院赶快派人来，把这里处理一下。”

肖克正挖得满头大汗，忽然被人猛推一下，跌倒在几米之外……

“轰”的一声剧烈的爆炸声，一股气浪翻卷着乱石、杂土、血肉，四处散飞。

肖克昏倒在地。

原来坟下埋着炸药，一个民兵被当场炸死，一个民兵身受重伤。

凌雨琦出现在众人面前，满脸尘土，带有血渍。

肖克醒来时看到自己正躺在水妮家二楼自己所住的房屋床上，凌雨琦、赵长征、梁满仓等人围在床前，急切地望着他。他们见他醒来，都舒了一口气。

原来凌雨琦被宋奶奶的哭叫声惊醒，她来到肖克房间，只见被褥凌乱，肖克不见了。她有些慌张，跑到楼下奔进宋奶奶的房间，正见老人坐在床头抹着眼泪。

凌雨琦忙问何故。

宋奶奶悲恸地说：“我的孙女出事了。”

凌雨琦奔进水妮的房间，空无一人。

她感到不妙，又折回宋奶奶的房间。

宋奶奶用手一指：“我的孙女就在半山腰的墓地的树上，她的身体都凉了……”

凌雨琦赶快奔出房间，朝西奔上山坡，远远地看到一群人围在那里。跑近一看，正见肖克拿着铁锹，满头大汗，和两个民兵刨着一座新坟……

水妮躺在几步远的地方，一动不动。

凌雨琦恐怕有诈，冲上前去，猛地推开肖克，这时坟下的炸弹响了。

肖克问："宋老黑呢？"

凌雨琦说："坟下只有炸弹，没有发现宋老黑的尸体。我已向龙飞汇报了，他们一会儿就到。"

肖克忧虑地说："我担心楼下的宋奶奶……"

"老人家已有预感，她的听力极好，我就是被她的哭声惊醒的。"

赵长征拿过一个木凳，让凌雨琦坐下来。他说："县里已经打了招呼，说你们要来，是侦察英雄龙飞带队，我们非常欢迎。村里有招待所，等龙飞他们来了，一块儿搬过去。"

凌雨琦说："我倒是想在这里住下来。"

赵长征说："在这里还是不方便，也不安全。宋奶奶前不久丢了儿子，昨夜又失去孙女，本来她就神神道道、悲悲戚戚的，这样也影响你们工作和休息。招待所的条件虽然不好，但比这里强，旁边就是村委会和民兵队部，有事好商量，也好行动，村委会的电话你们可以随便用。"

肖克点点头，说："一会儿龙飞来，由他定吧。"

赵长征又说："以前岛上挺平静，没有那么多事儿，最近奇怪的事情出了不少。许多村民反映，他们在晚间外出，有时在黑暗处看到一只闪光的绣花鞋，没有发现生人，却发现那只鞋自己会走，村民吓坏了；大家现在晚上都不敢出门，天一黑就锁上家门，有的村民连窗户都不敢开。现在是秋天还好，要是在大夏天，天气闷热，汗珠子流进腚沟里，不热死人才怪哩！岛上本来就缺电，不敢用电扇，点蜡烛又太热，唉！"

"绣花鞋？会自己走的绣花鞋？是鞋头镶有金色梅花的绣花鞋吗？"肖克坐起身来，身体斜靠在墙上。

"对，就是这种绣花鞋。"

这时，龙飞、绩东、周楠随同县公安局、县医院的同志赶到了，法医立刻在现场展开紧张的检查工作，龙飞等人听取了肖克、凌雨琦、赵长征、梁满仓的汇报。

检查结果，水妮除了左臀部有一针孔外，并没有明显的外伤，她是死后被人拖到树干上造成自缢的假象的。爆炸的新坟里除了炸弹没有他物。附近有绣花鞋的脚印，应该是一高一矮、两个年轻女人的鞋印，上了山路，鞋印就没有了。

龙飞让县公安局和县医院的同志将水妮的遗体送去县城火化，他和绩东、周楠留了下来。

村招待所在梅花岛中心地带，这里也是拥军优属之家，因为岛上有陆军驻军一个高炮连，战士们和岛上居民联系密切。招待所一共有12间平房，一间是餐厅，一间是厨房，两间是厕所，一间浴室，7间客房。龙飞住一间，肖克和绩东住一间，凌雨琦和周楠住一间。客房内陈设简单，两张单人木床，一个桌子，两把木椅，一个简易衣柜。

龙飞在自己住的房间里临时召开一个紧急会议，肖克、绩东、凌雨琦、周楠、赵长征、梁满仓参加了会议。

龙飞问赵长征、梁满仓："岛上新居民多不多？"

赵长征说："以前比较稳定，岛上有100来户人家，300多人。近年来，由于全国一些地区武斗成风，秩序混乱，到岛上投亲靠友的人多了，增加了几十人。就说柯为民中将家里，老将军早在新中国成立初期就病逝了，他的妻子楚云菲一直在此居住。她退休前是中校军衔，老太太脾气挺倔，保姆经常换。"

龙飞问："她的儿子柯平没有跟她一起住吗？"

"没有。柯平的家在上海，他的妻子罗银河是南京军区前线文工团舞蹈演员，8岁的女儿柯娇娇在上海上小学，和外婆生活在一起。我想，柯平没有跟母亲一起居住，一是可能因为妻子在南京，二是上海重点学校多，为了让孩子受更好的教育。”说到这里，赵长征喝了一口茶水。

梁满仓补充说：“柯平会经常回到岛上探望老太太，因为他工作的地方离我们这里不远，所以有时也让战士给老太太捎点水果、海产和鸡蛋。”

龙飞又问：“这个宋老黑政治态度怎么样？”

梁满仓说：“他们家是贫苦渔民，他的父亲被日本飞机炸死了，母亲受到刺激，一直有点儿神经兮兮，后来因为担心儿子遭遇海难，急得双目失明。宋老黑的老婆难产死了，就水妮这么一个女儿。宋老黑是个老实人，力气蛮大，平时一声不吭，他还是渔业组组长。”

开完会后，龙飞建议大家各自休息一下。凌雨琦找来几个鸡蛋拿到厨房，让厨师晚饭时煮熟，给龙飞补补身子。

周楠见肖克的衣服脏了，而且有的地方破了，这是凌晨坟地炸弹爆炸留下的痕迹。她让肖克把衣服脱下来，拿去清洗并缝补一下。肖克见她再三催促，只得脱下衣服，任周楠拿走。

第二天早晨，龙飞安排兵分三路，他和凌雨琦去梅花岛南部的楚云菲家；肖克联系驻岛高炮连，接触一下王帅连长；绩东和周楠在岛上转一转，重点是走访一下那些晚间看到绣花鞋的人家，掌握新的线索。

楚云菲的小红楼掩映在一片梅树林之间，在岛的南端半山坡上，和周围低高不平的民居相比，有鹤立鸡群之势。门前左侧有一棵高大的榕树，盘根错节。红门上有一个硕大的金黄色的“福”字。

龙飞和凌雨琦走进楚家时，66 岁的楚云菲正在院里浇花，她身穿褪了色的军装，一头整齐的短发过早地白了。

龙飞向她说明来意后，她连声说：“欢迎北京来的贵客，屋里坐。”

一行人走进一楼的客厅，只见一排沙发，茶几上茶具俱全，对面有一排书柜，柜内整整齐齐摆放着《毛泽东选集》等书籍，旁边有架钢琴，墙壁上挂着毛主席在天安门城楼挥手的照片，照片旁边有一幅书法。

沙发的斜对面有张小桌，上面有一台黑白电视机。

楚云菲沏好茶，招呼龙飞、凌雨琦用茶。

客厅的地板擦得锃亮，能照出人影，客厅旁边有个房间，客厅的右侧面有个木梯直通二楼。

凌雨琦赞道："阿姨，您这屋里收拾得真干净。"

楚云菲笑道："我哪有这本事？都是保姆收拾的，她很能干，嘴又甜，我很喜欢她。"

龙飞问："保姆在吗？"

"出去买菜去了。我这左胳膊是假肢，抗美援朝时，被美国小鬼的飞机炸掉一只胳膊。当时野战医院正在转移，美国轰炸机突袭时，为了救一个小护士，我趴在那个小护士身上，唉，胳膊没了一只……"楚云菲叹了一口气。

龙飞和凌雨琦听了，不禁肃然起敬。

楚云菲从里屋拿出一盘水果，有荔枝、橘子、香蕉。

"来，吃点儿水果。"

凌雨琦看到钢琴上有一幅照片，于是走到照片前。照片上有 3 个人，左侧是一个海军军官，浓眉大眼，英姿勃勃，右侧是一个气质高雅的年轻女人，眉宇清秀，中间是一个可爱活泼的女孩。

楚云菲看到凌雨琦正在欣赏那幅照片，于是说："那是我儿子平儿全家的照片，右边的是他的老婆，中间的是我的孙女娇娇。"

龙飞也过去欣赏照片。

楚云菲说："国庆节那天，他们全家还到我这里来过。"

凌雨琦说："真是一个幸福美满的家庭！"

楚云菲说："可惜天各一方，平儿在舟山群岛，他媳妇银河在南京军区，娇娇在上海上学，这一家子天各一方。"

龙飞和凌雨琦回到座位。

凌雨琦说："柯舰长在舟山群岛服役，难道不常来看看您吗?"

"唉，他忙得很，一天到晚战备训练，有时到我这里，上楼就睡了，困得不行。还有一次，吃着饭，趴在饭桌上就打起呼噜来了。"

凌雨琦说："我父母也在部队上。"

"哦，你父亲叫什么名字？在哪儿任职?"

"凌云飞，在总参当顾问。"

"啊，凌老将军，和我那老头子在1955年一起授衔中将，都是跟着毛委员秋收起义一起上的井冈山。我那老头子身体不好，当年长征时过草地，险些掉进一个陷窝里，幸亏警卫员把他拉了上来。参加西路军被马步芳匪军追至青海祁连山下，弹尽粮绝，身上中了三枪，从一个山崖滚了下来，死里逃生。新中国成立后没过几年好日子，就被病魔折磨死了。唉，我要求回乡，在这里种点儿菜，捞点儿鱼虾，这里空气新鲜，不像北京又是沙尘暴，又干燥，闹心的事儿少。"

龙飞把岛上发生的一些奇异事件讲了，楚云菲气愤地说："帝国主义和蒋介石反动派亡我之心不死！前几年蒋介石叫嚣反攻大陆，派了许多武装小分队流窜到舟山群岛，都被我们消灭了。最近又弄一个梅花党兴风作浪，弄一只破鞋骚扰我们，真是痴心妄想，白日做梦！小水妮死得太惨了，我是看着这个孩子长大的，你们一定要抓住凶手，尽早破案！"

这时，一个20来岁的姑娘拎着一个菜篮走了进来，菜篮里放着鱼虾、蔬菜。

"来，巧翠。"楚云菲招呼她，对龙飞、凌雨琦说，"这就是我家保姆，她叫巧翠。巧翠，这是两个公安同志，来了解一下情况。"

巧翠听了，怔了一下，连忙放下菜篮。她穿着一身朴素的蓝布衣服，个子不高，身材窈窕，肤色黝黑，双目炯炯有神。

龙飞问："你的家乡在哪里？"

巧翠说："广西北海市，那边经常武斗，我就跑出来找点活儿干。"

楚云菲说："你们两位中午在我家吃饭吧，巧翠做的饭可好吃了，特别是鸡蛋炒虾仁、清蒸石斑鱼……"

龙飞说："不用客气，我们还有事情要办。"

龙飞和凌雨琦出了楚家的小红楼，穿过梅树林，经过一个石材小厂，远远地看到有座灯塔矗立在岸边。

"雨琦，咱们到灯塔看看，那是重点文物保护单位。"

凌雨琦望了望那座灯塔，说："离这里也就3里多地，正好顺路。"

梅花岛的秋景十分迷人，那一层层树林在阳光照耀下，变幻成各种颜色，一片苍翠，一片金黄，一片大红，海面上一只只烟帆漂荡着，荡漾在金色的阳光里。更远处有一艘军舰挂着中华人民共和国国旗，像一支离弦的箭射向前方。

"雨琦，快看，那艘军舰大概就是'099号'导弹驱逐舰。"

凌雨琦望去，只见那艘军舰正乘风破浪，沐浴在金色的阳光里。

凌雨琦问："导弹驱逐舰的作战能力真有那么大吗？"

龙飞说："导弹驱逐舰是以舰对舰导弹为主要武器对海上目标实施打击，兼有防空、反潜、护航等多用途的水面攻击型战舰，其主要任务是为大型舰队和运输舰队护航。20世纪60年代以来，随着飞机和潜艇性能的提升，尤其是喷气式飞机和核动力潜艇以及导弹逐渐应用，对空导弹、反潜导弹逐步被安装到驱逐舰上，舰载火炮不断减少并且更加轻巧。导弹驱逐舰装备有防空、反潜、对海等多种武器，既能在海军舰艇编队担任进攻性的突击任务，又能担任作战编队的防空、反潜护卫任务；还可以在登陆、抗登陆作战中担任支援兵力，执行巡逻、警戒、侦察、海上封锁和海上救援等任务；舰体空间增大，舰员可以在舒适的封闭舱室中值勤，利用自动化技术操纵战舰。”

凌雨琦说：“这个导弹驱逐舰可真厉害！”

龙飞说：“为控制导弹武器以及无线电对抗的需要，驱逐舰安装了越来越多的电子设备，燃气轮机开始取代蒸汽机作为驱逐舰的动力装置。为搭载反潜直升机而设置的机库和飞行甲板也被安装到驱逐舰上，导弹驱逐舰已经演变成多用途驱逐舰。”

凌雨琦一边听龙飞讲述，一边欣赏着这灿烂的秋景。

“老龙，这景色这么绚丽，你作首诗吧？”

龙飞想了想，吟道：

其实万物重灵修，春恨秋悲空自留。
栽种梅花笑纳夏，攀援榕树叹嗟秋。
有缘自有有缘会，无愁何必寻有愁。
破浪舟山又一曲，渔帆赏尽望沙鸥。

龙飞叹道：“秦朝有个有名的才子，叫安期生，自号蓬莱仙人。秦始皇曾经以重金纳他为臣，他坚辞不受，以后隐居此处，传为佳话。秦朝的徐福为秦始皇寻找长生不老之药，率领五百童男、五百童女，传说也来过此地。元朝诗人吴莱曾经写过一篇散文，文中说：‘东藿山，在海之东北，环以大洋，世传徐福至此。’吴莱还有诗云：‘老生今安在？方士不我欺。’‘空余炼药鼎，尚有樵人知。’唐代大诗人李白也来过此地，李白于唐朝开元十四年（726年）仲春，自金陵出发，由海路赴天台山，作诗云：‘水客凌洪波，长鲸涌溟海。’此诗是和僧人朝美临别之作。在航海途中，李白又作《估客行》诗：‘海客乘天风，将船远行役。譬如云中鸟，一去无踪迹。’李白搭乘的是商船，可见他出海远航时的兴奋心情。李白此次出海远航，无论走哪一条路线，都得经过此处。李白56岁隐居庐山时，曾写过一首诗：‘昔别黄鹤楼，蹉跎淮海秋。俱飘零落叶，各散洞庭流。中年不相见，蹭蹬游吴越。何处我思君？天台绿萝月。会稽风月好，却绕剡溪回。云山海上出，人物镜中来。一度浙江北，十年醉楚台。’在这首诗中记录了上次那番出海远航。唐朝高僧鉴真和尚于唐朝天宝元年（742 年）应日本高僧邀请，誓愿东渡。他由扬州古运河出发，途经长江口入海，此地是必经之处，其中第二次东渡和第五次东渡，还涉及嵊泗县的一些岛屿。古时日本称为扶桑国或倭国，唐武后年间始称日本。鉴真一行的东渡，没有得到唐玄宗李隆基的认可，所以不能称为官渡。唐代朝廷对宗教采取释道并重，对本土道教尤为尊重。唐玄宗的妹妹玉真公主和丞相李林甫的女儿李腾空，均为著名道士。唐朝天宝十二年（753 年）元旦，日本遣唐使藤原清河面奏唐玄宗邀请鉴真赴日，但唐玄宗欲令道士偕同，此事搁置。于是，鉴真一行只能私渡了。由于得到朝廷权臣李林甫的默许和支持，鉴真一行终于实现了东渡日本的宏愿。实际上嵊泗列岛已成为中日两国人民友好往来的桥梁。”

凌雨琦赞叹说：“老龙，你的记忆力真好，年代、姓名、诗文都记得那么清楚，我真的很佩服你。”

她用一双亮晶晶的大眼睛注视着龙飞，里面充满了深情。

龙飞其实很害怕这种目光，雨琦是一个有情有义的女子，性情中人。她是一个对真挚的情感如饥似渴的女人，就像一团火，炽烈勇猛。男人遇到这种火，会被烧成灰烬，她敢恨敢爱，恨你时咬牙切齿，眼喷怒火，恨不得活吞了你；爱你时百般情意，万般情欲，恨不得把胸膛剖开，掏出火热的心，双手奉献给你。这种目光，火辣辣的，烧得你不能近身。诚然，龙飞心里喜欢她的清纯和真挚，她身上有一种白薇和南云都没有的气质，白薇是贵族式的清高和孤傲，南云是贤妻良母型的纯朴和智慧，而雨琦是坦荡清纯的直白和勇敢，既有将门虎女的风采，又有干脆利落的态度。

凌雨琦伤感地说：“老龙，当你从柬埔寨金边迎接南云姐的骨灰，来到八宝山公墓时，我的心都碎了。你的悲痛哀伤，欲哭无泪，那种心境，那种状态，只有我最理解。要知道我的心里是多么痛苦，我失眠好几天，我不能分担你的痛苦，不能为心爱的男人分忧解难，心如刀割啊！……”说到这里，凌雨琦泪如雨下。

龙飞许久没有说话，他用什么语言来安慰这个暗恋自己若干年的女孩呢？这个在心灵上不能再被撒盐的战友、部属和亲密朋友。

凌雨琦擦了擦眼泪，又说：“部里总有人闲言碎语，说你和白薇的关系不清不楚，阶级阵线不清，每当关键时刻不忍对白薇下手……但是我理解你，理解你对白薇的态度，理解你对白薇畸形的、曲折的、残酷的、扭曲的情愫……”

龙飞摇摇手说：“雨琦，我的好妹妹，你不要说下去了……”

龙飞的眼前一片蒙胧，岁月的远帆溯流而上，驶到20年前的秋天……

风雨飘摇的1948年秋天，南京，这个历尽风霜的帝王之乡，在人民解放军隆隆的炮声中震颤。秦淮河畔失去了往日的繁华，如今显得凄清。画船、粉妓不知流落何处，家家闭户，楼巷一空。只有大自然仍然展现着它的美貌，红枫、黄栌、梧桐、白杨、银杏……紫金山上紫红、深红、橘红、橙黄、翠绿……中山陵一头钻进浓浓的秋色之中。莫愁湖畔的榆柳，雨花台上的林木呈现出各种各样斑斓的色彩：青的翡翠，绿的碧绿，黄的金黄，红的鲜红，恰似蜀锦齐纨一般，簇拥着画栋雕梁、绣幕珠帘。

这一天上午，南京中央大学门口，出现一个青年学生，他身穿笔挺的西服，系着一条花领带，显得潇洒英俊。他就是龙飞，当时18岁，刚到中央大学新闻系报到。

这时，一辆黑色轿车戛然而止，车上下来一个年轻漂亮的女学生，穿着黑色的旗袍，旗袍上绣满了梅花，她拎着一个沉重的黑皮箱。

这个女学生问："同学，新闻系在哪儿报到？"

龙飞说："我也是新闻系的，咱们是同班同学。"

她高兴地说："太好了。"

龙飞说："我帮你拿，新闻系在二楼。你叫什么名字？"

"白薇。"

龙飞问："白色的白，微笑的微？"

白薇笑道："我可不爱微笑，草字头，下面一个微笑的微。"

龙飞笑道："噢，头上顶着草才微笑。"

白薇问："你叫什么名字？"

"龙飞。"

白薇眉毛一扬："一定是属龙的，又属龙，又腾飞，这条龙够狂的。"

龙飞说："我是雨天龙，不能腾云驾雾，你是本地人吗？"

白薇支吾着说："我也说不好。"

"那是江湖人。"

白薇问："你呢？"

龙飞回答："苏北人。"

两个人来到二楼。

教室内，老师正在讲屈原的《离骚》。

白薇在座位上埋头看《色情间谍》，龙飞坐在她身后的座位上。

老师叫道："白薇。"她慌乱中答了一声"到"，匆忙站了起来。

同学们哄堂大笑，《色情间谍》落在地上。

龙飞恐怕别的同学看见，悄悄地把书拾了起来，放进自己的座位里。

老师眯缝着眼睛问："屈原跳的是什么江呀？"

白薇回答："密西西比河。"

同学们又是哄堂大笑。

老师又问："后来人们用什么形式纪念这位伟大的爱国诗人？"

白薇回答："划船。"同学们又是大笑，一个同学戏谑地说："还游泳呢！"

龙飞小声提醒白薇："划龙舟、吃粽子。"

白薇说："划龙舟、吃粽子……"同学们又是一阵大笑。

老师说："好，你坐下，注意听讲。"

这时，下课铃响了。

龙飞在操场上找到白薇，把《色情间谍》还给她，他说："白薇，这种闲书还是少看，要注意听课，我不愿意你出丑。"

白薇脸一红："你真是咸（闲）吃萝卜——淡操心，你也来数落我。"

"我没有那个意思。"

白薇拿着书噔噔地走了，龙飞望着她的背影有点儿茫然。

第二天白薇的态度来了一个一百八十度大转弯。下课铃声响了，楼道里，白薇追上龙飞，她问："龙飞，昨天你没生我的气吧？"

龙飞笑笑说："没有。"

白薇说："我昨天身体不太舒服，今晚你有事吗？"

"没有。"

白薇说："我请你吃南京板鸭。"

晚上，一家餐馆内，龙飞和白薇正在吃板鸭。

白薇说："我很喜欢吃板鸭，我天生就喜欢吃鸭子，什么北京全聚德的烤鸭、便宜坊的挂炉焖鸭，还有什么咸水鸭，是鸭子我都喜欢吃。”

龙飞说：“白薇，你为什么喜欢穿饰有梅花的旗袍，咱们班上的女同学穿的旗袍上的图案多是牡丹花、树叶、菊花、玫瑰花。”

白薇说：“学校话剧队春节前要排练英国大戏剧家莎士比亚的《罗密欧与朱丽叶》，让我演朱丽叶，你演罗密欧怎么样？我看你派头演罗密欧最合适。”

龙飞苦笑道：“这可是爱情悲剧，结局太悲惨了。”

白薇忧郁地说：“悲剧更能给人以震撼的力量。”

龙飞说：“雨果的《悲惨世界》、歌德的《少年维特之烦恼》、陀思妥耶夫斯基的《罪与罚》、列夫·托尔斯泰的《安娜·卡列尼娜》，都有一种忧郁的色彩。”

白薇说：“这都是文学作品，文学作品都是骗人的，骗读者和观众的眼泪，现实生活又是另一个模样。龙飞，我就喜欢和你合伙，你就做我的罗密欧吧！你英俊，又有男人的魅力，你演最合适。”

龙飞说：“好，我答应你，我可是丫鬟的身子丫鬟的命，演不好可别怪我，别又拿身体不舒服搪塞我。”

白薇说：“人家真的是身体不舒服嘛，这星期体育课都没上。来，给你块板鸭吃——哟，这可是块鸭屁股！”两个人开怀大笑。

元旦联欢晚会上，龙飞和白薇在台上演《罗密欧与朱丽叶》。

两个人精彩的表演引得观众一片热烈的掌声。演出结束，白薇牵着龙飞的手频频谢幕。

晚上，龙飞送白薇，四处无人。

白薇颤声说：“龙飞，今晚我太幸福了，我从来没有这么幸福过。你就是我的罗密欧！”

龙飞送白薇来到一条街市，附近停着来接白薇的一辆豪华黑色轿车，他问："你为什么不住在学校里？"

白薇咯咯地笑着："我不告诉你，这是一个小秘密！我的秘密太多了，就像一个个问号把你拴住了……"她说完，轻盈盈地飘走了。

龙飞疑疑惑惑、依依不舍地望着她。

春天悄悄地来到南京，绿瑟瑟的树林在飘动，败叶在腐烂，黄色的、紫色的、粉红色的野花在潮湿的草丛中开始探出头来。整个原野上，从乡村的院落里，从渗透了水分的耕地里，从高高的山脊上，到处都可以闻到一种潮湿的发酵似的气息。无数嫩绿的幼芽从褐色的泥土里钻出来，在融融的阳光下闪闪发亮。田野里用来灌溉的水潺潺地流动着，就像是一曲曲悠扬的乐曲。一条蜿蜒的小河，奋力挣脱水草、泥石、横木等一切束缚，永无休止、不知疲倦地向前奔流着。野雁在盎盎地鸣叫，弯腿的小山羊在咯吱地嚼，银灰色的马在山坡上徘徊，河旁洗衣农妇快活地交谈，车夫赶着大车，都给这清新单调的乡村田野增加了兴致。

龙飞此时正坐在白薇驾驶的轿车里，向北行走。他心里涌起一阵阵莫名其妙的激动。

白薇小心翼翼地开着车，龙飞十分紧张，仔细地搜寻着前方。

轿车驶过一片村庄，白薇感到被软绵绵的东西绊了一下，她叫声"不好！"，立即刹车，打开车门。

龙飞也打开车门，下了车。他往前望去，惊呆了：只见在雾云重重之中，浅黄色的路面上狼藉着一片银灰色的野鸽子，它们个个心情沉重地凝望着，谛听着，许久不肯离开。

白薇凄楚地用双手从车底捧出一只血淋淋的鸽子。

这是一只洁白的野鸽子，头顶有一小缕黑色的毛，洁白如雪的肚皮上溢满了鲜血，殷红的。鲜血滴滴答答流下来，落到白薇深蓝色的背带裤上，落到坚实的黄色土地上。

“它死了，一个小生灵就这样离开了这个世界。”白薇悲哀地说。

龙飞见到这般情景，也感到凄楚，一只野鸽，毕竟也是小生灵啊！

“这是命运的安排，天降大雾，送走飞翔的生命。”龙飞劝慰道，扶起白薇。

白薇颤颤巍巍地用双手捧着小鸽子，来到路旁，捡起一块尖利的石头，挖了一个小坑，又找来一丛小草铺在坑底。

“这便是它的墓穴。”白薇说完，把小鸽子平稳地放入坑内，又找来一捧野花，紫色的、黄色的、粉红色的、白色的，纷纷扬扬撒了一坑，然后堆起一个小土丘。

“白薇，你看。”龙飞指着她的身后。

她回头一看，怔住了。只见那片小野鸽，齐刷刷地转到这边，个个昂着头，圆睁着眼睛，一眨不眨，褐红色的双爪站立于地，一副庄严的样子。

白薇见了更加感动，于是双膝跪地，在那小土丘上磕了三个头。

她一回头，那片小野鸽不见了，浅黄色的土路上，一片浅浅的爪痕。

“奇了，真是奇了。”白薇暗暗叫道。她走到轿车旁边，最后看了一眼小土丘，才依恋不舍地上了轿车。

白薇踩了油门，轿车原地不动。

她下了轿车，走到车后面查看，只见车尾被撞，水箱漏了，水洒了一地。

“龙飞，糟糕，车被撞了，走不成了。”白薇沮丧地说。

龙飞听了，慌忙走出轿车，跑到后面一看，果然如此。

“怎么办？这荒天野地的，前不着村，后不着店。”白薇焦急地望着后面，茫茫大雾，没有车的影子。

龙飞说：“天无绝人之路，说不定会有个车来，把这辆车拖走。”

龙飞睁大了眼睛朝前后张望着。

一个小时过去了，没有一辆车通过。

白薇感觉有点儿冷，从车里拿出一件夹克衫披上。

龙飞从车后备厢里拿出两瓶汽水，一瓶递给白薇。

白薇接过汽水，拧开盖，“咕嘟嘟”一仰而尽。

“龙飞，有车来了。”白薇叫道。

龙飞也听到了汽车喇叭声，他奋不顾身地跑上去。

“停下，停下！”龙飞叫道。

轿车飞也似的开走了，车内有人嘟囔着：“找棺材板钱呀！”

白薇站了起来，对龙飞说：“可能是人家见你是男的，不理睬，我站到路中央拦一拦，试试。”

龙飞闪到一边，白薇来到马路中央，前后环顾。

天下起霏霏细雨，小雨丝丝，渗入松软的泥土，渗入泛青的潮湿的庄稼地，渗入炊烟袅袅的农舍。

这是地道的春雨，清新，滋润。

小雨丝丝，飘落在白薇的头上、肩上，滑落下来，飘洒开来，浸湿了她褐色的夹克衫，浸湿了她深蓝色的背带裤。

龙飞从后备厢里找出一把花伞，悄然地来到白薇的身后，撑开花伞，苍黄的底衬，一朵飘飘欲飞的大梅花。

龙飞闻到了花的芳香，好像是从白薇身上散发出来的，丝丝的雨，白白的雾，诱发了她身体的芳香，在风中飘散着，在雨中消散着。

龙飞有些陶醉，有些蒙。他闭上双眼，小心地撑着花伞，拼命地吸吮着……

又一辆大卡车飞驰而来。

“师傅，我的车坏了，帮帮忙……”白薇的声音像乡间的风铃声。

卡车内的师傅瞟了她一眼，又望了望龙飞，把烟蒂一吐，开走了。

白薇回头发现了龙飞，叫道：“你怎么来了？”

龙飞像做错事的孩子一样，撑着花伞，慢慢地退身，退到轿车旁，隐到轿车后面。

又过了一袋烟的工夫。

龙飞听到拖拉机的声音。紧接着一个老农民驾驶着拖拉机来了，拖拉机上坐满了男男女女。

“姑娘，雨天站着可别冻着，饿了吧？”老农民把一个贴饼子塞到白薇的手里。

白薇问：“老大爷，前面有汽车修理部吗？”

老农民回答：“有，有，有60多里路吧。”

拖拉机开走了，一股浓烈的柴油味飘荡在空气中。

天黑了，像一面黑色的大网罩了下来，夕阳灿烂的景色消逝了，黛色的山峰也消逝了，路面上变得安静了。

潮湿更重了，白薇躲进了轿车，打开了轿车内的顶灯，橘黄色的光晕泻在她无奈的脸上。

龙飞从车后备厢内取出面包、牛肉罐头、香蕉，和白薇一块吃。

白薇勉强吃了一根香蕉。

龙飞打开牛肉罐头，用勺子挖了一块熟牛肉递给白薇。

白薇说：“我已多年不吃肉，平时就吃一些新鲜青菜。”

龙飞说：“那我到附近庄稼地里拔一点青菜给你吃。”

龙飞说着，打开车门，滑下车，摸进附近的庄稼地。

月亮在青色的氛围中悄悄地升起来了，晚间的雾，轻轻地流动，升到树梢，像纱一样，又映出了闪动的月亮的影子。

龙飞终于摸到一片萝卜地，挖出一个水灵灵的大萝卜，然后捧在怀里，又深一脚、浅一脚地摸回轿车。

白薇见到这么一个圆乎乎的大水萝卜，喜出望外。

“肯定是心里美。”她说着，用水果刀削开了萝卜。

果然是一个心里美大萝卜，淡紫色的萝卜心，夹杂着浅白的条纹。白薇削开一块萝卜，递给龙飞。

白薇津津有味地嚼着，声音细微，嚼得很小心。

龙飞心里很快活，在这温馨的春夜，与白薇同栖于乡间马路的轿车内，真是别有味道。

白薇吃完萝卜用手帕拭了拭嘴，微笑着对龙飞说：“我去方便一下，你可不许偷看。

龙飞笑着说：“我闭上眼睛。”

白薇从手包里夹出一张卫生纸，然后打开车门，滑下轿车，来到右侧的土沟里，悄无声息地蹲下来……

龙飞听到一阵淅淅沥沥的水声，他的心有点儿颤抖，心跳过快，一股热血涌了上来。

白薇站了起来，龙飞看到一团白乎乎的东西一闪即逝……

白薇钻进了轿车，心情开朗了许多，话也多了起来。

白薇眉毛一扬，说道：“慈禧西逃到河北一片庄稼地，要方便了，贵妃和宫女们围成一圈，将慈禧围在中央，手纸是一片玉米叶子……人就是这样，顺其自然，随遇而安。我觉得，让人体的自然之泉，倾泻到广袤的土地里，既滋润了大地，又养育了五谷杂粮；五谷杂粮又养育了无数的人，循环往复，以至无穷，从低级向高级，不断递进，多么有趣！就像人赤条条而来，赤条条而去，任其自然……”

白薇说着说着，不由自主地打开了轿车内的音乐。

这是贝多芬的《命运交响曲》，乐曲忽而激起，忽而沉缓，在这寂静的原野上回荡着。

龙飞嚼着萝卜忘情地欣赏着这乐曲。他的生命仿佛融进了这乐曲中，仿佛来到了奥地利那青翠色的田野，看到了尖角的木屋和金子一般的小河；看到了牧羊女挥动着鞭子，在白絮一般的羊群中穿行。天，湛蓝湛蓝；云，自由自在。远处，偶尔传来一声声望乡的牧笛声……

龙飞竟把萝卜和萝卜根都吞进腹中。

白薇“扑哧”一声笑了，说道：“你的魂被谁勾走了？”

龙飞的思绪又回到现实之中。

白薇："如果女人是一只船，她希望男人是一个纤夫，拉得快慢倒在其次，她看重的是男人为自己流汗卖力气的样子。另外，她更希望有尽可能多的船，看到她的男人为了她身体竭力前弓的神情和样子。"

龙飞笑道："如果男人只是一只船，总是把事业这张帆高高挂起，而使这只船快速前进的，常常是隐身于船后的螺旋桨——女人。"

白薇："我看你总是生机勃勃，对未来充满了希望，你就是在憧憬中生活的男人。希望是什么？"

龙飞关掉轿车车厢里的灯，他说："希望是一种要付出代价的奢侈品，只有用智慧和劳动才能将希望变成现实。只要存在希望，生活就有动力。生活上处境困难的时候，事业上遭受挫折的时候，被敌人围攻和被朋友出卖、抛弃的时候，只要希望之火不灭，就能找到出路，走出困境。我认为，男人生命的最强烈的光芒，不是来源于他大获成功的时候，而是来自他濒临绝境仍然凛然坚持的那一瞬间，来自他从失败中踉跄地站起来的那一瞬间。"

白薇幽幽地说："这段话还真有点儿男子汉的味道，像男人身上那种浓烈的烟草味道。"

龙飞说："白薇，我总觉得你身上有一种忧郁的气质。我觉得你有着充裕的物质条件，你的生活自由自在，你有什么忧愁呢？"

白薇幽幽地说："我孤独。"

龙飞说："忧愁，说到底是人患得患失的本性的自然流露。没有得到的，担心得不到；已经得到的，又怕再失去，于是就贯穿了人生。正如《诗经》所云：'心之忧危，若蹈虎尾，涉于春秋。'一个人如果不能从忧愁的蛛丝中解脱，不但难以有大的成就，而且也不能享受人生的真正快乐。与其为泼出去的水惋惜，不如再提一桶水。人生不满百，愁一愁，白了头；笑一笑，十年少。"

白薇侧着身子，仔细地谛听着。

龙飞以为来了生人，警觉地望着四方。

白薇说：“我听到了水的声音，龙飞，你听，但愿不是幻觉。”

龙飞努力使自己静下来，也仔细地谛听着。果然是水的声音，流水淙淙。

白薇惊喜地说：“可能是一条河，一条大河，奔流不息的大河。”

龙飞说：“奇怪，白天怎么没有看到？”

两个人蹑手蹑脚地下了车，朝水响的地方摸去。

白薇走得挺快，很快就把龙飞甩在后面。

走了没有4里地，走上一个高坡，白薇站在高坡上叫道：“啊，真是一条大河！”

龙飞紧跑几步，也奔上高坡，只见眼前出现一条银光粼粼的大河，河水缓缓地流着，对岸有一片密密匝匝的树影，皎皎月下，河中映出树的倒影。旁边有一座石桥。

白薇欢快地跳下河堤，龙飞也随她下了河堤。

白薇由衷地说：“这河水多清凉，我要下去游泳，洗一洗身上的秽气。”

龙飞说：“这河水看样子挺深，下去有危险，而且水太凉。”

白薇咯咯地笑道：“你还不知道吧，我是冬泳冠军，曾经横渡玄武湖。龙飞，你背过脸去不许偷看。”

龙飞顺从地将身子背转，望着石桥。

这石桥显然也是有历史的，饱经车辆驴马的践踏，灰蒙蒙的一片。

“龙飞，好了。”白薇已“扑通”跳进水中，浪花飞溅。

龙飞见地上狼藉着她的衣裤、鞋子。

白薇像一尾小白鱼尽情地在水中翻腾、穿梭。

白薇游泳的姿势确实很优美，两只雪白的手臂似两支白桨，有节奏地划动着。她乌黑的头发披散在水中，像一朵黑色的睡莲。

白薇跳跃着，脸上都是水珠；她在水中盘旋着，两只水银葫芦一起一伏。

龙飞看怔了，这仿佛是美人出浴图。人生如此美好，她真是精雕玉琢的精晶。

龙飞怕她有闪失，于是脱掉衣服，也跳入水中。

平滑的河水不像他想象的冰冷，反而有些温暖，暖暖的水流滋润着他的肌肤，使他产生一种异常舒服的感觉。离河岸的地方，水并不深，脚底能踩着一些碎石，有点儿扎脚。

龙飞向白薇游去，刚游了六七米，便觉得像跃入一个深渊，脚踩不着底，水流湍急，浮荡着一些摇摇欲坠的水草。这些墨绿的水草摇拂着他的身体、他的脸，痒痒的，松松的。

白薇忘情地嬉游，奋力向远方游去。

一群亮晶晶的东西拥了过来。龙飞仔细一看，原来是一群鲫鱼。它们成群结队，很快游走了。

又有一只小精灵游了过来，龙飞抓住它，原来是一只墨绿色的青蛙。它鼓着两只眼睛，露出白乎乎的肚皮。

龙飞放掉青蛙，放眼朝前望去，白薇没了踪影。

他有点儿慌了，大叫："白薇！白薇！"

白薇没有应声。

龙飞开始颤抖，紧接着全身起了一层鸡皮疙瘩。

他奋力往前游去，游着，游着，忽觉右腿被一双柔软的手抱住了。他感觉是白薇的手，温温的，软软的。

龙飞向下摸去，摸着一个茸茸的东西，再一伸手，手滑掉了。他再一次下滑，拦腰抱住了一个小鸟般柔软的身体，体温尚存，微微颤抖着。

原来白薇被河底的小草绊住了。

龙飞费力挣脱了纷乱的杂草，挟着她向上游去，一会儿浮出了水面。

白薇已筋疲力尽，任凭他挟着游到岸边。龙飞费力地把白薇推上岸。

白薇玉体横陈，就像横卧在沙滩的裸身美人，她美丽动人的胴体在融融的月光下，闪烁着莹莹的光。肚脐处文着一朵金色的小梅花。原来白薇在裸泳。

龙飞翻身上岸。

白薇看到龙飞，露出灿烂的一笑。

“要是没有你，我已与大自然融为一体。”白薇凄凉地说。

“怎么会呢?”龙飞一阵激动，眼里含满了泪，他忘情地扑到白薇身上。

“我不能没有你，我爱……你!”龙飞在白薇脸上落上无数的吻。

白薇也伸出两只雪白的手臂，揽紧了龙飞，眼里闪动着晶莹的泪花。

龙飞觉得浑身的血液沸腾起来，她的爱抚使龙飞心荡神移。夜幕的黑暗更激起了情欲，他两眼蒙眬，双颊火红，膨胀起来的身体战栗着……

龙飞深深感到白薇粉白的身体上散发出来的杏仁般的苦香味，以及她纤白的手指的力量。

“我爱你，龙飞……”她呻吟着，完全沉醉在这热烈的生气盎然的热吻之中。她的身体不停地颤抖着，她觉得她的身体飘飘地往上浮，忘记了周围的存在……

龙飞几乎淹没了白薇，他紧紧地揽定白薇的娇躯，在她迷人的身体上吻着……

忽然，白薇猛地翻了一个身，呜呜地哭起来。

龙飞不知所措。

“龙飞，你原谅我吧，到时候我会给你的。记住，我的生命和你的生命是连在一起的……”

白薇说完，抱起衣服，向夜的深处走去，一会儿便消失了。

长时间的静默。

草虫似乎停止了奏乐。河边的一只青蛙，忽然用力地叫了几声，此后，便归于一片寂静。

龙飞觉得白薇生得就像南国书房里的一个白玉瓷瓶，亭亭玉立，玲珑剔透，看到她，不忍抚摸她，更不忍打破她。特别是她具有一种天然的楚楚怜人的气质，仿佛有许多难以启口的心事，这就更增加了几分神秘感。她经常变魔术般地换穿旗袍，白旗袍，蓝旗袍，黄旗袍，藕荷色旗袍，红旗袍，每件旗袍上都有梅花图案。女同学一般都喜欢功课好的男生，龙飞和她同桌，又是班长，功课自然名列前茅，特别是文学课。对中国文学、西洋文学，龙飞了如指掌，而且有许多独到的见地，这些都增加了白薇对龙飞的好感。如果不是后来地下党的揭示，龙飞怎么也想不到她是个梅花党特务。在不知晓她是特务之前，龙飞确实很喜欢她，总把她当作一件艺术品欣赏。有时她因为生病没有来上课，龙飞竟然感到有几分落寞，觉得这一天都没有光彩。龙飞知道白薇也喜欢他，是一种由衷的喜欢。每当文学课老师抑扬顿挫地朗读龙飞的作文时，他看到白薇的脸上总是浮现出一种羡慕的微笑，这种微笑是发自内心的率直的笑，让人终生难忘。白薇经常向他借一些文学名著，有时给他带来一些法国巧克力等食品。班上有的同学见他们两人形影不离，不免嫉妒，有的便制造恶作剧来戏弄他们。一次上新闻采访课，老师正兴致勃勃地讲课。白薇发现课桌里有一个小黑盒子，取出来打开一看，没想到是一只小乌龟。她吓得尖叫起来，老师闻声过来，同学们哄堂大笑。白薇面红耳赤，跑出了教室。

白薇每天驾驶一辆雪佛莱轿车上学和回家。她的轿车停在学校的操场上。后来她发现车身上有一些明显的划痕，上面模模糊糊地划有“龙飞”的字迹。龙飞听说后非常愤怒，决心抓到这个制造恶作剧的人。这一天，他请了事假，埋伏在操场附近的小树林里。将近中午，他看到班上一个男同学晃晃悠悠来到轿车后面。他立即冲了上去，只见那个男同学一边往轿车上撒尿，一边从裤兜里摸出一块尖利的石块，在车身上划起来，同时叫道："我叫你们好，叫你们好！"龙飞上前一把揪住那个同学，与他理论。他们扭打起来，龙飞小时候跟一老和尚学过武功，那个同学哪里是龙飞的对手。龙飞打掉了他的两颗门牙，使他肋骨骨折。龙飞因此被学校关了禁闭，还有人传言学校要开除他，可是就在当天晚上他便被放了出来。当龙飞出现在学校门口时，看到白薇穿着一件银白色的旗袍笑吟吟地迎接他。龙飞看到她的胸口有一朵硕大的、金色的梅花。白薇对他说："龙飞，你辛苦了，全是为了我……"

白薇领他上了轿车，龙飞坐在副驾驶座上，她熟练地开车朝市中心驶去。这时，龙飞突然意识到，她的家庭不一般，她从未提及她的家庭，从未提及她的父母、她的家人。她一个女孩子，怎么会有这样豪华的轿车？他被关禁闭，怎么那么快就放了？她的父亲一定是举足轻重的人。

那晚，白薇的心情格外激动，她的同桌不仅帅气英俊、才华横溢，而且还有武功，真是文武双全，才貌兼备，能与他相识是前生修就的缘分。众里寻他千百度，他却在灯火阑珊处。想到这里，她不由加快了油门。

龙飞见夜幕降临，街上一片灯火辉煌，便嘱咐白薇慢些开车。

白薇自豪地指了指放在车前镜左下角的一个标牌："有这个，一路顺风。"

龙飞掀起那个标牌，只见是个梅花标志，便问道："这是什么意思？"

"这是一种交通的特殊标志。"

"也不可能顺到长江里去呀！"龙飞的话语有点儿调侃的意味。

"不会的，我已有 4 年驾龄了，你一百个放心吧。"

雪佛莱轿车在一家豪华的西餐厅前停住了，白薇让龙飞先下车，自己找了一个停车位停好车，然后与龙飞走进西餐厅。

白薇快活地挽起龙飞的右胳膊，龙飞有些不习惯，但是也没有推辞。

他感到很自豪，有不少人朝他投来羡慕的目光。

白薇的身上散发出一种薄荷般的香甜的味道，这味道在这深秋的晚上是那么惬意和舒适。

西餐厅内灯火辉煌，五彩缤纷，服务员彬彬有礼，一尊维纳斯的白色塑像矗立其中，周围有鲜花环绕。

白薇要了法国牛排、鸡肉串、水果沙拉、鸡茸汤和匈牙利黄啤。

两个酒杯碰撞在一起，发出“当”的一声，白薇微笑着一饮而尽，龙飞也一饮而尽。

白薇喝得高兴，又要了一瓶白兰地。

龙飞说：“你开车，少喝点。”

白薇红润的脸上漾起了酒窝：“你怀疑我的酒量？我上面喝，底下都泻到鞋里了，这叫有进有出，大禹治水，疏通为上。”

白薇发出盈盈的笑声。

龙飞试探地问她：“共产党的军队就要打过来了，你对共产党怎么看？”

白薇怔了一下：“龙飞，你还关心时政？我认为，一个人为自己的政治信仰奋斗以至殉身，那才叫英勇。共产党人有三种，第一种是忠实信仰，为了信仰矢志不渝，浴血奋斗，为之牺牲，这是我最佩服的。如中国共产党的创始人李大钊先生，被绞架绞死，宁死不屈。方志敏在囚室写了《可爱的中国》，最后英勇就义。第二种是随波逐流，逼上梁山，为了改变困境，揭竿而起。第三种是少数，具有投机性质，他们没有坚定的政治信仰，而是投机钻营，随机应变信如神，经不住严刑拷打，便背叛信仰。这是我最鄙视的一种。好，咱们不说这个了，喝酒！喝酒！人生有酒须当醉，一滴何曾到九泉？对酒当歌，人生几何？”

龙飞又与她碰杯，将一杯白兰地一饮而尽。

吃完西餐，白薇在服务员递过的一张卡上匆匆签了名，便带他去逛商厦。

在6楼的一个柜台前，白薇为他选了一身白色的中山装和中山裤。

白薇说：“你皮肤白，穿浅色的漂亮，如果穿上这身白中山服，就更帅了！”

龙飞进了试衣间，白薇也挤了进来。

龙飞说：“你怎么也进来了？”

白薇朝他一撇嘴：“哼，你还嫌弃我吗？我看看你穿得合适不合适。”

龙飞和白薇从试衣间出来，白薇从挎包里拿出一叠钞票，扔到柜台上，挽着龙飞，提着衣袋出了商厦。

他们又走进一个食品商厦，白薇抄起一个篮子，在货架上挑选着食品。她挑选着巧克力、软糖、北京果脯、上海城隍庙的蚕豆等，将它们一一扔进篮子。

白薇挎着篮子正要付款时，龙飞惊讶地发现篮子里鼓囊囊的，添了一些钱包。

龙飞捅捅白薇，小声说：“你的篮子里怎么会有不少钱包？”

白薇低头一看，也大惊失色。她左右瞧瞧，把篮里的钱包拣出来，悄悄扔到货架上。

后来龙飞才知道，都是白薇穿的这件旗袍惹的麻烦，旗袍上的梅花标志是当地一个黑帮组织的帮主的标志，那些小偷偷了钱包都必须扔进“帮主”的篮子。

采购完了，白薇驾车把龙飞送到学校门口。

龙飞正要下车，白薇叫住他。

“龙飞，你今晚高兴吗？”

龙飞笑着点点头。

“浪漫吗？”

“浪漫！”

“那你给我来个罗密欧给朱丽叶式的吻。”说着，白薇俏皮地把脸扭向龙飞。

龙飞四顾无人，小心翼翼地在白薇的脸上吻了一下。

“拜拜！”白薇愉快地开着雪佛莱轿车走了。

龙飞提着衣袋和食品袋走进了学校。

那个晚上，他确实很幸福。

冬天是寒冷的，可是对龙飞来讲却是温暖的、甜蜜的，因为这是他人生的第一次热恋……白薇喜欢作诗，特别是旧体诗，又能写一手好书法，她能大段大段地背诵《红楼梦》《西厢记》，特别喜欢东晋大诗人陶渊明的名作《桃花源诗并记》。她向往蓬莱仙境，后来在寒假期间，他们一起开车去了山东的蓬莱，去寻找所谓的人间仙境。

这天黄昏，白薇驾车和龙飞来到海边，只见渔帆点点，行人寂寥。

龙飞和白薇出了轿车。

白薇兴奋地大叫：“啊，大海！浩瀚的大海！”

龙飞远远地望见一个楼阁，叹道：“看，那就是蓬莱阁，蓬莱仙境到了！”

白薇赞道：“冬天的大海，别有一番韵味。今晚咱们来个野餐怎么样？”

龙飞说：“好，我到渔民那里买点海鲜。”

岸边有数个渔民摊点，龙飞买了几只海螃蟹、一碗海蚌和几个老玉米。

夜幕降临了，渔民们陆续回家。岸边停着几只渔船。海水拍击着礁石，发出巨大的声响。

龙飞和白薇来到海滩上，铺了一块布，席地而坐。白薇从车后备厢拿出两瓶白兰地、两盒美国罐头、两个面包、餐具，摆在布上。

一会儿，两瓶白兰地就只剩下半瓶了，螃蟹和海蚌仅剩空壳，只有面包和老玉米散落一地。

白薇纵声高歌，她躺在潮湿的海滩上，唱了一曲又一曲，都是抒情小调，显得十分悲戚。

龙飞听着听着，不禁淌下泪来。

白薇见龙飞落泪，便拥住他，趴在他的肩头，微微地啜泣，后来双肩颤抖，索性大哭起来。

哭了一阵，她站起身来，走近大海，深情依依地望着海面。忽然她脱掉白色风衣，又脱掉毛衣、衬衣、裤子、毛裤，仅着粉色胸罩和肉色带花纹的内裤。

龙飞看到这般情景，惊呆了，叫道："白薇，你要干什么？这是冬天，别冻着！"

白薇又迅疾脱掉胸罩和内裤，精赤条条，一丝不挂地伫立在海边。

她就像一尊玉雕，泛着光彩。

她伸开两臂，高声叫道："大海啊，大海，我要投入你的怀抱！"

她纵身跃入大海。

龙飞一见，来不及多想，也迅疾脱掉衣物，奔到海边，纵身跃入大海。

海水温温的，比陆地还要舒服。龙飞在海中寻觅白薇。

可是白薇不知去向。

龙飞大声叫道："白薇！白薇！你在哪里?!"

借着几分酒劲儿，龙飞感到身体里充满巨大的力量。他平时水性甚好，一次在横渡长江的比赛中，他得了季军。他知道白薇的水性也很好，在学校的游泳池中她的潜游本领甚高。

忽然，他感觉被人抱住了，低头一看，是白薇，她就像一尾浪里白条鱼，肆意地游来荡去。

她钻出水面，拥住龙飞说："我自由了，我是一个自由人了！"

龙飞被她美丽的胴体贴得透不过气来，他感到自己的身体在飞翔，轻轻地飞，一种从未有过的愉悦感涌遍了全身。他不由自主地拥紧了白薇……而且越贴越紧，久久不愿松手。

白薇把娇美的小脸贴在他的脸上，小声说："我喜欢冬泳，更喜欢裸泳。"

龙飞感到她洁白的胴体滚烫，她的脸庞更是像燃烧的火焰一般。她芬芳的小嘴里泛出一股股难以形容的洁香，夹杂着酒气。

"龙飞，我太幸福了……"她的声音柔美得就像一曲优美的音乐。

龙飞感觉自己空空荡荡的，仿佛灵魂出窍，赤条条地在浩瀚的宇宙中翱翔，翱翔，自由自在地翱翔……

一股暖流奔泻而出……

他真正地超脱了。

两人激情过去，便迎来了绚烂的朝霞，大海一片寂静。

这天晚上，白薇的寝室。身穿睡裙的白薇坐在桌前仔细端详着镜框里龙飞的照片，陶醉在幸福的憧憬之中。她俯下身在龙飞的照片上吻着。

白薇的父亲——梅花党主席白敬斋悄然走了进来。他看到白薇如醉如痴的样子，大为诧异，喝问："他是谁？"

白薇吓了一跳，回过头来："爸爸……"

白敬斋问："他是谁？"

白薇回答："是我的同学，叫龙飞。"

"他是你的情人？"

白薇脸一红，点点头。

白敬斋怒气冲冲地说："你忘记组织的规矩了？你是梅花党的联络员，责任重大，事关重大。"

白薇身体有些发抖，说："爸爸，你的女儿从来就没有恋爱过，这是唯一的一次。"

白敬斋冷冷地说："干我们这一行，理智要战胜情感！我们都应该成为冷血动物，为了党国的利益！"

白薇说："这个男人太优秀了，太完美了，他是我心中的白马王子。"

白敬斋气冲冲地说："你了解他吗？了解他的背景吗？爸爸不是要你做独身女人，以后爸爸在美国给你找一个好男人，他的出身、仪表、学问一定是一流的。"

白薇大声地说："我不要！"

白敬斋说："混账话！"他"啪"地打了白薇一记响亮的耳光。

第二日傍晚，夕阳西下，晚霞染红天际。玄武湖微波粼粼，龙飞与白薇同乘一舟，龙飞操桨，小船徐徐而行。

龙飞问："小薇，你今天怎么心事重重？"

白薇叹了一口气。湖岸上，一棵老槐树后，白敬斋府上的总管金老歪正摇着一柄纸扇，暗暗看着这一幕。

晚上，紫金山白敬斋的府中。墙壁上投下白敬斋与金老歪的身影，正在窃窃私语。白敬斋把一个烟头掐灭在烟灰缸里。

第二天下午，阳光融融，龙飞在人行道上匆匆走着。一辆豪华黑色轿车尾随在他的身后。轿车内，金老歪叼着烟卷，坐在司机旁边指手画脚。白薇放学驾车恰巧路过此地。

金老歪乘坐的轿车忽然开足马力朝龙飞撞去……

白薇看到这个情景，不顾一切驾车朝金老歪的轿车撞去……金老歪轿车内的司机发现情势危急，东倒西歪地驾车躲闪，接连撞翻了几个小摊，还撞倒了几个路人。

龙飞看到这一情景，惊呆了。

白薇醒来时已躺在医院的病房。龙飞正焦急地坐在一旁。

白薇略微挪了挪身子，“哎哟”一声。

龙飞问：“怎么了？”

白薇说：“摔着屁股了。”

龙飞说：“那可是关键部位。”

白薇笑着说：“去你的，你尽拿我开心。男人都坏！”

龙飞说：“未必，你爸爸也是男人。”

白薇说：“他是一个不称职的爸爸。”

小护士拿着药盘走进来，说：“小姐，该换药了。”

白薇对龙飞俏皮地说：“小飞，因为是女人的关键部位，你先回避一下。”

小护士说：“小姐，你这位先生真不错，背着你又化验又打针，真是如意郎君哟！”

白薇一听，脸上飘起一团红晕，说：“哼，男人对女人过分热情，必心怀叵测。”

龙飞笑道：“你还不如说我图谋不轨呢！”又对小护士说：“上药轻点。”

小护士说：“嗬，真知道心疼人。”

这天，南京中央大学新闻系课堂。龙飞望着白薇空空的座位，有点儿怅然。

她伤好后已经有好几天没来学校上课了。

清晨，龙飞起床了，正在刷牙。

送奶工南振发骑着送奶车经过他的平房宿舍门口。

南振发叫道：“送奶喽。”

龙飞推门，只见窗台上放着一瓶牛奶。他拿过牛奶，走进屋，打开牛奶瓶，滚出一个纸团，他展开纸团，只见上面写道：国民党最近成立了梅花党特务组织，主要任务是布置潜伏。你的同学白薇是这个组织的主席白敬斋的二女儿，又是梅花党的联络员。你要设法弄到记有这个组织人员名单的梅花图。

龙飞看后，吃了一惊。他迅速来到门口，可是哪里还有那个送奶工的影子。他迅疾走进屋，关上门。他有些紧张，又有些激动，坐立不安。

晚上，龙飞躺在床上，屋内一片黑暗，他没有开灯。

窗外一个人影一闪。窗户开了，有人从外面扔进一个小纸团。龙飞捡起来一看，上面写着：事不宜迟，明日下午 2 时莫愁湖东畔。一号。

第二日下午 2 时许，龙飞来到莫愁湖东畔。

岸上的一个花伞下，白薇正在看一份画报。

一会儿又出现一个时髦的年轻漂亮女郎，她戴着一副墨镜，来到白薇的身边。她叫黄栌，梅花党副主席黄飞虎的大女儿。

黄栌说：“小薇，你来了？”

白薇说：“老朋友见面不容易。”

黄栌坐到白薇旁边，小声问：“带来了吗？”

白薇点点头，把画报递给她。

白薇说：“文化周刊又推出一批明星，又靓又潇洒。”

黄栌柔声道：“是吗？真是各领风骚数百年啊！”她接过画报，四下瞧瞧，起身朝白薇摆摆手：“拜拜！”

白薇说：“拜拜！”

龙飞走了过去，问：“白薇！你怎么在这里？”

白薇见到龙飞，有些惊慌，问：“小飞，你怎么来了？”

龙飞说：“你一连几天没有音信，我是旧地重游，睹物思人。”

白薇说：“最近家里事多，身体又没有完全恢复。”

二人在一棵老槐树前坐下。白薇从皮包里倒出一堆美国罐头和巧克力。

白薇说：“这是爸爸从美国带回来的罐头和巧克力，你尝尝。味道跟咱们中国的就是不一样。”

龙飞说：“我还没见过你爸爸呢。”

白薇听了，心头一沉，若有所思。

龙飞又说：“你到过我宿舍，我还没去过你家呢。”

白薇心事重重地望着湖面。

龙飞笑道：“你该不是蒲松龄笔下的狐仙，没有家吧？”

白薇笑道：“我是侠女，以四海为家。”

这时，几个小地痞凑了上来。

地痞甲说：“嗬，小姐，盘子还真够靓的！”

地痞乙说：“可不是，那双小奶子跟小高桩柿子一样。”

地痞丙说：“这打扮还够飒的，我喜欢。”

地痞丁说：“哥几个，上呀！开开荤。”

地痞们围住白薇，动手动脚。

龙飞见状大怒，奋勇上前，他会些拳脚功夫。他一脚将地痞甲踢入湖中。其他地痞呼地从怀里拔出菜刀，朝龙飞扑来。

地痞乙说：“我们是菜刀帮的，哥几个，咱们谁也甭含糊，朝这个小白脸开刀！”

地痞们扬刀围定龙飞，举刀乱砍。龙飞左突右撞，似乎有些手忙脚乱。

地痞乙扬刀朝龙飞脑后劈来，情势危急。

忽然，地痞们纷纷应声倒地。原来白薇在一旁冷眼观战，悄悄拔出头发上的梅花针，几支梅花针扎都中了地痞们的左眼，地痞们呼啸一声，抱头鼠窜。

龙飞对白薇赞道："没想到你还会打暗器。"

白薇笑道："我会的东西还多着哪。"说着，二人走出莫愁湖进入停在路旁的雪佛莱轿车。

白薇驾车，龙飞坐在一边。

白薇说："想不到你拳脚也不错，拜的哪里的山门？"

龙飞回答："小时候在家乡的寺庙里跟一个老和尚学的，雕虫小技。"

白薇说："姑娘本性爱绣花。"

龙飞说："明年新年，我建议话剧社排演《白蛇传》，我演许仙，你演白娘子。"

白薇叹了一口气："可惜不能如愿了。"

龙飞问："怎么？"

白薇说："现在外面很乱，共产党的军队就要开过来了，爸爸要送我到美国去读硕士学位。"

龙飞叹了一口气，望着车窗外的夕阳说："难道我们的爱情就像这落日的晚霞一样？"

白薇也叹了一口气："不会的，但是天下没有不散的筵席。"

雪佛莱轿车又行了一程，白薇将车停稳，对龙飞说："好了，离学校不远了，你该下车了，咱们后会有期！"龙飞下车而去。

白薇趴在方向盘上抽泣着，她的双肩颤抖着。

白薇驾驶着雪佛莱轿车驶入紫金山，沿着山道疾驶。

一路上那些哨卡的士兵一见白薇车上的标志，都举手敬礼。

淡淡的晚霞中，紫金山更显得幽奇，山林之中，透出几抹淡绿、几团水红，山腰上的白色别墅群在火红的野枫林中时隐时现，素雅淡薄，勾勒出一个虚幻的魔鬼世界。那便是梅花党总部。

白薇驾车来到后山腰一座别墅里，两个便衣特务朝她打了一个响指。白薇伸出嫩藕般的左臂，朝他们来了一个飞吻，把汽车停在院内。

一个胖胖的家伙从楼里走出来，他50多岁，两只铜铃般的大眼睛，一口黄板牙，斜挂着一支左轮手枪。

白薇问道："金老歪，老头子叫我回来干什么？"

金老歪是白敬斋的管家，跟随白敬斋多年。此人原是一个土匪头子，打得一手好枪，有"神枪金老歪"的雅号。他一见白薇回来了，一躬腰，说道："局势不妙，共军快过来了，老爷正召集紧急会议，大小姐和黄飞虎也到了，就差你了。"

白薇撞上车门，匆匆走上台阶，说道："我换换衣服就来。"说着拐过右边的一条游廊，朝后边走去了。

白薇来到后面的一幢小楼里自己的房间，迅速脱下西服裙，换上便装，又轻轻搽了一些脂粉，往柔软的头发上洒了点儿香水，一扭身出去了。

白薇来到主楼的客厅内，客厅内烟雾腾腾，梅花党党魁白敬斋正在主持会议，客厅里密密匝匝坐着40多人。

白薇一眼就发现了姐姐白蔷。

白蔷正坐在屋角的一个沙发上，此时斜靠在带银点儿的蓝绸沙发靠垫上，一只手托着头，另一只手夹着一支美国香烟。她穿着一条白底子绣粉红色玫瑰花的绸裤，露出两只小巧玲珑的脚，穿着一对嵌金镶珠的小拖鞋，上身穿一件飞行色的长衫，袖口宽大，银线滚边，珍珠做纽扣，外面套一件银狐色的坎肩，前面有一处心形的缺口，露出半双象牙般的乳房。她头发浓密，黑里透亮，一双又大又黑的水汪汪的眼睛，笔直的鼻子，珊瑚色的嘴唇，珍珠般的牙齿。

白蔷看见了妹妹白薇，朝她一招手，白薇来到姐姐旁边，坐在沙发扶手上。

“你好吗?”白薇轻声问白蔷，并吻了她脸颊一下。

“凑合混吧。”白蔷放荡地一跷腿，说，“腐败，国民党，完喽!”

“嘘!”坐在左边的黄飞虎用手势制止了白蔷说话，示意她不要讲话，专心听白敬斋发言。

黄飞虎中等身材，40 多岁，是梅花党组织的第二号人物。他给人最突出的印象就是有一副虎脸和两颗龇出的虎牙。他的衣着简单朴素，穿湖蓝长衫，手里摆着一对铜球。

白敬斋年过六旬，有绅士风度，雍容华贵，一脸肃穆之情。他身穿月白色长衫，那副不断泛光的金丝眼镜给人以高深莫测之感。

白敬斋的声音不紧不慢，在客厅内回荡：“国难当头，人人有责。共军长驱直入，挥戈南下，国军节节溃败。国军将领平时营私舞弊，虚度年华，私囊饱满。正当国家用人之际，却仓皇溃败，一败涂地。所谓养兵千日，用兵一时，可是这些饭桶庸才，关键时刻，却一溃千里，望风而逃，致使国府不保，蒋总统训示……”

说到此时，客厅内大小头目刷地站定，一起立正，客厅内鸦雀无声。

白敬斋抑扬顿挫地说道：“潜伏，退避三舍，以图东山再起。”

一会儿，众人坐下。

白敬斋又说下去：“今日我请诸位前来，就是希望诸位在共军压境之际，休要惊慌失措，要镇定魂魄，积极发展民族精英，部署退却，以求布下网络，伺机完成反攻之大业!”说到这里，白敬斋干咳一声，用眼睛瞟了瞟白薇，“你把那笔美元拿来，我给诸位发些活动经费。”

白薇站起身来，拎着那只乳白色的小皮包，走了出去。

白薇回到自己房间，扭亮了台灯，只见龙飞端坐在沙发上，正冲着她笑。

白薇慌得急忙抽出勃朗宁手枪，慌张地问：“你……你怎么来到这里的？”

龙飞镇定地说道：“多日不见，我很是想你，于是钻到你的汽车后备厢里跟了来。”

“你呀你，真是无知！你知道这是什么地方吗？我父亲知道你来一定饶不了你！”

龙飞故作惊慌地说：“那我赶快走吧。”

白薇将门掩上，小声说道：“你就是插翅也难飞出去了，我实话说了吧。这是蒋总统设的一个秘密据点，连国防部保密局都不知道。”

“那可怎么办？”龙飞哭丧着脸，眼泪几乎落下来。

白薇气鼓鼓地一屁股坐到沙发上，一声不吭。龙飞看着她，有些想笑，但又不敢笑出声来。两人相持了有一刻钟。

这时，有人推门进来，是个十六七岁的姑娘，她穿一件淡青色薄纱洋服，脸庞似满月，一双亮晶晶的大眼睛，像映在溪水里的星星，均匀的身段，使人想起河边的垂柳。

白薇见龙飞有些紧张，急忙说：“这是我的丫鬟翠屏。”

翠屏的眼睛盯着龙飞，大眼睛一眨不眨。

白薇灵机一动，面上露出一丝微笑，说：“如今只有一个办法，我跟父亲全盘托出，就说你是我的情人，也把你吸收到我们组织中来。”

龙飞喜形于色道：“那自然好。”

白薇又问：“你是三青团员吗？”

龙飞答道：“我还是国民党员呢！”

“好极了，咱们明早一起坐飞机到美国洛杉矶去，那里有我们组织的一个基地。可是你的父母怎么办？”

龙飞说：“我父母在菲律宾经商，不在国内。”

“那可太好了！”

翠屏催促说：“二小姐，老爷让你快过去呢。”

白薇对龙飞道：“你先坐在这儿等我，开完会后我便对父亲讲。翠屏，你好好招待一下龙先生。”翠屏点点头，白薇来到楼上，取出美元又回到客厅。龙飞望望翠屏，他绝对不相信在这戒备森严的魔窟里，还会有这么一个纯朴清纯的小姑娘。

翠屏见龙飞盯着自己看，有点儿不好意思，出门去了。

龙飞想听听客厅里白敬斋在讲什么，于是走出白薇的房间，朝前面走。这时，天已大黑，主楼里灯火辉煌。龙飞穿过竹林，正碰见几个巡逻的特务迎面而来，他急忙掩到竹林里。一个特务扭亮手电，叫道：“我明明看见一个人影，怎么一晃就不见了，八成藏在竹林里。”说着，用手电在竹林里乱晃。几个特务都扭亮手电，在竹林附近照来照去。龙飞藏在竹林深处，大气不敢喘一口。

两个特务钻进竹林搜索。眼看一个特务的脚几乎踩到龙飞的身上了。

这时，竹林后走出一人，那人叫道：“老总们在找什么呀？”

两个特务一听，抽身出了竹林，一个特务嬉皮笑脸地说：“我以为是谁呢，原来是翠屏姑娘呀！大黑天的你钻到这儿来干什么，八成是跟相好的幽会吧？”

“嚼烂你的舌头，人家在这儿解手呢！”翠屏答道。

“你们房里不是有厕所吗？”另一个特务说。

“小姐正在用呢。”

“哈哈……”几个特务嘻嘻笑着远去了。

翠屏来到竹林里，小声叫道：“龙先生，龙先生！”

龙飞从竹林里出来，翠屏用手捉住他的手，返回白薇的屋中。

翠屏呼地关上门，胸脯急促地起伏，脸憋得通红。

龙飞望着她，有点儿奇怪。

翠屏说："你一会儿肯定会暴露。"

龙飞问："你是谁？"

翠屏答道："我的代号叫白菊花，柯原同志指示我，在关键时刻协助你工作。"

"原来你是我们的同志！"龙飞一阵激动，上前紧紧握住翠屏发烫的双手，在这样的环境里，两个共产党员相遇是多么令人高兴和激动的事情。

翠屏严肃地说："时间不早了，明日凌晨，这个秘密据点将撤销，党指示我跟随梅花党撤到台湾。我不能轻易暴露身份。好了，我们现在开始工作。"她像一个老练的指挥员发布命令。

她说："白敬斋的客厅内，搬开北侧中间的单人沙发，沙发下面有一间密室，密室壁上有一幅梅花图，下端轴里有梅花党的人名册，梅花图后有个通道，进通道不久有个三岔口，左边通向秘密军用飞机场，右边通到后山，记住，往右拐。我现在去后院放火，引开敌人。"说完出去了。

一会儿，龙飞就听到有人喊："着火了！着火了！"

龙飞连忙赶到前面客厅，客厅空无一人。他搬开那个单人沙发，只见是棱花板，他用力撬开地板，现出一个精美的地穴。地穴也就10平方米，堆满了枪支弹药。他轻轻跳了进去。地穴的东壁上果然有一幅梅花图，上面写着：疏影横斜水清浅，暗香浮动月黄昏。画面上晓月冷梅，凄婉动人。龙飞伸手去拿梅花图的底轴，打开轴口，掏出一卷纸，展开一看，果然是个名册，为首的是梅花党核心人名单，上面写着：白敬斋、黄飞虎、黄栌、白蔷、白薇……还有许多陌生的名字。看着看着，忽然，那个人名册自己燃烧起来，眼看要烧到龙飞的手，龙飞赶紧撒手，那个人名册化为小片灰烬。

上面传出翠屏的声音："龙飞，快走，敌人来了！"

外面人声嘈杂，枪声混作一片。原来梅花图的底轴有一个导线，一直通到客厅内白敬斋的虎皮椅底座上，就在龙飞拽出人名册的同时，白敬斋椅下的警铃响了。白敬斋正在后院指挥救火，听到警铃叫一声："不好，有共党的探子！快跟我来！"众人一齐抽出枪支，随着白敬斋跑来。

龙飞在地穴内自知情势不妙，急忙撕下梅花图，只见图后现出一个洞口，他爬了过去，里面越来越宽，黑乎乎、湿乎乎，他拼命地朝前飞跑，跑了十几里，只见现出两个洞口，他想起翠屏的吩咐，朝右边的一个洞口飞奔。

后面枪声大作，子弹嗖嗖飞来。

龙飞又跑了一程，见上面隐隐有亮光，前面是一片绝壁，他费力推开上面的草丛，攀了上去，只见周围黑乎乎站着十几个人。

龙飞一看，不由暗暗叫苦：坏了，又落在敌人手里了。

这时，只听一个亲切而熟悉的声音叫道："龙飞同志，快上车吧！"

龙飞定睛一瞧，正是中共南京地下党负责人柯原，他带着十几个全副武装的游击队员正守候在这里，旁边停着一辆吉普车。

柯原命令道："快上车。"龙飞钻进吉普车，司机将车飞也似的开走了。

龙飞问："上哪儿去？"

司机头也不回地答道："苏北解放区。"

吉普车行了七八里，后面传来激烈的枪声和爆炸声……

不久，南京解放了，龙飞跟随华东野战军的首长又来到紫金山山腰。那里已成为一片废墟，被飞机炸得难以辨认。

白敬斋、白薇等不知去往何处，翠屏也不知下落，柯原同志再也没有回来。

龙飞想：柯原、翠屏同志肯定牺牲了……

凌雨琦叫道：“龙飞，你看，那是什么?!”

她的声音打断了龙飞的回忆。他顺着凌雨琦手指的方向望去，只见对面山坡上伸出几个炮筒，周围是一片浓密的树林。

龙飞仔细辨认，叫道：“那是防空高射炮，那边就是高炮连的驻地。”

凌雨琦说：“看来那边是军事防区，这个美丽的小岛真是藏龙卧虎。”

凌雨琦怔怔地望着龙飞，问：“老龙，你是不是又想起以前那些故事了?”

龙飞没有说话，他站在一棵树下，望着远处绰绰约约的小岛，眼前又浮现出那一幕幕情景：

五台山的夜，幽静神秘。

夜深了，远处的群山变得漫无边际，一轮皎月给寺院、山峦、林木镶上了一层淡淡的银白色。龙飞赶到千佛殿前，只见有个老和尚正坐在千手观音塑像前念经。殿内有一尊韦驮木雕像和一尊文殊铜像，旁边悬着一口大铁钟。

龙飞上前对老和尚作个揖道：“借问法师尊称?”老和尚答道：“贫僧清洁。”龙飞又问：“法师，几年前可有个美丽妇人投到这里?”

清洁法师抬起头，打量龙飞一番，徐徐问道：“你是何人？为何深夜到此？你与那妇人是什么关系?”

龙飞随口编道：“我是她的哥哥，千里迢迢而来，她因看破红尘，几年前投到这里。”

清洁法师拾起木鱼，说道：“她正在千佛洞内面壁，她要超度众生，以赎回前世之错。”

龙飞来到寺后的千佛洞，只见里面漆黑一团，他大声问道：“里面有人吗?”

只听到一连串沉闷的回声，洞内潮湿。

龙飞摸进外洞，右手紧紧握着手枪。龙飞摸着摸着，头碰在石像上，磕出一个血包。他继续小心翼翼地摸索着。

“把枪放下！”洞内传来一个女人的声音。

龙飞吃了一惊，没有放下手枪。

“把枪放下！不然我就开枪了！”又是那个女人的声音，紧接着是拉动枪栓的声音。

龙飞慢慢把枪放在地上。

蜡烛亮了，内洞里一块钟乳石上端坐着一个女人。她身穿淡蓝色僧服，手里握着一支小手枪。这个女人看起来三十出头，秀丽的脸庞上有一双泛着凶狠的美丽大眼睛，面容白皙秀气。

这个女人就是白薇。

“想不到吧？老同学！”白薇认出了龙飞，端着手枪紧紧逼来。

“把你身上的手铐拿出来，自己铐上！”白薇大声叫着。

龙飞双眼喷着怒火，紧紧盯着白薇的眼睛。

龙飞转到了钟乳石前，白薇转到了洞口。

这时猛见洞口有个人影一晃，一根树干伸了进来将白薇捅了个趔趄。

枪响了，子弹擦着龙飞的肩膀射到墙壁上。

龙飞趁势朝前迈了几步，一拳将白薇击昏。

面容严峻的清洁法师走了进来。

“谢谢你！”龙飞激动地叫着，掏出手铐铐住了白薇，并拔出了她嘴里含毒的假牙。

原来清洁法师见龙飞深夜去千佛洞，恐他凶多吉少，于是抄了一根树干也急急忙忙地追过来，正见白薇用枪威逼龙飞，于是用树干捅击白薇，使龙飞脱险。

两个人把白薇拖出了千佛洞。

白薇悠悠醒来，见自己被擒获，将牙一咬，才发现假牙已卸，她苦笑一声，凄苦地说："老同学，你干得真漂亮，叫我欲生不得，欲死不得，活活受罪。"

龙飞淡淡一笑："白小姐，我们留着你还有用呢。"

白薇苦笑着对清洁法师说："师父，弟子就这么令你讨厌吗？"

清洁法师作揖道："善有善报，恶有恶报，不是不报，时机未到，时机一到，立即就报。阿弥陀佛。"

龙飞押着白薇朝台怀镇走去，走了一段，龙飞回头一瞧，清洁法师不见了。

台怀镇的夜，梦一般的美。

微风挟着野草与薄荷的香味，把树林吹得有如涟波荡漾。那些红林、翠树、黄寺都陶醉在皎皎月下，原野散发出清新、潮湿的泥土气息。

龙飞押着白薇继续朝前走。

白薇戴着手铐，慢慢地走着，像是有满腹心事。

"老同学，这些年你过得好吗？"白薇的声音，柔柔的，充满了关切。

"老同学是老同学，可我们是两个阶级战壕里的人，你是国民党，我是共产党。"龙飞平端着手枪，警觉地望着她。

"一位哲人说过：没有永久的敌人，也没有永久的朋友。"白薇的脚步慢了下来，"在这花前月下，清凉世界，你不觉得很有诗意吗？"白薇的声音，柔媚动人。

"树欲静而风不止。"龙飞淡淡地说。

白薇发出一阵大笑，这笑声在这沉静的深夜，显得有些恐怖。

白薇不走了，停在那里。

龙飞催促道："快走，别磨蹭。"

白薇发出一阵笑声："小飞，你不觉得，除火药味以外，生活里还有许多美好的东西吗？"

龙飞说："我们是两股道上跑的车，你是资产阶级的小姐，我是无产阶级的战士。"

白薇叹了一口气："老同学，我们毕竟还有一段恋情，你就一点也不留恋我吗？"

龙飞冷冷地说："因为你选择了自绝于人民的道路，现在又落入人民的法网，善有善报，恶有恶报。"

白薇长吁了一口气："你受共产主义的影响太深了。"

白薇蹲了下来。

龙飞说："你不要耍赖。"

"资产阶级也要大小便呀。"白薇神经质地大笑。

龙飞转过身："那我回避一下。"

"你还铐着我呢！"白薇叫道。

龙飞说："好，我暂时把手铐下了。我可告诉你，你要逃跑，我就开枪了！"

白薇双手脱离了手铐，感到一阵轻松。

"有手纸吗？"

"你要大便？"

"当然。"

龙飞从兜里摸出手纸，递给她。

"还是老同学好。"

她走到一个土丘后面，朝龙飞一个飞吻。

"你可离远一点儿，资产阶级的屎可比无产阶级的屎臭多了。对了，还要耐心一点儿，最近我有点儿便秘。"

龙飞站到一边，等了一会儿，没听见白薇的动静。

"怎么，资产阶级，大便完了吗？"

没有人应答。

龙飞感到不妙，冲到那土丘后面，哪里还有白薇的影子……

5年前的一个深夜，龙飞等人把白薇围堵在北京西城平安里的一个四合院里，当时她正在和隐藏在我公安队伍内部的叶枫接头。她想通过叶枫的帮助逃往海外。白薇的身上饰有梅花图，是梅花党潜伏人员名单，只有用叶枫收藏的一种特殊的药水涂抹才能显现。白薇得意地褪尽旗袍、内裤等物，精赤条条地现于叶枫的客厅，展现美丽白皙的胴体，叶枫用药水忘情地涂抹白薇的胴体，一朵朵梅花显现。突然院门被踢开了，龙飞率领公安人员冲了进来。

叶枫抽出手枪，倚住里屋门框抵抗，白薇冲到里间，砸碎窗玻璃，夺窗而逃。

叶枫一边射击，一边叫道："白小姐，快跑，告诉蒋总裁，我为党国效忠了！"

叶枫开枪打死一名公安人员，随即被龙飞击毙。

白薇赤条条蹿上房顶，看到胡同里停着几辆警车，她纵身一跃，跃到最前面的那辆警车顶上，飞快地进入驾驶室……

旁边恰巧路过一个老头，手里攥着一根油条，叫道："这是谁家的姑娘?！怎么？犯神经了？大白天的，光着屁股就跑出来了！"

白薇一枪打倒那个老头，踩动油门，警车像离弦的箭，向西冲去……

"砰砰……"几位公安人员朝那辆车开枪。

龙飞叫道："不要开枪，抓活的！"

"砰砰……"又是两声枪响。龙飞埋怨道："怎么搞的？"

一位公安人员叫道："是特务放的枪。"

龙飞飞快地钻入另一辆警车，去追那辆警车。

白薇开车朝西疯狂遁去。

龙飞驾车紧追不舍。

白薇就如一头困兽，赤身裸体地坐在冰凉的车座上，此时心绪纷乱，万念俱灰。

汽车疯狂地穿街过市，冲向西方。

龙飞的车警笛长鸣，似离弦的箭。

白薇的车似惊弓之鸟，惊慌失措，东扭西拐。

白薇的眼前一片光怪陆离：

橘黄色，金粉色，铅灰色……各种图案交织纵横，一会儿是父亲白敬斋的脸庞，一会儿是梅花落缤纷纷，一会儿是南京紫金山梅花党总部悬挂的青天白日旗，一会儿又是重庆废弃教堂的十字架……

忽然，她的眼前呈现出一片血色。她苦心孤诣在大陆潜藏了十几年。十几年的晨钟暮鼓，凄风苦雨。她历尽风霜，饱尝世态炎凉。姐姐白蔷、妹妹白蕾在灯红酒绿、歌舞升平的环境里度过青春，而自己却饱受煎熬，忍受着清贫，默默度日。曾几何时，她强吞苦酒，借酒浇愁，愁上加愁，平添几许惆怅，白了几丝乌鬓。春恨秋悲皆自惹，花容月貌为谁妍？

白薇在恍惚中，发觉已驾车不知不觉进入西山，前方已无路可逃，她叹了一口气，将车停住，飘然回首，龙飞的车戛然而止。

白薇百般无奈，想找点什么东西遮挡裸身，茫然四顾，大失所望。

她缓缓走下汽车，往前走了几步，已经走到悬崖边。

这里或许就是自己的墓地，或许就是自己的花冢。

夜空开始发亮了，一道亮光，上边泛翠色，下边呈粉红色，最后成为一道金红色的光，越来越扩大。在山边的晨曦中，有一颗暗淡的星星，好像是从这黑暗的山谷里飞出来的灵魂。原野打着寒噤，被薄雾吐出来的一层层金粉色的气雾包裹着，耸立在背后的山峦，依然半含着余睡未足的惺忪之态，几处深谷里涌出来的白色晨霞，不住向山脚下滚动回荡。

白薇神色俨然，站立崖边。她一丝不挂，精赤条条，似一尊雕饰金色梅花图案的玉雕。

龙飞走下汽车，缓缓走近她。

“老同学，想不到咱们会在这里相会……”龙飞的语调里充满了戏谑。

白薇苦笑着说：“也想不到咱们的见面是这么一种样子，尴尬吧？可惜，咱们虽是同窗，却不同路——”

龙飞双目炯炯，说：“有句话，放下屠刀，立地成佛。”

“我不会成佛，因为我罪孽深重，共产党是不会放过我的。”她无奈地看了一眼自己美丽的胴体，又说，“人生是一本太仓促的书，翻烂了，还是仓促……”她一字一顿地说着，充满了凄凉之感。

“心灵是自己的地方，在那里可以把地狱变成天堂，也可以把天堂变成地狱。”龙飞恳切地说。

白薇轻轻拢了一下飘散的柔发：“过去，不是一个可以甩得掉的包袱。”

她喃喃自语着：“永别了，这残缺的人生。我的人生毕竟还有那么一点点被误解的甜蜜的回忆，来生，我再做一个好女人吧。”说完，她凄然一笑，纵身从悬崖跃下……

她就像一朵梅花，飘然而落。

凌雨琦叫道：“龙飞，那边过来一个穿军装的人！”龙飞从回忆中惊醒过来，只见前面树丛里钻出一个持枪的士兵，朝他们迎面走来。

“站住！检查一下证件。”他朝二人喊道。

龙飞和凌雨琦掏出了证件，士兵端详着他们，又看了看证件，然后把证件还给他们。

“到这里来干什么？那边没有居民，只有一座灯塔。”士兵说。

龙飞说：“因为工作需要，了解一下情况。”

士兵又钻进树丛里去了。

龙飞和凌雨琦继续向前走去。

这时，一个年轻的男子骑着一辆自行车从灯塔的方向迎面而来。

这个男子越来越近，他梳着油亮的分头，身穿褪色的旧军装，面容清秀，戴着一副墨镜。

凌雨琦推了龙飞一下，说：“你瞧，这个小伙子够苗条的。”自行车骑近了，龙飞看到自行车后架上有个药箱。

那个小伙子看到龙飞显得有些紧张，用脚紧蹬几步，骑了过去。

龙飞觉得这个小伙子有点儿面熟，一时又想不起来在哪里见过他。

凌雨琦望着他的背影，说：“还挺时髦，戴着一副大墨镜，穿着一身黄军装，还以为是从抗美援朝战场上回来的呢！”

两个人继续往前走去，这条山路弯弯曲曲，由于是海岛，路面非常干净。

凌雨琦对龙飞说：“老龙，还是聊一聊南云姐吧，我从心里不喜欢白薇，她那种资产阶级家庭臭小姐派头，我接受不了，况且她又死心塌地为老蒋卖命，死不悔改，一条道走到黑。我还是喜欢南云姐，她虽然长相一般，但是心地善良，不搞阴谋诡计，诚恳实在，待人热情……”

龙飞想起初识南云的情景：

那是一个战火纷飞的年代，一个令人刻骨铭心的年代，一个充满了血与火的年代。

夜，枪声。龙飞踉踉跄跄地穿街过巷。背后，军警、特务尾随追来。

他跑到一个独院门口，用力敲门，里面传出低沉的声音：“谁？”

龙飞说："为了新中国的解放。"

屋里有人说："时刻准备着！"

门开了，现出一个中年男子，他戴着一副眼镜，他叫南振发，就是那个送奶工，他是南云的父亲，中共地下党员。

龙飞进门，南振发将门拴上。

龙飞说："老南，你快走，党内出了叛徒。老柯让我通知你赶快转移。"

南振发说："城里认识我的人太多……"

外面追赶声渐近，枪声大作。

南振发说："我还有一批文件需要处理，你赶快走吧。"

这时，里屋走出一个十五六岁的小姑娘，她红润的面孔现出朴素的气质，她是南振发的女儿南云。

南振发说："这是我的女儿，刚从乡下来。小云，你赶快跟龙先生走。"

龙飞一阵犹豫。

军警、特务们在敲门。

南振发怒喝："快走！这是党的命令。"

龙飞和南云向后院跑去。

南振发跑回屋内，拿出一支手枪，又从书房内找出一些文件，燃烧起来。

军警、特务们撞进门来。

南振发向敌人射击。一片激烈的对射。南振发身中数弹，看到文件已燃尽，露出欣慰的笑容，倒下了。军警、特务们冲进屋内。

一个特务说："这个共党真顽固。"

另一个特务说："他好像还有一口气。"

特务头目说："共产党越剿越多，也不用要活口了，把他钉在墙上！"

几个特务架起南振发，让他靠在墙上，特务甲找来铁锤和铁钉。

南振发浑身是血，气息奄奄。

特务头目问：“南振发，死到临头，你还有什么要说的?!”

南振发义正词严地说：“共产主义是不可抗御的!”

特务头目冷冷地说：“可惜你看不到这一天了，给我钉!”

特务甲照准南振发的脑门狠狠地钉着……

南振发牺牲了。

小巷深处，龙飞拉着南云拼命飞奔，南云感到一阵不祥的恐惧。

她猛地站住，往回跑去，大叫一声：“爹!”

龙飞拦住她，她昏倒在龙飞怀里……

半年后的一天下午，苏北山区一片苍茫烟流，白云飘荡着，给山峰罩上了神秘的色彩。苍松、翠柏、怪石、庙宇，变得若隐若现，飘飘荡荡。

一个骑在牛背上的小牧童吹着短笛，笛声凄凉、委婉……

龙飞在迤逶的山路上行走。

阳光给山峦涂上了一层奶油般的黄色，一朵蓬蓬松松的云彩，在天际间浮动，徐徐飘来，稀松的树林中，漏出疲倦了的鸟声。

路前方一个人影踏着清脆的步子缓缓走来，原来是南云。她亭亭玉立，小巧玲珑，白如珠玉的瓜子脸上，两只乌黑的大眼睛闪烁不停，鼓甸甸的胸脯一颤一颤。她身裹红衫，头戴头巾，如一团红云，仿佛置身云端，轻飘飘的。她那一双黑亮的水银一般的大眼睛，露出令人销魂的笑容。

龙飞看到她，一阵触电般的颤抖。

龙飞大声唤着：“南云！南云!”

南云也发现了龙飞。

南云喊道：“龙飞哥！”

两个人两小无猜般地拥抱。

龙飞拽着南云抡了个半圆形。

龙飞问：“你到这儿干吗来了？”

“我采点野花，你呢？”

龙飞笑道：“姑娘就爱花。”

南云问：“你从哪儿来？娘在家烙饼子呢，她弄了点咸带鱼，说炸着吃。”

龙飞咂吧咂吧嘴说：“太好了，我好长时间没闻着腥味了。”

南云咯咯笑着说：“我看你呀，是属猫的。这天好热，衣裳都黏在身上了。那边有条小河，咱们弄点水喝。”

龙飞牵着南云的手，飞也似的跑着。两人来到河边。

南云望着清湛湛的河水：“怎么喝呀？”

龙飞说：“你揪住我，我用手捧给你喝。”

南云揪着龙飞，龙飞将身子探进水中，用双手捧着一掌水。

南云说：“唉，有点儿像猴子捞月亮。”

龙飞尽情地喝着。

南云说：“你这个讨厌鬼，你怎么先喝了？”

龙飞捧着一掌水，来到地面，说：“喝吧。”

南云贪婪地喝着。

南云喝完，龙飞的手紧紧贴在南云柔润鲜粉的脸蛋上。

南云俏皮地一噘嘴：“龙飞哥，你占我的便宜。”

“谁叫我是你哥。”

南云说：“我娘可是你干娘。”

龙飞笑道：“干娘也是娘。”

南云说：“龙飞哥，我给你唱支山歌，你爱听吗？”

龙飞点点头。

南云清了清嗓子，唱起了清亮亮的山歌……

龙飞说："我一听你唱的歌，就心跳。"

南云笑了，脸上像绽开了一朵山花。

南云说："瞎说！我听听看。"

南云伏在他的胸前，听着。

南云望着清湛湛的河水，说："龙飞哥，这天太热，我想在河里洗个澡。你不许偷看，帮我看着点人。"

龙飞说："这荒山野地，哪有什么人？"

南云说："万一有个放羊的、砍柴的呢？你可不许偷看。"

"要偷看，瞎我的眼睛。"

"那你做倒立。我说什么时候停止你就停止。"

龙飞点点头说："好吧。"

他来到对面山壁前，做倒立状。

"哗哗哗"的水声传来。

南云的声音："不许偷看。"

龙飞面红耳赤地说："我没偷看。"

水面上浮起南云的脑袋，她快活地戏水。

龙飞双手有点儿打战。

南云的声音："行了。"

龙飞已是气喘吁吁。

南云说："够意思，今晚我请你喝酒。"

一抹晚霞斜倚在村子的西侧，河上的老柳歪歪的，梢头挂着点光彩。河里没有多少水。几个光腚的孩子正在戏水，河水发出一些微腥的潮味，河面上漂浮着玉米粒大小的水泡。

南云家院子很清雅，篱笆上挂满丝瓜、豆荚，绿油油的叶子，温煦的阳光下，三间北屋，炊烟袅袅地从屋顶上飘起……

院内石桌上放着一碟腌黄瓜、几个烧煳了的老玉米、一摞刚烙的贴饼子。

南云娘正在灶台前忙活儿，灶旁放着一碟咸带鱼。

南云挎着花篮，龙飞背着一捆柴火走进院子。

南云说："娘，我们回来了。"

南云娘用抹布擦擦手，走出屋。

南云娘说："龙飞来了，干娘昨天还念叨你呢！云儿，快弄点水，让龙飞洗把脸。"

南云噘着嘴说："娘，你就心疼他，重男轻女。"

南云娘笑道："你也是半边天，塌不下来，快，都进屋歇歇，我去炸咸带鱼。"

她来到灶台前炸鱼。

龙飞走进西面一间小屋，喝了一大杯子水。

南云："快洗把脸。"

龙飞来到院里，接过毛巾，洗了一把脸。南云拿来碗筷，麻利地摆好。

她来到南云娘身边，说："娘，我来帮你。"

南云娘说："你弄点儿老咸菜疙瘩，龙飞最爱吃。"

南云用筷子拌着小葱豆腐，说："小葱拌豆腐——一清二白！"

龙飞问："酒呢？"

南云神秘地一笑："娘不让你喝酒，晚上，我陪你喝。"

南云娘端着一碟刚炸的咸带鱼出来。

南云娘说："你们又说什么悄悄话？开饭。"

龙飞一边吃着贴饼子一边说："娘烙的贴饼子真香！"

南云说："娘有秘方呗。"

南云娘说："我都烙了40多年了，那时候还没有你和云儿呢。"

南云说："娘，您都可以开个烙饼子铺了。"

南云娘笑道："咱水头村能烙饼子的多了。"

南云说："那咱们就开几家烙饼铺，就叫南氏烙饼铺。"

龙飞说："这咸带鱼的味儿也不赖！"

南云说："当然不赖，这是娘特意到县城买的。"

南云娘说："龙飞，你出来要小心点，这兵荒马乱的。"

晚上，南云大娘已经熟睡，怀里抱着一个大枕头，那枕头已经破旧，上面留有头发的油印。

南云挑着水桶，一颤一悠地进院。她把两桶水倒进一口大水缸。龙飞走出屋。

龙飞问："南云，干娘睡觉为啥总抱着一个大枕头？"

南云回答："习惯了，是我爹的枕头。自打爹牺牲后，娘睡觉就一直抱着……"

南云拉龙飞往前走了几步："我爹和我娘可好了，从没红过脸，有一次爹砍柴伤了手，娘不知道有多心疼了，眼睛哭得跟桃子一样。"

龙飞笑道："我要走了，不知有没有人给我抱枕头？"

南云捶了一下龙飞："你想得倒美。"

龙飞问："酒呢？"

南云说："先回屋去。"

龙飞回到屋里。

一会儿，南云抱着一坛酒和两个大鸭梨走进来。

南云说："这可是上等的老白干，我埋了好长时间了。"

龙飞说："酒越陈越香。"

南云坐在炕头上，拿过两个碗，舀满了酒，说："今晚我陪你喝。"

龙飞说："你哪会喝酒？"

南云说："高兴呗。娘说不让你喝酒，是因为爹最喜欢喝酒，她一见到酒，就想起爹。我知道你馋。我眼里不掺沙子，我经常看到你一个人偷着喝酒。”

龙飞说：“你还是个小奸细。”

南云说：“这人世间就我最知道你、心疼你。”

龙飞说：“南云，你真好……”

南云撒娇地依偎在龙飞怀里。

龙飞说：“嫁给我吧……”

“想得美，你是剃头挑子一头热……”

“这是怎么说的……”

龙飞疯狂地吻着南云，南云也紧紧地箍住龙飞的腰……

第二天清晨，龙飞被一阵脚步声惊醒。

窗外南云正挑着水桶走向正屋，嘴里哼着小曲，又粗又黑的大辫子甩来甩去。龙飞迅速地拿衣服，下了炕，走出房间。

南云跨出屋门，笑道：“不再睡会儿，我把你吵醒了吧？”

龙飞笑笑说：“没，没有。太阳都快晒到屁股上了。”

南云娘正在纺车旁纺线，听到他俩说话，说道：“龙飞，到我家别客气，都是一家人。”

龙飞说：“干娘，我没把您当外人。”

几天后，天蒙蒙亮。村里静悄悄的，人们正在熟睡。

头井前，放下吊桶。

村头青纱帐里灰蒙蒙一片，突然出现了国民党青天白日旗，紧接着出现了一片亮闪闪的钢盔。钢盔亮得刺眼，出现了荷枪实弹的国民党匪军。

一小支匪军队伍包围了村庄。

南云一抬头，看到匪军，慌得撒腿便跑。

南云叫道：“国民党兵来了！”

两个匪军嬉皮笑脸地叫着“俊妞”，朝南云紧紧追来。

匪军甲说：“俊妞！”

匪军乙说：“陪老子玩玩。”

南云跑进院子，反手把门拴上，心口突突乱跳。

南云叫道：“娘，国民党兵来了！”

两个匪军追到门口，一个用枪托砸门，一个翻上墙头。

南云惊慌失措，跑进自己的屋里。南云娘在睡梦中惊醒。

门被踢开，一个匪军端着刺刀冲进院内，另一个匪军从墙头翻下来。匪军甲冲进南云的房间，南云吓得蹿上土炕。

南云娘从炕上跳下来，叫道：“纠缠不得呀！”

匪军乙用刺刀逼近南云娘的胸膛，将她逼在炕角。

匪军甲狞笑着，将南云压倒在炕上，拼命地剥脱着她的衣裤。

南云拼死抵抗，她趁匪军甲不备，一头撞倒匪军甲，趁机踢中了他的下身。匪军甲惨叫一声，倒下了。匪军乙听到对面屋里匪军甲的惨叫声，急忙放开了南云娘，端着刺刀冲进南云的房间。

南云喘息着，颤抖着，双目充溢着怒火和恐惧，恶狠狠地盯着匪军乙。匪军乙瞟了一眼倒在地上的同伴，凶狠地端着刺刀朝南云刺来……南云惊恐地尖叫。

匪军乙尖叫一声，软绵绵倒下了，他的头上挨了重重一击。

龙飞像一尊铁佛般地出现了，他的手里握着一柄铁锹。

南云叫道：“龙飞哥！”

南云扑到龙飞的怀里。

南云娘颤巍巍地扑进来，看到地上躺着的匪军的尸体，说道：“你们快逃吧！赶快上山！”

龙飞说：“干娘，您把这两具尸体拖进菜窖，我们走了。”

龙飞领着南云来到后院的土墙旁，他把南云拖上墙头。

南云望着娘：“娘……”

南云娘一招手，说："快走吧！"龙飞和南云翻墙而过。龙飞领着南云躲过匪军，从村北钻入青纱帐，转眼即逝。

一个匪军哨兵发现他们，放了几下冷枪。

晚上，山上一个山洞里。

洞内燃着篝火，南云坐在一块石头上。

龙飞抱着一大堆干草进来，铺在地上。

龙飞说："今晚你睡在这上面，挺软和。"

南云问："你呢？"

龙飞说："我守在门口，帮你放风。"

"不行，那还不把你累坏了。"

龙飞说："我一天睡不了几个钟头觉。我坐在门口打坐，也是睡觉。"

南云问："你怎么有那么大的劲儿，一铁锨就把那个国民党兵敲死了。"

龙飞说："我又不是泥捏的，人逼急了什么事都干得出来。你也挺棒，踢得真是地方！"

南云听了，羞红了脸，上前揪住龙飞的耳朵，叫道："你真坏！"

龙飞说："踢得是地方，一报还一报，踢坏他的惹事根苗，他就永远踏实了。"

南云问："龙飞哥，你说匪军会不会摸上来？"

"说不准。"

南云说："娘不知怎么样了？"

当晚，南云家。南云娘在灶台前忙乎。她打开热气腾腾的笼屉，锅内蒸的是一大堆土豆和老玉米，这是她为龙飞和南云准备的食物。

南云娘又来到院内墙角下，打开瓦罐，用筷子夹出一块块老咸菜疙瘩，放进一个瓶子里。

夜深人静，山上寂静无声，只有晚风吹过后松涛的叹息声。

山洞内，篝火燃尽，南云趴在干草堆上安然熟睡，她呼吸均匀，脸色红润。

龙飞坐在洞中，神态安详，端庄肃穆，耳听四周，全神贯注。

雄鸡长鸣，晨曦初露。

一轮红日跳跃着从东方喷薄而出，冉冉升起。山峰在宁静的氛围中闪烁着万点霞光，闪烁着，跳跃着，从山间的树叶缝隙之间，从银白色的石头上，折射着，融合着。

从山洞内向外望去，龙飞端坐，一动不动，如同石雕，背衬紫霭和苍翠之色，十分壮观。

一缕缕阳光泻进山洞。

南云醒了，看到龙飞的侧影，露出了幸福愉快的笑容。

南云走出山洞，她迎着阳光和满山鸟鸣，伸展着腰肢。山间小路上，南云娘手挎竹篮急匆匆地走着。

南云认出了娘，惊喜地叫道："娘!"

龙飞也发现了南云娘，叫道："干娘!"

南云娘走进山洞。

南云问："娘，你没事吧?"

南云娘喜盈盈地说："没事，没事，你们好吗?"

南云说："有龙飞哥在，我什么也不怕。"

南云娘说："那就好，娘给你们送吃的来了。"

南云娘走进山洞，扯开篮布，露出土豆、老玉米和咸菜疙瘩。

南云高兴地说："龙飞哥，这是你最喜欢吃的咸菜疙瘩。"

南云娘把老玉米递给龙飞，说："趁热吃吧。"

龙飞问："匪军走了吗?"

南云娘说："走了，咱们回家吧。"

南云说："娘，您先走，我们随后就下山，咱们拉开一点距离。"

南云娘说："好，我先下山。"

南云说："龙飞，咱们俩也拉开一点距离，我在前面走，你在我背后，如果有情况也好应付。"

龙飞说："你想得挺周到。"

南云吃完玉米，走出山洞，往山下走去。龙飞跟在她的背后。

果然有两个匪军，挎着上了刺刀的枪。

两个匪军发现了南云。

匪军甲说："俊妞儿！"

匪军乙说："山村出俊鸟。"

两个匪军朝南云追来。

南云奔跑，那条红头巾一飘一飘的。匪军像发现了猎物，发疯地追着。

匪军甲正跑着，猛然间腿被绊了一下，跌倒了，龙飞以迅雷不及掩耳之势扑上去，双手掐住了他的喉咙。

匪军甲翻了翻白眼倒下了。

匪军乙听到了后面的声响，回头一看，发现了龙飞，端着刺刀朝龙飞扑来。

龙飞已经卸下了匪军甲的枪，也端着刺刀朝匪军乙冲来。

匪军乙哇哇叫着，朝龙飞刺来。

龙飞见他训练有素，有些紧张，双手攥出了汗。

匪军乙刺了个空。

龙飞连连后退。

匪军乙又哇哇叫着，朝他扑来。

南云额头冒出了汗，浑身紧张得打颤儿，叫道："扣扳机，开枪啊！"

龙飞听到她的提醒，下意识地扣动了枪的扳机。

"砰！"枪响了，匪军乙软绵绵倒下了。

“砰！砰！砰……”一枪引得乱枪响，附近的匪军听到枪响，一起朝这里追来。原来这是一个巡逻小队，共有 8 个匪军。

1 个、两个、3 个、4 个、5 个、6 个………

龙飞提着枪，紧跑几步，拽起惊慌失措的南云朝山上跑去。

6 个匪军紧追不舍。

“砰砰……”子弹贴着龙飞、南云的身子飞过。

龙飞拽着南云狂奔。

在一个山路的拐弯处。龙飞把南云的红头巾拉下来，系在一块石头上。

龙飞说：“你快跑，我掩护你。”

南云被激怒了，骂道：“你说什么傻话？你一个人能对付那么多人吗？还不是送死？你死了，我活着还有什么意思？”

龙飞听了，心里一阵感动。

匪军追上来了，红头巾被穿了好几个窟窿。

龙飞开枪还击，打死了一个匪军，子弹打光了。

南云狠命地拽开龙飞，说：“还不快走?!”

前面是个悬崖，一片绝壁，底下是万丈深渊。

南云绝望地说：“这下完了，这就是命！龙飞哥，抱紧我，咱们一起往下跳，不能让敌人活捉了去!”

龙飞望着苍翠的山峦，灰蒙蒙的云团。

5 个匪军缓缓迫近。

南云紧紧依偎着龙飞。

南云说：“我喊一二三，咱们一起往下跳。一、二、……”

5 个匪军身后出现一个人，高举着一个手榴弹，是南云娘。

南云娘说：“谁也不准动，不然我就炸死你们!”

一个匪军惊慌失措，慌乱之中朝南云娘开枪，鲜血染红了南云娘的胳膊。

“轰！……”手榴弹炸响了，5个匪军都被炸得东倒西歪，倒在血泊之中。

南云悲痛地叫道：“娘！”跌跌撞撞地扑过去……

南云娘受了伤，经过几个月的疗养，恢复了健康。

新中国成立后，龙飞和南云都分配到北京公安部工作，南云进入一所公安学校学习，两年期满后仍然回到反间谍小组工作。这期间龙飞先后到辽宁省公安厅、大连市公安局挂职锻炼，担任过侦察处处长等职。

1956年春天，由当时的公安部首长做媒，龙飞和南云结婚了。

结婚的晚宴，朴素而热闹。龙飞多喝了几杯白酒，脸上红扑扑的。南云比龙飞酒量大，她替龙飞喝了几杯，也全身出汗，酒都顺着汗孔流走了。洞房闹得不可开交。大个子肖克非要龙飞和南云表演叼苹果的游戏。南云穿着一件淡粉色长衫，脸红得像熟透了的红苹果，两个笑窝更深了。她扯住肖克说：“大肖，你别胡闹！要不然你结婚的时候，我可要你好看！……”

肖克又粗又浓的眉毛往上一扬，呵呵笑道：“我这辈子打光棍了，我哪里有龙飞有运气？我睡觉时呼噜打得山响、放屁如雷，还不给人家女孩轰跑了，这辈子苹果是叼不上了！”

房顶上拴了一条细线，线端拴着一个又红又大的苹果。大家叫龙飞、南云各站一侧。

肖克叫道：“叼苹果开始！这可是烟台大苹果，是我特意上早市买的。”

龙飞和南云分别冲上前，两个人的脸贴在一起，各咬了一口苹果。

大家哄堂大笑。

喜宴散尽，已是凌晨1时多了，龙飞拉好窗帘，深情地望着南云。

南云嫣然一笑："为你喝了那么多酒，出了那么多汗，身上痒死了，我去洗个澡。"

龙飞说："不用去浴室了，我烧水，帮你洗……"

南云听了，脸羞得通红，默不作声地点点头。

龙飞坐了一壶开水，端来大木盆，把一壶开水倒在盆里，又提来半桶凉水，兑好，然后把门锁好。

南云就像一个害羞的小女孩，躲在双人木床的一侧。床单是牡丹花图案，被子是大红色带白菊花图案。

龙飞走到南云面前，开玩笑似的小声说："夫人，请入浴！"

南云"扑哧"一声笑了，她撒娇地扑到龙飞怀里。

龙飞轻轻地、认真地褪去她身上的每一件东西，就像小心翼翼地剥去一件珍贵瓷瓶的外包装。当他将这件盼望已久的宝物揽在怀里，战战兢兢地抱上床时，电话铃响了……

电话的另一端传来首长的声音："西直门护城河边发现一具女尸，你马上赶到现场……"

"是！"龙飞放下这件"珍宝"，二话没说，迅速穿好衣服。

临出门时，他朝床上静静躺在那里的南云说了一句："晚安！"

南云用被子盖住赤条条的身体，含情脉脉地说："去吧，注意安全……"然后，嫣然一笑。

有一次，南云在执行任务中左臀部受了刀伤。龙飞走进医院住院处南云的病房时，她正躺在床上若有所思。

龙飞叫道："小云。"

南云见到她，眼睛一亮，拢了拢头发。

龙飞问："你的伤怎么样了？"

南云微笑着说："没什么，扎得不深，就是扎得不是地方，坐着觉得有些疼……"

龙飞亲昵地扶着南云。

龙飞说："让我看看扎得深不深？"

南云俏皮地一挺腰板，说："不行，在家里看行，在这儿看不行。"

龙飞说："你那么爱干净，洗澡时可要注意，别感染了。"

南云笑着说："你想得倒周到。怎么？组织上又给你安排任务了吧？你放心去吧，我虽然怀孕了，不过你尽管放心。"

龙飞说："你真聪明。"

南云俏皮地说："不聪明能嫁给你吗？"

她轻轻依偎着龙飞，仰起脸问他："我长得不算漂亮，可是你为什么会喜欢我？"

龙飞诚挚地说："我觉得你就像一颗透明的珍珠，纯洁得发亮，从里到外透亮，有山一样的沉毅、水一样的宁静、火一样的热情……"

南云将头埋在龙飞胸前，感到无限的幸福。

一会儿，她侧侧身，掀开被单，左侧臀部缠着绷带。她要解绷带，被龙飞拦住了。

龙飞叹了一口气，摇摇头道："不要解了。"

这时，南云的堂妹南露提着一网兜橙子走进病房。她梳着一双小刷子，穿着一件天蓝色背带连衣裙，瓜子形的脸上镶着两颗明亮清澈的大眼睛，她正在北京大学英语系读书。

"姐姐，姐夫。"她边叫边来到病床前。

"小露，你功课那么紧张，怎么也来了？"南云说。

"我不放心姐姐，伤得重吗？"

南云往上坐了坐："不重，就是有点儿别扭。"

"我能看看吗？"

"甭看了，伤得不是地方。"

南露给南云剥了一个橙子，塞到南云的嘴里。

"好甜。"南云咂吧咂吧嘴。

“这是四川的脐橙，特别好吃。”

南露抬起充满稚气的脸，对龙飞说：“姐夫，我大学毕业后，也干你们这一行吧?”

龙飞问：“你不怕危险吗?”

南露俏皮地一撇嘴：“我要做中国的福尔摩斯!”

龙飞说：“干我们这一行潜伏着很大的危险，随时都要做好牺牲的准备。这是一门特殊的职业，需要有超人的品质、勇气和本领。”

南露说：“我明白，我平时就喜欢看侦探小说，我报考英语专业就是准备走向世界。但是我听说苏联克格勃还有美人计训练，他们专门培养一批色情间谍。”

龙飞笑道：“每个国家的国情不一样，中国有中国的模式。”

南云露出灿烂的微笑，说：“鬼丫头，你想得还挺多。”

龙飞问南露：“你妈妈舍得你干这种行业吗?”

南露说：“妈妈非常支持我，妈妈说，‘你干什么革命工作，都是为了全人类的解放事业，为了祖国的尊严和荣誉，同时也是为了给你死去的爸爸报仇!”

南云叹了一口气：“是啊，我叔叔也就是小露的爸爸，在解放战争时期是三野的一个连长。1950 年在解放金门的战役中，由于各种原因，他所在的部队被敌人包围了，寡不敌众，经过昼夜奋战，被迫退到一片海滩上，可是渡船都被敌人的轰炸机炸毁了，他流尽了最后一滴血……”

南露的两行热泪早已顺着红润的脸颊淌了下来。

南云接着说：“那时小露才 5 岁，她妈妈是村里的妇救会长，一个人辛辛苦苦地把她拉扯大。小露天性聪明，又勤奋好学，考上了县里的重点高中，又考上了北京大学。我婶子现在是苏北一个乡里的党委书记。”

龙飞说：“有多少共产党员和革命烈士为了中国人民的解放事业和

建设事业，献出了他们的宝贵生命。台湾地下党有一个优秀的女共产党员，叫章丽曼，她博学多才、美丽娴静。1953 年的元宵节夜里，她在台中被国民党宪兵逮捕，关押在宪兵司令部，后来被押往台北。在解往台北之前，她告诉前来探监的婆婆：‘只当我是车祸死亡，帮我带好那 4 个孩子：如果带不了这么多孩子，就把最小的正在吃奶的小女儿送给善良的人家吧！’以后，章丽曼曾自杀两次，一次是吞金项链，一次是吞下一盒大头针，但都没有成功。1953 年 8 月 10 日，她在临刑前高呼口号，坚贞不屈。敌人让她喝高粱酒，她拒绝了。她说：‘我对得起国家，对得起民族，上对得起天，下对得起地，我是无罪的！’她是坐着面对刽子手的，枪声打断了她激昂的口号……她死时仅 29 岁，多么好的一个同志！她是我党隐蔽战线上一位杰出的同志，一个真正的、大无畏的勇士！”

南露说：“她真是太伟大了，我要向她学习！”

这时，南云已是泣不成声。

龙飞感慨地说：“小露，你云姐见过她。”

南露惊讶地说：“是吗？”

南云拂了一下头发，断断续续地说：“那是 1952 年 8 月 23 日，组织上派我去香港，找一个叫阿丽的同志接头，取一个非常重要的情报。当时我才 20 岁，公开身份是香港一个阔太太的侍女。我找到她居住的那个饭店，当时已是晚上。我看看四周没人，便去敲她居住的房间，门开了，出现一个穿着白色旗袍、年轻美丽的女人，她非常儒雅，问我：‘你找谁？’我把一张名片递给她，她看了看，说：‘你进来吧。’她把我让进房间后，把门关好。我们一同坐在一个双人沙发上。她问我：‘表哥现在好吗？’我回答：‘他得了重感冒，住进了协和医院。’她又问我：‘表嫂呢？’我回答：‘她正在上海出差呢？’暗语对上了，她惊喜地握住我的双手说：‘我可找到你们了。’她热烈地拥抱我，在我的额头上吻了一下。她说：‘我非常想念组织，想念同志们。这几天风声很紧，我甩掉了几个跟踪的特务，才来到这里。’她解开旗袍，熟练地解下乳罩，把缝在乳罩里层的一张纸取了出来，非常严肃地对我说：‘这是一个非常重要的密写情报，要尽快交给党中央。’说完，她带我到一个五屉柜前，打开最底层的一个抽屉，里面有不同尺寸的几个肉色乳罩。她的神情依然是那么严肃，说：‘我只知道跟我接头的是一个女同志，但是不知道是多大年龄，肥瘦如何，因此特意多买了几个乳罩，你试试。’我脱去上衣和背心，取下自己戴的乳罩。她拿出几个新乳罩给我试了一下，然后选中其中一个，取出剪刀和针线，把那份情报细细地缝在里面，然后帮我戴上。我穿好衣服后，她送我到门前，小声地说：‘我也不留你了，事不宜迟，十万火急，分秒必争！’她轻轻地俯下身，在我的额头上又吻了一下，我感觉她的嘴唇在颤抖，她的眼睛里有一颗颗亮晶晶的眼泪淌下来……”

南云说到这里，热泪滚滚。

“我就见过她一面。后来我才知道，她的真名叫章丽曼，那是她牺牲以后，我才知道的……”

南露的眼睛里挂满了晶莹的泪花，她替南云拭去泪水，说：“今年国庆节，是中华人民共和国成立九周年的喜庆节日。国庆之夜，我争取参加国庆晚会的联欢队伍。到时候我一定手捧一束白菊花，轻轻地放在人民英雄纪念碑上，我会说：章丽曼大姐姐，你安息吧！革命先烈们，你们安息吧！此去泉台应闭目，擎旗自有后来人！”

龙飞还记得1958年的秋天，南云临盆之期迫近了，她还坚持坐公共汽车上班。

南云住院之时，龙飞却不在，他因为在深夜接受了一项重要任务，去了北京的郊区密云县。当他完成任务赶到北京妇产医院时，南云已不在观察病房。当推开门看到南云使用的床位空荡荡时，他的心都颤抖了，大脑中一片空白。同室的另一个孕妇告诉他，南云已被推进接生室了，而且是难产。他飞也似的跑到接生室的门外，听到南云一阵接一阵撕心裂肺的大叫，这叫声撕裂了他的心。早在两天前，他已在一张表上签了字——如果顺产不成需要手术，需要亲属签字。

南云正在接生台上与死神做着殊死搏斗。孩子太大，胎位也不正，南云的子宫后倾，阴道狭窄。由于长期从事紧张和劳累的工作，南云患了心脏病，如果手术，她将有生命危险。因此医院在尽最大可能帮助她顺产。

“啊！啊！……小飞！小飞！……”南云一声声的呻吟和大叫，撞击着龙飞的心，让龙飞坐立不安。

南云娘当时身体不好，不能来北京；龙飞的父母已在新中国成立前牺牲。走廊里空空荡荡的，只有龙飞一个人，他一会儿坐在长椅上，一会儿在走廊里走来走去。

“啊！啊！龙飞，龙飞，你快来啊！……”南云近乎凄厉的尖叫，在走廊的尽头回荡着。龙飞很少听到南云这样呼号。她的父亲南振发牺牲了，她没有说一句话，稚嫩的心田栽下了仇恨的种子，只有眼泪顺着通红的脸蛋往下淌。

龙飞再也忍不住了，他感到无比恐惧，他怕南云在难产中痛苦地死去，他还没有跟她好好说几句告别的话，这样离去也太匆匆了。

我要给她力量！我要给她勇气！

龙飞想到这里，不顾一切地推开门，撞倒了一个守门的小护士。

当他看到接生台上扭动着身体的南云时，他简直惊呆了。

一个医生双手托着一个血淋淋的婴儿的脑袋，徐徐地从南云的生命之门引出……

这生命之门曾经使龙飞惊心动魄，也让他流连忘返，是那么熟悉，可是此情此景，却使他震撼！……

“哇！”一声响亮的女婴的啼哭，终于使南云安静下来，龙飞和南云爱情的结晶龙晓菲诞生了！

母女的性命都保住了。

南云再一次以顽强的毅力创造了辉煌。

凌雨琦看到龙飞心事重重，于是说："老龙，你别老在那里蒙太奇，能不能给我讲一讲南云姐和你的故事？"

龙飞笑了笑，说："你刚才说南云长相一般，是呀！南云长相一般，平时不大引人注意，但她工作努力，学习刻苦，在意志方面有一种强烈吸引你的魅力。这种超人的意志平时是看不出来的，但紧要关头却显露无遗。有一次，我们两个人奉命去西北调查一个案子，为追一个逃犯，进入大沙漠，后来迷了路，整整6天，一直在沙漠里转，带的干粮吃光了，后来就把骆驼杀了，吃骆驼肉；吃光了骆驼肉，还是没有走出大沙漠，而且水也喝光了。我们两个都筋疲力尽，我感到有些绝望，可是南云很有信心，她说：'只要能找到水，即使没有饭吃，也能活十几天。'我们两个人互相搀扶着又往前走……又过了几天，实在走不动了，浑身软得没有一点力气，嘴上都是大泡；我一看南云，她脸色焦黄，消瘦许多。我开始发高烧，大声说胡话，夜里又觉得很冷，冻得发抖，浑身哆嗦，有时还处于昏迷状态。南云把我抱到怀里，用她那热乎乎的身体温暖我。我说：'南云，我恐怕不行了，你给我一枪吧！'南云的脸色变得严肃起来，她说：'龙飞，咱们都是党员，入党的宣誓词，你都忘了吗？这不是一个党员说的话。'我说：'我不能连累你，要不然咱们两个人都要死在这儿，你一个人或许还能活着出去。'南云说：'我不能丢下你，我背也要把你背出大沙漠。'毛主席说过，中国人连死都不怕，还怕什么困难吗？'就这样，她一直背着我，往前走啊走。我见她气喘得厉害，浑身都被汗湿透了，实在过意不去，于是从她背上滑下来，伸手去掏枪，刚把枪举到太阳穴前，就被她一下子扑倒了。她哭着打了我几记耳光，说：'逃犯还没抓到，你就要死，你想一想，你对得起我这几天背你的辛苦吗？’我算彻底服了，说实在话，过去有那么多优秀漂亮的女孩追求过我，可我真是对她这么一个相貌平平、身材瘦小的女孩产生了敬爱之情！”

凌雨琦感动地淌出热泪，说：“是啊，南云姐真是可敬可爱，她有着多么顽强的毅力啊！”

龙飞又说下去：“她缴了我的枪，又背起我往前走，后来简直就是往前爬，以后就是揪住我的皮带往前拖。爬着，爬着，奇迹出现了，前面出现了一个死尸，就是那个逃犯的尸体，他也迷了路。我们又继续朝前爬，爬到晚上，我们两人都昏倒了。第二天醒来已是天明，这时天上传来轰鸣声，一架飞机出现了，是兰州军区派飞机在寻找我们，我们兴奋地朝飞机呼叫，飞机降落了，我们终于得救了。”

凌雨琦激动地说：“南云姐真是太伟大了！她永远是我人生的楷模！”

龙飞说：“每一个成功的男人身后都会有一个优秀女人……”

凌雨琦停顿了一下，望着龙飞说：“我能不能成为你背后的那个女人呢？……”

她的脸红了，面红耳赤。

龙飞没有说话，目光没有正视她。

“看着我的眼睛，我请你回答！”凌雨琦深情脉脉地望着他，就像一个军官命令士兵。

凌雨琦一字一顿地说：“一个成功的男人背后往往会有两个以上优秀的女人，我就是你需要并且理想的那另一个女人……”

凌雨琦撒娇地用双手抓住龙飞的胳膊，大声地说：“你回答我呀！”

龙飞往前面一努嘴：“灯塔到了，咱们还是先谈任务吧。”

凌雨琦落了泪，大声地说：“龙飞，你不是一个好哥哥！……”

两个人走进矗有灯塔的一个小院，只见一个60多岁的老人正在扫地，他身材魁梧，两只眼睛炯炯有神，身穿一身灰布衣服，脚穿一双老汉鞋。

“您就是金师傅吧？”龙飞上前打招呼。

老人停住了动作，问：“你们二位是……”

龙飞说明来意，让他看了看证件。

老人露出笑纹：“我就是金山，看守灯塔的人，快20年了，屋里坐。”

金山领着二人进入一个房间，这个房间呈长方形，有40多平方米，是办公室、客厅兼展室。墙上挂着一幅幅展览照片，演示着这座灯塔璀璨的历史，右侧有一排沙发，旁边有个办公桌、几把木椅。

金山沏了大红袍茶，向二人介绍了灯塔的历史和现状。

凌雨琦小心地问：“听说这灯塔闹鬼，从清末、民国到抗战时期都有凶杀案发生，没人敢来，更没有人敢上灯塔……”

金山眉毛一扬，哈哈大笑。

“我就不信邪！当年我自告奋勇地当守塔人，在这里干了十七八年，就不怕鬼神，塔里吃，塔里住，人如果阳气盛，惊天地，泣鬼神！”

凌雨琦说：“您就是当代的钟馗！钟馗驱魔辟邪，一身正气，鬼魅见他落荒而逃！”

金山连连点头：“对，你说得在理。”

龙飞问：“您没有家小吗？”

金山叹了口气：“自从进了灯塔，没早没晚，女人们害怕沾鬼气，都不敢嫁我，我一个人也习惯了。”

又叙了一会儿，金山带着二人进入灯塔。

台阶非常陡，金山走在前面，龙飞紧随其后，凌雨琦在最后。

走上三层灯台，从窗户可以望到一望无际的海面，还有时起时伏的船只。

忽然，凌雨琦尖叫一声，大叫：“血，鲜血！”

她用双手捂着脑袋，惊恐地喊叫着，脸部抽搐，眼前一黑，身子一歪，滚落下去……

第三章　如厕惊魂

凌雨琦跌落下去，重重地摔在水泥地上，昏了过去。

龙飞和金山急忙下了楼梯，抢救凌雨琦。

龙飞抱起凌雨琦，尾随金山走进展室旁边的一个小房间，这是金山的卧房，布置比较简单，一个单人床，床上被褥凌乱。床头柜上有个饭盒。一个老式大衣柜，一个脸盆铁架，搭着一块脏毛巾。

龙飞把凌雨琦放到床上，这时她微微睁开眼睛，问道："我这是到哪儿了？"

龙飞说："梅花岛，灯塔。"

金山也关切地问："姑娘，你怎么了？怎么中邪了？"

凌雨琦努力追忆着，她脸色苍白，叫道："灯塔……楼梯上……血，鲜血……"

"哪里有血呀，雨琦，你怎么看到血了呢？"龙飞安慰她说。

凌雨琦摸了摸脑门，有几滴水滴。她伸开手掌一看，水滴是透明的。

"我怎么看到血了呢？……"她自言自语。

金山凑过来说："我刚才刚拖了铁梯，可能是淌下的水。"

龙飞说："雨琦，你可能太紧张了，出现幻觉了。"

凌雨琦感到疑惑，坐了起来，她望着窗外，深深地吸了一口气。

"哎呀，金师傅，您这屋里空气不好，什么味呀？"

金山不好意思地伸了伸舌头："不好意思，我刚才吃了几口虾酱……”

凌雨琦挣扎着走出房间，来到展室，她指着对面一个房间问：“那间房间是做什么的？”

金山说：“做临时仓库，灯塔有些废旧的设备放在那里。”

龙飞和凌雨琦走进那个房间，只见有个十几平方米的小屋，地上摆放着一些设施，还有新的大灯、工具等，屋角有个临时搭起来的木板床，两侧用石头垫着，有一尺高，被褥狼藉。

龙飞问：“这儿还住人哪。”

金山说：“平时也不住人，是一个临时床，有时维修工来了，干活儿晚了就住在这里。”

龙飞问：“这里发生过风暴吗？有台风吗？”

金山摇摇头：“这是一个和平的岛屿，有险滩、杂乱礁石，没有发生过台风。这里有点儿像世外桃源，春天来了，百花盛开，野花野草香气袭人，渔民们出海捕鱼，女人们在家里做饭、看孩子、织渔网、种菜，真是太平盛世！”

凌雨琦说：“树欲静而风不止啊！金师傅，您没听说岛上近来的许多传闻吗？”

“什么传闻？”金山睁大了眼睛。

“岛上出现一只会走的绣花鞋，金黄色的梅花镶在鞋头，粉红色的鞋，在晚间能自由自在地走动……”凌雨琦描述这般情景时，有些心惊肉跳。

金山一撇嘴，说：“那是胡扯，谣传！我看都是嚼嘴的婆娘瞎编出来的，这怎么可能呢？一只绣花鞋，横在马路上，没人穿它，它自己会走，这是狗戴嚼子——瞎勒！这个岛离内陆远，岛上人多是文盲，有的时候容易迷信，太可怕了，也很可悲！”

龙飞问：“金师傅，那我问您，最近岛上有一个叫宋老黑的渔民忽然就失踪了，好几天没有踪影，您说怪不怪？”

金山说：“那个宋老黑怪得很，平时不吃不喝，就知道抽烟袋，我看他有点儿抑郁。他长得黑乎乎的，却生出一个漂亮闺女，叫水妮，身体白得像凉粉，一双大眼睛像黑珍珠……”

凌雨琦凄凉地说：“可惜她已经死了，被狗特务害死了！……”

“死了？什么时候？我怎么没有听说？……”金山显得很吃惊。

“昨天夜里，吊在岛西边坟地的一棵树上，全身光着，尸体都变成草绿色了……”凌雨琦伤心地说。

“绿色尸体？那这孩子太惨了！我这里平时没有什么人来，孤陋寡闻，发生了这么大的凶杀案，我都不知道。她那瞎奶奶可惨了，平时把她攥在手掌里，像藏着一颗白珍珠。”

龙飞问金山：“您为了灯塔照明，日夜护塔，为党和人民做出了重要贡献，这些年这里一直没有发生事故吗？”

金山自信地说：“没有发生过重大事故，这个岛的西北有一片险礁区，礁石纵横，而且尖利，有时船只搁浅，但没有沉船事故。”说着金山从衣柜里找出一面锦旗，只见上面写着：模范守塔人金山，浙江省政府赠。

凌雨琦说：“金师傅，您为什么不挂墙上呀？这是荣誉。”

金山谦和地笑了笑，说：“做人还是低调一些好，我不喜欢张扬。”

龙飞和凌雨琦回到招待所时已是下午 1 时，绩东和周楠已吃过午饭，肖克还没有回来。

龙飞和凌雨琦看到案上摆的馒头和炒菜，才感到饿了，两人不由分说抓起馒头便吃起来。

凌雨琦看到韭菜炒鱿鱼和雪里蕻炖豆腐有些凉了，于是拿到厨房热了一下，回到饭桌前只见龙飞已吃掉一个馒头。

“老龙，看来你真饿了。”凌雨琦把两盘菜放到他的面前。

龙飞笑着说：“我刚才啃了半个咸菜疙瘩，今天我要吃 3 个馒头。”

凌雨琦笑道："别撑着，我听说白崇禧就是在台湾撑死的，不吃饭不行，吃多了撑死了也不行。"

一忽儿，周楠端着一盆西红柿汤走了过来，她把汤盆放在桌上。

"我给你们熬了一锅西红柿汤。"周楠的双眼笑成了一条缝儿。

龙飞看了看西红柿汤，问："怎么没搁鸡蛋，洒个蛋花多好。"

周楠说："厨师吃完饭回屋里睡觉去了，我找了半天没找到鸡蛋，但是这西红柿挺新鲜，红扑扑的，挺软和。"

龙飞用勺子喝了一口西红柿汤，咂吧咂吧嘴："周楠，你这汤没少放味精呀！"

周楠说："高汤，日本人的做法，多搁味精。"

龙飞问："你们到岛上转了，有什么新情况吗？"

周楠叹了口气："群众有顾虑，不愿意多谈，我看是看到水妮惨死，吓着了。那几个曾经看到那只绣花鞋的人都说，没看清楚，眼睛可能花了。长征大哥分析说，前几年蒋介石叫嚣反攻大陆，他们派遣的武装小分队都上过岛，当时杀了一些共产党员和村干部，还把村委会主任吊在树上，用火活活烧死了。有一个妇女干部被他们扒光了衣服，吊在一个大石桩上，蒋匪用尖刀把她的肉都割下来了，鲜血淋淋，惨不忍睹啊！这些情景许多人记忆犹新。宋老黑失踪，水妮惨死，尸体变成绿色，岛上人心惶惶，国民党特务远在天边，近在眼前，群众担心自己凶多吉少啊！……"

龙飞说："咱们还是多做正面宣传，逐步让老百姓去掉顾虑，要多做耐心细致的思想教育工作。"

周楠说："岛上外来的居民以四川、广西、云南的居多，那些地区武斗现象十分严重，又动枪，又动炮，这些人投亲靠友，也在岛上落了户。老龙，你说这绣花鞋怎么没有人穿，却自己会走动呢？真是见了鬼了！"

龙飞沉吟一会儿，说："还是有人操纵，我听说国外有一种自控玩具，人只要手持自控器，各种玩具汽车、拖拉机、飞机等就会自己行走，这只绣花鞋里肯定有自控装置，手持自控器里有电池。特务是用这种绣花鞋吓唬岛上的居民，造成恐慌，使人们晚间不敢出门，这样他们更便于活动，为他们的破坏活动做掩护。”

凌雨琦说：“老肖怎么还没回来？”

肖克走了进来，笑着说：“我回来了！”

龙飞说：“正说曹操，曹操就到了。”

凌雨琦说：“老肖，还没吃饭吧，我去厨房给你煮面条。”

肖克连忙摆手说：“不用，我在部队吃了，吃的是红烧肉，还有几只螃蟹，他们招待可热情了。”

肖克讲述了他到高炮连的经历。

凌雨琦笑着说：“要知道我跟你去高炮连，弄只大海蟹解解馋。”

肖克说：“高炮连的连长叫王帅，是江西景德镇人，为守卫海岛两年没探家了。他是个爽快人，见到我跟见到亲人一样，问我在北京参加没参加上百万人的大游行，见过毛主席没有，毛主席他老人家可好……”

凌雨琦插嘴道：“老肖，你不是见过毛主席吗？”

肖克点点头，自豪地说：“是呀，我见过，那一年公安部表彰全国英模，我和龙飞在人民大会堂，毛主席亲切接见英模代表，他老人家走过来和我们握手，还问我是哪里人，负过伤没有，我真激动呀！”

周楠也激动地说：“我真羡慕你们呀！”

肖克又说下去：“王帅岁数也不小了，家里就他一根独苗，他的爹娘托人给他在上海物色了一个新媳妇，说长得挺俊的。”

龙飞说：“这些守卫边疆的解放军指战员非常辛苦，真是不容易呀！”

周楠说：“所以要拥军爱民。”

龙飞问肖克：“高炮连那边没有什么其他异常情况吗？”

肖克说："没有。战士们也听说岛上的绣花鞋传闻和水妮被害的事情了，王连长特别说如果需要他们支持的话，尽管说，一定会积极配合我们破案，要我们注意安全。"

龙飞问："你有没有说，敌特目前的重点目标是刚刚试水的'099号'导弹驱逐舰？"

肖克说："我把我们掌握的一些情况向他们讲了。王连长问，梅花党跟梅花岛有什么关联吗，我说可能是一种巧合吧……"

龙飞下午想再做做发现绣花鞋的居民的工作，于是带着绩东、周楠出发了。

经过一个小商店时，龙商飞看到一个穿着时髦、身材苗条的年轻女子在商店一探头，又缩了回去。

他感到纳闷，于是走进小商店。小商店内弥漫着一种蔬菜和水果腐烂的气息，一个老太婆正在收拾一堆烂白菜。摊位上杂陈着西红柿。

龙飞走出商店，心里有些疑惑。

他们走入板道，逶迤而行，路过水妮的家门口，只见院内空空荡荡，龙飞有些疑惑。

这时，宋奶奶拄着拐棍颤颤巍巍走了出来，她说："是龙队长吗？路过我家门口怎么也不进来喝茶呀？"

龙飞连忙说："不麻烦您老人家了，我们还有任务。"

宋奶奶说："什么任务，也不会在乎几分钟喝茶的工夫。"

龙飞把来意说了。

宋奶奶说："我知道在什么地方，我带你们去。"

龙飞感到奇怪，问："您怎么知道在什么地方？"

宋奶奶说："我眼瞎了，但是听力非常灵，一到晚上，这岛上的动静我全能听见。"

龙飞搀扶着宋奶奶出了院子，朝前面走去，周楠和绩东跟在后面。

宋奶奶带着他们走到前面一个十字路口，折向西面，绕过一棵杂树，在十几米远的草坡上站定，说：“那只绣花鞋是在这里发现的，它是一只镶有金色梅花的绣花鞋，粉红色的缎面白鞋底，鞋里面有一个东西，不知道是什么玩意儿。”

龙飞感到奇异，问：“宋奶奶，您知道那只绣花鞋现在藏在哪里吗？”

宋奶奶摇摇头，说：“不知道。”

龙飞和周楠、绩东在周围搜索，希望找到有价值的线索。

宋奶奶坐在一个土坡上，缓缓地说：“那天我孙女被害前，其实我有感应。我的眼皮总是在跳，我觉得会有凶险之事，于是三番五次到孙女屋里探望。我守在她的床头，后来实在太困了，于是回到自己房里。刚躺下不久，就听到孙女一声惨叫，我昏了过去……”

绩东感叹地说：“这老人家真是神了！”

周楠说：“一般双目失明的人，耳力极好，能听到几里外的大动静。”

宋奶奶忽地站了起来，用手指着10米外的那棵杂树。

“龙队长，快到杂树后面瞧瞧，好像有一颗亮晶晶的东西……”

龙飞朝她手指的方向望去，在一个院墙外面有一棵杂树，树要几个人才能合抱过来，树叶茂密，虽是深秋，但并未凋零。

龙飞赶到树后，在树叶丛中果然发现一颗亮晶晶的小东西。

他俯下身，捡起那颗小东西，掂在手心里，原来是一只金灿灿的耳环……

女人戴的耳环，仔细一瞧，有梅花的花纹。

龙飞顿时明白了，那只绣花鞋会走动，是因为有个女人手持自控装置，躲在这棵树后操纵。

这天夜里，肖克失眠了。

他的失眠有三个原因。一是因为上岛以后水妮惨死，破案没有太大的进展，案情扑朔迷离。二是因为毕竟不久前新婚，有些思念在北京的妻子夏一琼。那位温柔可爱、漂亮迷人的女人，独守空房，一定感到十分寂寞。她又刚入公安队伍，不知道是否适应，组织上准备让她去公安学校培训，也不知她是否去了。三是昨晚龙飞请客，买了许多在北京看不到的海鱼，大家吃得兴高采烈。肖克吃得太多了，有些消化不良，再加上喝了不少白酒，肚子撑得不太舒服。

肖克又想起白堤，那个单纯少女，他的初恋。

那个在湖边萋萋芳草之中，打着油伞姗姗走来的少女，就像一棵水葱，清鲜娇嫩，在霏霏的雨中，飘荡着，摇曳着……

那一年，他在浙江的钱塘江边探亲，由于迷失了方向，他看到前面有个少女，于是上前问路。她回过身来，嫣然一笑。她天生丽质，而且纯洁得似乎一捏就碎。他俩一见就像前世有缘似的。那是个细雨蒙蒙的日子，富有诗情画意，在烟雨蒙蒙的钱塘江畔，她穿着藕荷色的裙子，打着一个淡蓝色的雨伞，飘飘悠悠而来，一双大眼睛，水盈盈的。第一次相遇，两人就有说不完的话，没想到她对公安这一行，充满了敬仰之情。她从小就喜欢看侦探小说和反特电影，特别喜欢看《福尔摩斯探案集》，她想做个女侦探，还问他能不能收她做特工，她想学开车、发报、打枪、格斗。这真是一次奇遇。

她带他来到她的家里，这是江边一个小镇，人烟稀少，她家是一座普通的小木楼，她和奶奶在一起生活。她的家布置得像个小鸽子窝，墙上挂着好多个小布娃娃，柜子里有个小瓷娃娃，床头摆着几支各式的玩具手枪。吃过晚饭，他们一起到江边散步，天已经晚了。他们依依难舍，在那么美丽的月光下，她轻轻踮起脚尖，吻了他，他感到火辣辣的。她依偎到他的怀里，他觉得心跳加快了，就像抱着一只温暖的小动物，她仰起脸，说："大骆驼，我真的很喜欢你……"他问：

“你喜欢我什么?”她说:“说不上来。”接着又说:“我有时感到很寂寞……”说着,呜呜哭起来。他一时不知该说什么。她说:“你把我抱得紧一些。”他使劲搂着她,浑身像火烧一样。她还嫌不够,说:“抱得更紧些。”他使尽全身力气抱住她,简直要把她扯碎。她突然浑身像触电一般发抖,上气不接下气,脸憋得通红,不时地翻着白眼。他以为她发了病,有点儿害怕了。他大声问:“你怎么了?”她不说话,浑身抖得更厉害,他觉得全身潮潮的。忽然,她昏了过去。他把她平放在草丛里,她面色绯红,大汗淋漓,他用手绢轻轻地擦去她额头、脸上的汗水……一会儿,她醒过来了,恢复了平静,大眼睛嘲笑般地望着他,充满柔情蜜意。她一骨碌爬了起来,咯咯地发出银铃般的笑声:“你呀,真是个傻骆驼,大傻骆驼!”说完,一溜烟跑了。她就像一块花绸子在江边飘啊飘啊,一会儿便无影无踪了。他以为自己在做梦,用手一掐大腿,嘿,还挺疼。

他恋上了她。

当他向组织上汇报这一情况时,组织上派人调查了那个少女的家庭背景。她出身资本家,父亲在“三反”“五反”中自缢而死。母亲出身反动官僚,新中国成立前夕去了海外。她有海外关系,家庭背景复杂。组织上找肖克严肃谈话,让他和这个叫白堤的少女立即断绝关系。肖克大哭一场,无奈之中给她写了一封断交信。信中说,他实际上欺骗了她,对不起她。他已经有了一个家庭,有妻子和孩子,妻子虽然不漂亮,但是老实厚道。我们不能发展比同志更深一步的关系了。但是她的出现将像一盏智慧之灯,照亮他后半生的人生路程……

他的泪水湿了信纸。

以后肖克才知道原来白薇的大姐白蔷就是白堤的亲生母亲。新中国成立前,当人民解放军的隆隆炮声在南京城外响起来时,白敬斋的大女儿白蔷抛下了不肯离开大陆的丈夫和女儿,乘飞机逃往台湾,一去十几年,杳无音信。几年前白蔷费尽周折打听到女儿的下落,于是冒险以香港同胞的身份回国观光，见到了分别已久的亲生女儿。白堤想着在北京的肖克，想去北京。白蔷便带着她来到了北京土地庙下坡3号的秘密据点。白堤来到那里以后，感到非常恐惧。她没有想到，自己朝思暮想的妈妈，原来就是书中写的、电影上演的狗特务。她从小受到良好的教育，一直在奶奶身边长大，革命传统教育、共产主义思想的熏陶，使她由一个少先队员逐步成为一名共青团员。

当时肖克在侦察中无意地发现了那个秘密据点，这是一个被梅花党人废弃的据点。当他走进那座红色的神秘小楼时，楼梯上出现一个窈窕女人的身影，紧接着他的头部挨了重重的一击，昏了过去……

肖克醒来时发现自己被吊着，双脚也被绳索捆绑着，嘴里塞着破毛巾，动一动都很费劲儿，头部隐隐作痛。

这是那座小洋楼的地下室，室内堆积着杂物，弥漫着潮湿的气息，上角有个栅栏铁窗，从上面泻下一片阳光。

一会儿，传来踢踢踏踏的脚步声。

一个长得奇丑的驼背老头缓缓地推开门走了进来。

肖克还是平生第一次见到这么丑陋的人，他满脸皱纹，像是一块树皮，鼻子耷拉着，一嘴虎牙。两只眼睛斜视，又大又圆，仿佛两颗铜铃铛。他本来就长得矮小，再加上背着驼峰，身子向前斜倾，就更显得古怪丑陋。

这个驼背老头斜着眼睛看了看肖克，又踢踢踏踏地出去了。

一会儿，驼背老头引着一个老妇人走了进来，这老妇人已年逾花甲，但风韵犹存，身穿一件褐色的旗袍，脚穿一双绣花鞋。她的鬈发已微微泛白，两只眼睛像苍鹰的利目，炯炯泛光。她的左耳戴着一只梅花形的金耳环，闪闪发光，每走一步，耳环就轻轻晃动，更显出她的神采和威严。

她就是梅花党头子白敬斋的大姨太——白薇的生母蔡若媚。

蔡若媚从海外远道回京，负有梅花党特殊的使命。

蔡若媚冷笑一声，朝驼背人努了努嘴。

驼背人会意，上前一跳，竟跳起两尺多高，摘掉了肖克嘴里的破毛巾。

肖克暗下吃惊：这驼背老头轻轻一跃就跳起两尺多高，活像是一只老黑猿。

驼背人端来一个太师椅，让蔡若媚坐下。蔡若媚点燃一支香烟，叼在嘴上，问道："你是谁派来的？"

肖克没有理睬她。

蔡若媚皱了皱眉。

驼背人往起一跃，一拳打中肖克的鼻子，血流如注。

蔡若媚轻轻一摆手，喝道："畜生！不要无礼！别打坏了他，留着他有用！"蔡若媚奸笑几声："你不说我也知道，你就是共党专案组的肖克！"

肖克听了，心里一震："这妖婆消息好快。"他轻蔑地一笑："你们都难逃人民的法网！善有善报，恶有恶报，不是不报，时机未到。"

蔡若媚轻轻弹了弹烟灰："年轻人，你太自信了。你跟着共产党跑，共产党对你有什么好？你有汽车吗？你有洋房吗？你有美人吗？统统没有！不要忘记，人为财死，鸟为食亡……"

"你们这些反动派哪里能理解共产党人的胸怀和理想，你们的洋房和汽车都是堆砌在人民的白骨堆上的，你们的欢乐都是建立在别人的痛苦之上的，我们共产党人就是要消灭你们这些寄生虫，解放全人类，最终在全世界建立一个没有剥削、没有压迫、没有人吃人的新社会！"肖克的眼睛里泛出光彩，一字一顿地说着，声音洪亮，震得房顶上的尘土簌簌而落。

蔡若媚有些恼羞成怒："你中毒太深了，我要给你洗洗脑子。蒋总统虽然暂时退居台湾，但这是韬光养晦之计，就像一个拳头，先撤回来，再伸出去，才会打得更有力。蒋总统有美国人支持，有西方世界做后盾，早晚有一天要光复大陆的。美国人手里有原子弹，有航空母舰，美国人的核武器能摧毁整个世界！中共有什么？一穷二白，又得受俄国人的气。年轻人，识时务者为俊杰！你要投到我们这边来，要什么，有什么，可以封你个上校，在大陆干一段时间后，可以到美国去享福，要钱有钱，什么美元、法郎、马克、英镑……要车有车，雪佛莱、福特，随你挑！要房子有房子，欧式建筑，美式建筑……要女人有女人，白妞黑妞，随你挑，年轻人，别挑花了眼！”

肖克哈哈一阵大笑，笑得蔡若媚浑身发毛。

“美国人算什么，核讹诈能吓倒中国人民吗？抗日战争胜利后，美国人不是支持蒋介石反动派吗？不是给蒋介石的军队运来大量的新式武器吗？可是中国共产党有全国人民的支持，就靠着小米加步枪，打败了国民党800万军队，解放了全中国。美帝国主义和一切反动派都是纸老虎！美国人，哼，美国人又怎么样？毛主席说了‘别了，司徒雷登！’，实际上是‘滚蛋吧，司徒雷登！’”

“呵，你小子骨头还挺硬，看老娘如何收拾你！”

蔡若媚怒气冲冲，一挽胳膊，就要往上冲……

这时，门外传来一个女人的声音：“妈，我把大姐她们接来了！”

蔡若媚瞪了肖克一眼，对驼背人说：“老大，饿他三天，看他嘴还硬！”

驼背人点点头，“吱呀”了一声。

原来他是个哑巴。

蔡若媚气冲冲地出去了。

驼背人拾起那块又旧又脏的破毛巾，一纵身，又塞进了肖克的嘴里。

驼背人观察了一下四周的情况，也走了出去。

肖克见屋内只剩下他一个人，反倒松了一口气。

他又打量了一下这间地下室。室内有20多平方米，墙角满是蜘蛛网，地上湿乎乎的，好像刚下过雨一样。

肖克在这间潮湿昏暗的地下室里整整被吊了两天多。

这天晚上，肖克正昏沉沉地吊在那里，忽然听到一阵悦耳的歌声：

假如青春稍稍在某地流连一下，
生命就会在希望中点燃；
青草越被人践踏长得越旺，
可是青春越是沦落，越令人可怜。
心的青春是献给太阳的祭礼，
人生航行在春天涨满的小船。
人生还不如弈棋，
不可能再来一盘；
人生没有重复的机会，
不能悔棋，只能迎接那残酷的震撼。

这歌声伴着琴声，悠扬，悦耳，这歌声多么熟悉！

是白堤，那个梦幻般的倩影，那个纯洁的小生灵。

肖克感到热血沸腾，心弦顿时绷得紧紧的，大气也不敢喘一下，拼命地用耳朵仔细谛听着，谛听着……

歌声消失了。

琴声消失了。

一切又归于静寂。

肖克感到几许惆怅。

世界上真的有幻觉、幻影、幻听、幻想。

这时，响起了发报的电波声，这声音如此之近，如此之急切。

敌特的电台原来在这里。电台在这里，那么它藏在何处呢？

又是一个难熬的长夜。尽管是秋夜，但并不清凉，只有一片潮湿。

黎明来了，天际现出一片玫瑰色，又是一个黎明。

肖克蒙蒙眬眬，身体已经麻木。

天窗外传来轻盈的脚步声。

“这是什么地方？是地下室吗？”天窗露出一个少女的脸庞，她稚气未脱。这声音如此熟悉。

真的是白堤！

肖克看到了白堤。

她依然美丽纯洁、楚楚动人。白堤为什么到了这里？她不是居住在钱塘江畔吗？

白堤看不清楚室内，她双手攥住铁栅栏，像寻觅着什么。

肖克拼命地晃动，他想大声叫喊，可是嘴里塞着毛巾，喊不出来。

肖克左右晃动，双腿终于够着了墙，发出“嘭嘭”的声音。

白堤问道：“里面是什么东西？”

驼背人用双手比画着，那意思是说地下室内关着一条狗。

白堤道：“为什么要关着它？让它出来晒晒太阳吧。”

驼背人急切地用双手上下比画着，意思是它性情凶猛。

白堤望着驼背人：“你为什么长得这么丑？”

驼背人用手指指心窝，意思是人丑心美。

白堤叹了一口气：“没有丑就显不出美。”

驼背人露出了笑容，满意地点点头。

两人一前一后走远了。

肖克失望地望着天窗。

晚上又来到了。

驼背人一晃一晃走了进来。他手里提着一个竹篮。里面是两个馒头和一碗炒柿子椒。

驼背人摘掉塞在肖克嘴里的毛巾，又为他松了绑，把竹篮递给他。

肖克狼吞虎咽地吃起来……

肖克吃完饭，驼背人又将他的双手捆绑好，往他嘴里塞了毛巾。

驼背人踢踢踏踏地走了。

过了大约有一个小时，门“吱扭”一声开了，一股香气扑鼻而来……

白堤身穿白色睡袍出现在门口，她像一块白绸子。“小东西，你在哪儿？我怎么看不见你。”白堤试探着在黑暗中行进。

不一会儿，她触到了肖克的身体，吓了一跳。

“你是谁？”白堤壮着胆子大声问道。

肖克使劲晃动着身体。

白堤回去找来一支蜡烛，点燃，摸索着进了地下室。

啊，这多么像安徒生童话中卖火柴的小女孩。

“你，你是……”白堤看到了肖克，惊得后退几步。

“你是人是鬼？怎么会在我二姨的地下室里？”

肖克的双目充满了希冀。

白堤把蜡烛放在一边，把太师椅端到肖克面前，踩在太师椅上，把肖克嘴里的毛巾掏了出来。

“白堤，我是肖克啊！”肖克大声叫道。

“你怎么到了这里？简直是传奇！”

肖克一五一十地讲了。

白堤惊得睁大了眼睛：“怎么?！我二姨是狗特务，我简直不能相信。”

白堤也把自己如何来京讲述了一遍。

白堤找来了一把剪刀，剪开了捆绑在肖克身上的全部绳索。

肖克恢复了自由。

“我们一起逃走，出去报案。”白堤说。

这时，发报的电波又响起来。

肖克急忙走出门，白堤手握利剪，紧紧相随。

电报声发自二楼一个房间。

肖克、白堤悄悄上了二楼。

他们悄悄躲到那个房间的门后。

肖克轻轻拉开了一条门缝。

蔡若媚神气活现地坐在沙发上，口述电文，那个驼背人跪在地毯上。他赤裸上身，后背现出一道长长的裂缝，有一条拉链。驼峰是空的，露出一个大洞。

原来电台藏在他的驼峰里，电报的秘密终于发现了。

这个电波游移不定，位置忽东忽西，忽南忽北，原来是这个原因。

白蔷吸着香烟，坐在另一个沙发上，发报。

蔡若媚继续述说电文：

堡垒极易从内部突破，望多送经费及贵重物品。二号四号五号。

白堤见状，再也按捺不住，大叫道："原来你们都是狗特务！"

肖克没能抱住白堤，白堤冲了进去，手握利剪，旋风般冲到蔡若媚面前，挥剪就刺。

蔡若媚先是大吃一惊，继而镇定下来，退到一边，白堤扑了一个空。

蔡若媚一脚踢翻白堤。

驼背人疯狂地扑到白堤身上，用一双利爪死死地扼住她的喉咙。

白蔷一见，扔下耳机，大喊道："放开她，她是我的女儿啊！"

肖克也冲了过去，上前击打驼背人。

蔡若媚见状不妙，手一扬，一支梅花镖飞出，击灭蜡烛……

屋内漆黑一团。

一场混战。

蔡若媚一声呼哨，双手一扬，两支梅花镖朝肖克咽喉击来。

肖克见两支亮闪闪的东西飞来，知是暗器，赶忙跳到窗台之上。

这时猛听到白蔷大声地哭喊："小堤，小心呀！"

肖克预感到不妙，又返回屋内。他的脚触到电台，于是举起电台朝驼背人砸去。驼背人惨叫一声，软绵绵倒下了。

蔡若媚拔出了消音手枪，朝肖克开枪。

白蔷也拔出消音手枪，开了枪。

肖克左躲右闪，无意中摸到了那把利剪，他充分施展在警校时学到的武功，与她两人周旋。

屋内漆黑，三个人只是凭声音辨别。

一会儿，肖克绕到白蔷身后，一剪刺中了她的后背。

白蔷一声大叫，倒下了。

她倒在白堤的尸体上。

门呼地打开，白薇手持消音手枪冲了进来，朝肖克一阵乱射。

肖克用力一跃，一个"鹞子翻身"，跳入夜幕之中……

等肖克带着龙飞、路明以及大批公安人员和解放军战士进入这个小洋楼时，一切已归于平静。

地上只有一片血迹，没有一个人。

白薇等人逃得无影无踪。

地下室只有一堆乱绳。一楼那些杂物和书画仍在。

龙飞看到了一幅梅花图案的轴画，他惊叫道："这正是我在南京紫金山看到的那幅梅花轴画，底轴是个空轴，原来藏着梅花党潜伏人民名单。"

肖克充满了悲哀。

白堤死了。

她是如此纯洁，她的生命来去匆匆，她只有 21 岁。

肖克在情感上无论如何也接受不了这严酷的现实。

龙飞见老战友心情沉重，劝他道："你的心意到了，她在九泉之下也就安息了。死者安息，活者奋进。"

肖克愤愤道："这些王八蛋，不知把她的尸首弄到哪儿去了。"

那个被砸坏的电台也失踪了，这些天那奇怪的电波消失了。

龙飞带人彻底搜查了土地庙下坡的那所神秘的小洋楼，也没有找到有价值的线索。

龙飞认为，驼背人可能戴着假面具。

肖克经过两天休息才恢复了体力，他的领导和同事都到医院看望他，其中有杨副部长、龙飞和南云夫妻以及路明等人。他们还送来了一束鲜花，散出阵阵清香，他们把它插入一个花瓶，放在床头柜上。南云特意煮了茴香馅的水饺，热气腾腾，放在一个饭盒里。

肖克住院3天多，身体有些虚脱，如今已缓过劲来，他执意第二天一早就出院，由路明来接他。

晚上10时多，值班护士进屋来探望了一下，便出去了。肖克也恍恍惚惚睡下了。

肖克正睡间，忽听有人喊："停电了！"

他一骨碌爬起来，一片漆黑。

刚刚适应了这种黑暗，楼道里就传出"嚓嚓嚓"的声音。

肖克感到有一股凉气袭来。

他连忙滚到床底下。

门"吱扭"一声开了。

一团白物飘了进来。

无头无脚，一米多长，从上到下都是白色的。这个庞然大物，飘到肖克床边。

突然，庞然大物一动，一块白布飘了出去，露出一个又大又丑的脑袋，扑向床头……

原来是驼背人。

驼背人一下扑空了。

肖克在床下一个扫堂腿，打倒了驼背人。

驼背人呼哨一声，一跃而起，伸出双手，扼住肖克的脖颈。

肖克也不示弱，也扼住了对方的脖颈。两个人都使出平生之力，这是生与死的较量。

肖克身体刚刚恢复，还有些气虚。他渐渐有些支持不住，额头渗出虚汗。

驼背人也“呼哧呼哧”喘着气，拼命搏斗。

情急之中，肖克用力一拽，竟把驼背人的假面具扯了下来。

原来驼背人是一个年轻的男子。

驼背人恼羞成怒，死死压向肖克。

这时，肖克仿佛听到了一个少女的惨叫。

那是白堤，也是被这恶徒死死扼住喉咙，白堤挣扎着，喊叫着，脸色苍白，气喘吁吁……

肖克怒气顿生，一拳正中驼背人的太阳穴，驼背人“哎呀”一声栽倒了。

肖克趁势又飞起一脚，这一脚正踢中驼背人的后背。驼背人惨叫一声，一个肉乎乎的东西飞了出去，那个驼峰是假的。

驼背人就像穷途末路的怪兽，从腰间拔出一柄尖刀，恶狠狠朝肖克扑来。

肖克一闪，驼背人扑了个空，肖克一拳打中他的后脑，驼背人昏倒了。

经过紧张的夜审，才知道驼背人是白薇发展的特务，绰号鸵鸟。他原是重庆某中学的体育教员，后来追随白薇在北京那座小洋楼里从事特务活动。鸵鸟交代，白堤已被他活活扼死；白蔷受伤逃得不知去向；白堤的尸首已经转移；蔡若媚、白薇母女俩也去向不明。鸵鸟暂时栖身前门附近一家旅馆，后来有人送信来，命令他今夜到医院暗杀肖克。因为肖克见过蔡若媚等人，她们留下来凶多吉少。刚才鸵鸟进医院时，先断电，又击昏值班护士，才来到肖克的病房。

鸵鸟还透露了一个非常重要的情况：梅花党特务第二天上午要在中山公园制造事端，白薇命令他暗中保护。

第二天是星期天。

中山公园游人如织。

绚烂的秋日，把它的金色和紫色掺杂在依然鲜明的绿色里，古老的殿阁呈现出一片凄凉的金色。

龙飞、肖克、路明等人分头混杂在游人中，他们紧张地注视着公园里的每一个人、每一个角落。

游客发出会心的欢笑。年轻的父母带着顽童亲密无间。

肖克信步来到儿童游艺场外，他隔着铁栏杆，看到天真烂漫的孩子们在玩木马、滑梯、转椅。多么天真可爱的孩子，他们稚气的脸上都是笑容。

“叔叔，几点了？”一个红领巾跑过来，朝他敬了一个少先队队礼。

“差 10 分 10 点。”肖克看了看手表，又看了看这个小姑娘，他忍不住摸了摸小姑娘胖乎乎的脸蛋。

红领巾跑走了。

“我将来也会有孩子，但愿像这个可爱的小女孩一样。”肖克美滋滋地想着。

肖克发现前面树丛中有一个躺椅，躺椅上坐着一个姑娘，她倚靠在那里，无精打采，头上围着淡蓝色的纱巾。

这个姑娘长得有点儿像白堤。

白堤？

她还活着？

肖克带着侥幸的喜悦，奔了过去。

是白堤，她愁眉苦脸地靠在那里，沉默不语。

肖克叫道："白……堤……"

白堤没有理睬他。

肖克轻轻地坐到她的身边。

白堤穿着一身蓝制服，灰皮鞋，两条又粗又黑的长辫子，辫梢上系着一只花蝴蝶结。她的脸色可不大好，呈灰绿色。

肖克听见"嘀嘀嗒嗒"的声音。

这声音越来越急，越来越响，越来越清晰。

肖克明白了。

他的脸上、额上渗出了汗珠。他用手摸摸白堤。死一般的僵硬。

白堤是个死人。

白堤死了。

肖克发现白堤手里攥着一个小马蹄闹钟，时针即将指向10时，秒针已到50……肖克快速拿起闹钟，翻转背后，将时针秒针都移向前面……

肖克松了一口气。

原来白堤身体里塞满了烈性炸药。

白堤已剩下一张人皮。

回忆到这里，肖克出了一身冷汗。他探头望望窗外，漆黑一片，远处传来海涛的叹息声。他忽然感到腹中一阵疼痛，想要泻肚。他看了一眼睡在对面的绩东。他正在熟睡，嘴里说着梦话，翻了一个身。

肖克轻轻穿上裤子、衣服，下了床，打开房门，走廊里静悄悄的，月光泻进来。他摸索着来到厕所前，推开厕所的门，走了进去。

厕所内漆黑，他摸到灯的开关，扭开了，灯没有亮。

这是一个男女合用的厕所，外面有一个洗手池，里面只有一间木板房厕所，是个蹲坑。

他摸索着来到木板房前，推开木门，里面透出淡淡的臭味和臊气。

他用力插上门，解开裤带，蹲了下来……

这时，隐隐约约传来一阵急促的脚步声，这声音越来越近……

厕所门开了，一股淡淡的雪花膏的香气扑鼻而来。

这是一个年轻女人娇喘吁吁的声音。她简直是扑进门来的，紧接着又来到木板房前，用力推，没有推开，又用手扭动门柄，门反锁着，还是没有拧开……

她重重地叹了一口气。

她的脚步声渐渐远了……

肖克屏住呼吸，不敢大声喘气。他感到有些恐惧，手枪压在枕头底下，身上没有带武器。

忽然，他听到一声惨叫，女人的惨叫。

好像是从不远处发出来的，在这沉寂的秋夜，这叫声是那么凄厉、那么清晰。

肖克的汗毛直竖起来，他感到不妙。

声音来自北边，好像是海边。

他出了招待所，沿着后面一条小路，循声而去。

周围一片漆黑，只能依稀看见道路。

肖克往前走着，两边是居民的住房，这条小路直通海边。他摸索着来到海边，这时东方已现出淡紫色的晨曦，海边静悄悄的，只有海浪轻轻地涌上来，又有规律地退过去。这是一片芦苇，苇花随风飘荡，夜风凉飕飕的。

肖克不禁打了一个寒噤。

海浪又涌上来，海里漂浮着一片白花花的东西。

肖克定睛一看，好像是一个人。

一个女人。

一个赤身裸体的女人。

他此时忘记了恐惧，不顾一切冲进海水之中，用力抓住了那个女人……

然后他抱起这个赤裸的女人，不顾一切游上海滩……

这个女人已经死了，她平静地躺在海滩上，头发凌乱，隆起的胸脯上粘着沙粒……

肖克用手拨开她的乱发，仔细一瞧，不禁叫出声来。

啊，是周楠！

龙飞等人闻讯赶到时，周楠的尸体已变成绿色。龙飞赶紧拧开手电筒进行检查，最后发现她的后背有一个小小的针孔，身上有外伤，有明显的搏斗迹象。

凌雨琦看到这般情景，脸色陡变，大声说道："我和她同住一屋，我怎么不知道她是什么时候出去的?！……

经过仔细检查，在芦苇丛旁边有一摊新的粪便，稀稀的，可能是周楠留下来的……

肖克看到这般情景，顿时恍然大悟，他抱着脑袋叫道："是我害了周楠！"众人忙问何故。

肖克断断续续地说："我昨晚吃得太多，肚子不舒服，睡不着觉。夜里上厕所时，有个女人也冲进厕所，她推门，我在里面正蹲着，门反锁着。她看到厕所里有人，于是到了外面，来到这里解手，没想到遇到坏人……是我害了周楠！"

凌雨琦问："你怎么知道是个女人？是周楠？"

肖克说："当时有一股雪花膏的香味，她平时就好抹这玩意儿。"

龙飞分析说："很可能是周楠夜里想解手，慌里慌张跑进厕所，厕所里肖克正在蹲坑。于是她跑到招待所外头，很可能她发现了什么，于是……"

凌雨琦接着说："于是发生了和特务的搏斗，她的身上有多处抓伤、撞伤和踢伤，最后被特务用针扎进后背，就这样牺牲了……”她说着说着，眼泪又涌了出来。

龙飞点点头：“从她身上多处抓痕来看，凶手是个女人。”

绩东含着眼泪说：“凶手一定是武功极高的人！周楠是省公安厅有名的摔跤手和拳击手，几个小伙子都不是她的对手，去年她还得了全省的女子同年龄的散打冠军。”

龙飞望望四周：“怎么周围连一点儿痕迹都没有呢？也许是海水涌上来，把痕迹都冲走了。”

凌雨琦说：“连她的衣物都找不着，难道也是被海水冲走了？”

龙飞说：“敌特这样做是为了威慑。水妮惨死时也是一丝不挂，这对人是一种极大的侮辱，也是对我们的威慑，这一般都是女特务干的。”

出师不久便折了一员大将，这能让龙飞不恼怒吗？县公安局和医院的人拉走周楠的遗体后，龙飞陷入深深的苦恼和思索之中。

为了寻找敌人，当初他奉命来到普陀山，在绩东和周楠的配合下几乎搜遍全寺，也没有发现敌方的踪迹。电台探测车在普陀山行驶几日，也没有任何动静。敌特已经发现我方正在紧锣密鼓地搜查，暂时停止了活动。

那天晚上，龙飞独自一人来佛顶山，来到慧济寺，没有发现问题，于是又来到寺后的绿梅庵。妙玉对答如流，胸有成竹，使他对这个小小的庵院产生怀疑。妙玉让小尼姑端上香茶，他恐怕茶中有药，推辞不喝。妙玉亲自试茶，他万万没有想到这茶杯一沿有药一沿无药，结果中计昏厥过去。

醒来时龙飞已在井穴之中，被绑在一块大石头上不能动弹，嘴里被塞上毛巾，周围漆黑一片，只有穴口有亮光，井下是“哗哗”的水声。

每天只有一个小尼姑定时给他送饭，让他解手，然后倒掉屎尿。吃饭和解手时都不松绑，都靠小尼姑帮助实施，有时龙飞就尿在裤子里。

龙飞问小尼姑为什么不杀他，小尼姑仿佛是个哑巴，也不回答，直到他那天被肖克解救出来。

初登梅花岛，水妮被敌特报复惨死，尸体赤条条吊在岛的西侧那块坟地的一棵榕树上。不久，标有“宋老黑之墓”的坟包爆炸，一名村民被炸死，一名村民被炸伤。如今省公安厅的公安人员周楠又惨遭杀害。

龙飞甚是烦闷，于是一个人出了招待所，往东走去。

出了居民区，上了山道，是一片梅树林。

周围死一般的沉寂。

几只海鸥呼啸而过。龙飞没有心思看它们，他望着大海发怔。

一只美丽的山喜鹊伫立在他面前的巨石上，它黑白相间，瞪着一双莫名其妙的大眼睛，吱吱地叫着，不知说些什么。

忽然，海面上驶过一艘快艇，快艇上有两个人。

龙飞定睛一瞧，一男一女，男人是一个年轻的海军军官，穿着军服，没有戴军帽。女人多情妩媚，身材婀娜。

这个女人正是龙飞昨天在小商店见到的那个时髦的年轻女人。

龙飞眼睛一亮，他没有带望远镜，也没有带照相机，要不然他会摄下这一幕幕情景。

这时只见那个年轻的海军军官高兴地伸开双臂拥紧了那个女人，两个人忘情地接吻……

快艇继续朝前行驶，一忽儿便不见了，隐到礁石和树丛之后了。

龙飞朝前跑了几步，仍然没有追上那艘快艇。

他很扫兴。

肖克的肚子仍然不太好，昨天夜里才睡了两个多小时，上午他回到自己屋里上床歇息。

绩东来到凌雨琦房间，陪她叙话。

凌雨琦望着周楠空荡荡的床，伤心地说："这么好、这么优秀的一个女人，就这样走了，真可惜……"

绩东坐在木椅上，叹了口气："是啊，刚才我给省公安厅的领导打电话，汇报了周楠牺牲的经过，他们也都感到十分惋惜，厅里要开追悼大会。雨琦，你觉得生命的意义是什么？什么是悲伤？什么是幸福？"

凌雨琦想了想，说："生命的意义在于奉献，因为人是社会的人，斯大林同志曾经说过，人人为我，我为人人。悲伤就是你失去了最珍贵的东西产生的一种感受，幸福就是满足欲望，如果你产生了一种欲望或需求，比如你感到饥饿，你吃了食物，去除了饥饿感，你就感到幸福。人们感到幸福，就是欲望得到了满足。"

绩东说："动物也有欲望和需求，当它们的欲望得到了满足，它们也会感到幸福。"

凌雨琦说："那些只追求幸福的人只有从其他人那里得到了好处，才会变得幸福。但是那些追求生命意义的人，会在给予他人时享受到愉悦。他们超越了自我，更愿意伸出双手去帮助那些有需要的人。如果生命有着它的意义，那么所经历的痛苦也一定是有意义的。"

绩东幽幽地说："我曾经以为，一个人的世界会很安静，安静到可以听到自己的心跳；曾经以为，一个人的独舞，会很完美，再也没有伤痕累累；曾经以为，时间会慢慢地承载遗忘，如梭流年里不会有心痛和忧伤。走过了岁月的沧桑，蓦然回首，才明白：我日思暮想的只是你的嫣然一笑。如果爱情是一个悬念，那么每一次相遇，都会是一次奇迹，总会有一个人收获了残忍，总会有一个人收获了思念；如果酒醉是一种释放，那么谁能告诉我，该怎样将你遗忘？……"

凌雨琦奇怪地望着绩东，看到他已泪流满面：“绩东，你怎么了？你说的这一番话，怎么像是一首诗、一篇散文？”

绩东又说下去：“那些年华，恍然如梦，那些谈笑，仿佛就在昨天。有的时候感觉心累，却无法停止思念。有的时候，感觉很美，恍惚在梦里边。很多时候，想向你张口，又很怕拒绝，凝眸难言；很多时候，你的目光，拨动了我脆弱的心弦。如今，你走了，沐浴在霞光里，追随那远去的烟帆。人与人相遇，也许就像流星，转瞬一闪念；今夜，我在这天涯海角，谁为我停留？我为谁思念？……”说到这里，绩东已泣不成声。

凌雨琦关切地问：“绩东，你怎么了？……”

绩东抬起泪眼：“雨琦，你不知道，我一直暗恋着周楠，可是她到死都不知道啊！如今她走了，就剩下我一个人了……”

凌雨琦问：“你一直没有向她表白吗？”

绩东支支吾吾地说：“我怕她拒绝我，我害怕被拒绝……”

“你应该向她表白。我看得出来，她也挺喜欢你的，她是一个内向的女人，心地善良，表面上刚强，其实内心脆弱，属于外强内柔的女人。”

“可是我从来没有向她表达我的爱意，我爱她，可是不敢向她求爱，我怕被拒绝！……”

“你就是一个懦弱的男人，在对敌斗争方面，你是一个勇敢的人，可是在情感方面，你却是一个懦夫！周楠到死也不知道你真心爱她，也不知道你想做她的丈夫……”

绩东站了起来，说：“雨琦，你说她会不会感觉到我爱上她了，她应该有感应……”

凌雨琦说：“她如果是一个细腻的女人，她会有感应的。”

绩东说：“可是她总把我当成她的哥哥，她要真爱我，也应当主动向我表达……”

凌雨琦用手指头敲着他的脑袋，说：“你呀你，要知道，男追女，一堵墙；女追男，一层纸啊！”

绩东神秘地说：“可是我觉得，男人和女人只要心犀相通，就能一拍即合！雨琦，我看得出来，你是多么爱龙飞，你挺主动，我早就看出来了。”

“什么早就看出来了，你才认识龙飞几天？难道龙飞就不爱我吗？你就没看出一点端倪？”

绩东小声说：“我也看出来了，他挺喜欢你，他总喜欢带你一起执行任务，他就是想多跟你在一起……”

凌雨琦的脸上泛起幸福的光彩：“绩东，你真是好眼力，你也看出来了，说实在话，我真的爱他，你知道爱的感觉吗？太幸福了，太有意义了。”

“那你们为什么不结婚？不组成一个家庭？”

凌雨琦说：“龙飞的妻子南云姐去年刚牺牲，他还沉浸在巨大的痛苦中，我还不能提出结婚的要求。其实我也愿意做他的情人，什么叫情人？并不是为了你的地位，也不是为了你的金钱，只是有一份爱。情人是一个很美的字眼，它清丽、婉约、淡雅，绵远悠长。它是行走在朋友、红颜知己、爱人边缘的一种情，比朋友多了一份知心，比爱人多了一份浪漫，比红颜知己多了一层身体上的信息。情人是什么？是一种感觉，一份思念，一个牵挂，总希望对方快乐。情人是白天的守候，黑夜的等待，生活中的甜蜜。是酸，酸得让你无奈。是甜，甜得让你回味。是苦，苦得让你流泪。是辣，辣得让你振奋。是爱，爱得让你自醉。情人是一种心灵的感应，是一种情感的呼唤，是一种殷殷的期待，是一种深切的安慰，是一种珍贵的精神筹码。情人不需要刻骨铭心的誓言，不需要海枯石烂的承诺。花自飘零水自流，一种相思，两处闲愁。此情无计可清除，才下眉头，却上心头。情人就是这样，因为不能结合，才更加珍惜。因为互相珍惜的情人之情，才倍加珍贵！”

绩东说：“雨琦，你都给我说晕乎了。”

凌雨琦幽幽地说：“可是龙飞并不接受我的这种追求，他是一个生活上严肃、心理上纠结的人，也可能是出于公安纪律的考虑，他没有接受我……”

说到这里，她的眼眶红了。

绩东说：“我看得出你也很痛苦，痛苦往往是伴随着幸福一起来到人世的。”

凌雨琦仰起头来，问：“绩东，你猜，我最看重龙飞的是什么？”

“勇敢，无畏。”

凌雨琦摇摇头。

“机智，智慧。”

“也不是。”

“英俊帅气。”

“更不是。”

绩东说：“我猜不出来了。”

凌雨琦说：“是他身上的一种书卷气，书卷气有一种迷人的优雅。在幽幽书香潜移默化的熏陶下，浊俗可以变为清雅，奢华可以变为淡泊，促狭可以变为开阔，偏激可以变为平和。”

绩东说：“是啊，一部经典，半杯香茗，足以富可敌国，贵比将帅了。有气则有势，有识则有度，有情则有韵，有趣则有味。”

凌雨琦感慨地说：“唯书有色，艳于西子；唯书有华，秀于石卉。有麝自然香，何必当风立？”

龙飞在山间行走，他期盼着在海面上能再见到那艘快艇，见到艇上拥抱亲昵的一对男女——那个海军军官和那个时髦女人，可是一直杳无踪迹。

龙飞不甘心又往前走，两旁是杜鹃、百合和水仙，景色甚是秀丽。

前面是一个三岔路口，龙飞辨了辨方向，这是昨天他和凌雨琦途经的地方，往左边是高炮阵地，往右边是通往梅花灯塔的一条曲折的小路。

右边小路上远远地开来一辆三轮摩托，车上隐约有3个人，两女一男。

龙飞站在路边。

那辆三轮摩托越开越近，龙飞已经比较清楚地看到驾驶员和车厢里的人了。驾驶员是一个穿着朴素的年轻女人，面容秀丽。车厢里是一个盖着草帽睡觉的男人，蓝布衣服。他的旁边是一个身穿蓝布衣服的女人，梳着短发。

龙飞望着望着，不禁惊呆了。

这两个女人都像白薇，举止和相貌太像了。

他一下怔住了。

那个驾驶员也发现了龙飞，慌里慌张，急忙掉头。

三轮摩托朝后面开去。

龙飞大喊一声："站住！"疾步追了上去。

摩托车没有停下，反而越开越快。

龙飞拔出手枪，拼命追赶。

前面就是梅花灯塔，灯塔院里奔出金山，金山看到这般情景，惊诧不已。

三轮摩托经过塔院时，车厢里的那个女人跳了下去。

三轮摩托疯狂飞奔，折上塔院右侧的一条小路。

龙飞见那个女人旋风般蹿到金山面前，抽出一柄尖刀抵住了金山的脖颈。

金山大叫："救命啊！救命！"

那个女人挟持金山进了灯塔。

龙飞自知追上那辆三轮摩托不易，看到守塔人金山被劫持，恐怕灯塔被毁、金山被害，于是放弃追赶三轮摩托，而逼近灯塔。

他打开灯塔的门，听到楼梯上剧烈的脚步声。

金山喊道："有人炸灯塔了！有人炸灯塔了！"

龙飞飞快上了楼梯，顺着楼梯盘旋而上。

上至三层，龙飞已清楚地看到酷似白薇的女人正死命地一手拖着金山，一手持刀抵住金山的脖颈。

金山面红耳赤，大汗淋漓。

龙飞朝那个女人叫道："白薇，快放开人质，缴械投降！"

那女人朝龙飞叫道："你快放下枪，不然我就杀死他。我腰间绑有炸药，不然就和灯塔同归于尽！"

龙飞朝塔顶开了一枪。

那女人一惊，用刀把朝金山头上一磕，金山软绵绵地倒下了。

她纵身一跃，撞碎窗玻璃，跳了出去……

"砰砰……"龙飞连开两枪，没有击中她。

龙飞冲到顶楼，通过破碎的玻璃，看到外面是一望无际的大海。

他迅疾下塔，跑出塔院，来到海边，哪里还有那个女人的影子。

他又赶往路边，那辆三轮摩托也不见踪影。

这时驻岛高炮连的指战员以及村里的民兵听到枪声，纷纷赶来。

金山被大家抬了下来，他的头部被砸伤，经过检查，包扎了伤口，没有生命危险。

那个跳海逃跑的女人正是白薇。

她受台湾梅花党部的派遣，前来指挥整个破坏"099"导弹驱逐舰的行动，妹妹白蕾也前来配合她行动。白蕾为了便于掩护白薇，迷惑我方，经过整容，貌似白薇。驾驶三轮摩托的正是白蕾，目前他们正躲在一个叫云雾洞的山洞里。这个云雾洞非常隐蔽，洞口是一个树洞，里面非常深，直通海底。几年前蒋介石派武装小分队骚扰梅花岛，一个分队长意外地发现了这个洞穴，进行了改造，并把这里作为临时指挥部。在那次围剿中，小分队的大部分队员都被击毙，只有这个分队长和一个贴身保镖躲在这里，逃过围剿，后来辗转逃到台湾。如果往前追溯，这个洞穴还是当年倭寇的藏身之处。

白薇的水性极好，当年在南京中央大学新闻系上学时，她曾经拿过全校游泳比赛冠军。她从梅花灯塔的塔顶破窗跃入大海，如同在十米跳台跳水，身上只受了一点玻璃的划伤。她游了几里，悄悄地潜入附近一个荒岛，再作打算。

这个小岛无人居住，杂树野草丛生，海浪大时几乎能淹没整个小岛，因此无人敢住。白薇躲到一块巨石后面，脱下衣服，放到巨石之上，希望早点儿晾干。

她有些疲倦，斜躺在石头上，想多接受一些暖洋洋的阳光。

龙飞又出现了。

真是狭路相逢。

她和龙飞有不解之缘。

她的思绪飘了飘，飘向那些令人难以忘怀的坎坷岁月……

1948年，南京，紫金山梅花组织总部。一座豪华的别墅内，晚上，身穿时髦旗袍的白薇怔怔地坐在梳妆台前，望着手里捏着的一张照片。

那是她和龙飞在玄武湖上划船相偎的照片。

照片上，龙飞盈盈地望着白薇，白薇咯咯地笑着。

这时，丫鬟翠屏走了进来。

白薇问："明天到美国旧金山的飞机票买好了吗？"

翠屏说："买好了，老爷去台湾。"

"谁陪老爷去？"

翠屏回答："金总管。"

"黄飞虎不走吗？"

"他去广州。"

白薇打了一个哈欠："我今天有些累了，翠屏，一会儿你帮我整理一下衣服，你知道我喜欢什么衣服，把那些首饰都带上。"

"是，我就去准备。"

白薇说："我去泡个澡。"

白薇走进浴室，脱去衣物、洗浴。

翠屏一边在大衣柜前收拾衣物，一边暗暗观察白薇放在梳妆台上的小手提包。

淅沥的水声。

白薇仍在洗浴。

翠屏迅速赶到梳妆台前，打开白薇的小手提包，里面有一串钥匙和一枚梅花。

翠屏从兜里摸出橡皮泥，把一个个钥匙印在泥上。

"零……"电话铃急促地响了。

翠屏有些紧张。

翠屏抓起了电话。

白薇在浴室内问："谁的电话？"

翠屏说："老爷的，老爷让你过去一趟。"

白薇穿上睡裙，从浴室里走了出来。

白薇来到大衣柜前，拣了一件粉色的连衣裙换上，又来到梳妆台前，对着镜子拢了拢头发，拿起香水，在身上洒了洒，出去了。

白敬斋寝室内。白敬斋穿着睡袍斜倚在大沙发上，旁边柜上一只狰狞的老雕凶恶地俯视。

白薇走了进来。

白敬斋亲切地说：“小薇，你坐下。”

他嘴里叼着一支大雪茄，吐着烟圈。

白薇坐在他对面的沙发上，拿过烟盒，抽出一支烟，点燃了，抽起来。

白敬斋问：“明天到美国旧金山的飞机票买了？”

白薇冷冷地说：“我知道退票。”

白敬斋嘴角浮过一丝苦笑，说：“我的女儿就是聪明，绝顶的聪明。”

白薇说：“你让我卧薪尝胆？”

白敬斋叹了一口气：“共产党的炮声近了，我琢磨来琢磨去，只有留你最合适。咱们白家的三朵梅花要留一朵，你姐姐小蔷没有你有城府，你妹妹小蕾从小在美国长大，年龄太小，洋味又太足，我最放心的是你。”

白薇咬着嘴唇，问：“我的任务？”

“退避三舍，等待指示。”

白敬斋说完，眼圈一红。

白敬斋说：“你跟三号单线联系，只有在万不得已时才能找他。你发展成员要慎之又慎。”

白薇点点头。

白敬斋站起来，心事重重地弄灭雪茄，然后走到白薇面前。

白薇依依不舍地站了起来。

白敬斋热泪盈眶，猛地抱紧了白薇，说：“小薇，你知道，爸爸最疼你……”

白敬斋的眼泪，一滴一滴落下来。

白薇眼泪簌簌而流：“爸……爸……”

两个人紧紧拥抱。

白敬斋痛哭出声："爸爸和小薇后会……有期！……"

白薇拿烟头狠狠地烫自己的胳膊。

第二日天蒙蒙亮。

白薇一身布衣打扮，挎着一个包袱，坐在长途汽车上。

她的眼睛失神地望着窗外。

汽车出了南京路。

汽车在土路上穿行。

汽车在庄稼地旁穿行。汽车行入山路。

汽车行至解放区，两个解放军哨兵拦住汽车，他们招呼车上的乘客下来检查。

哨兵甲问白薇："干什么的？到哪儿去？"

白薇回答："南京中央大学的学生，回山西老家。"

哨兵看了看她的学生证，示意她上车。

汽车又在土路上穿行。汽车进入山西地界，进入一片高粱地。中午，赤日炎炎。两个土匪跳了出来，拦住汽车。

车上一个醉鬼嘟囔着："真是电线杆上绑鸡毛——好大的弹（胆）子，挡横儿是怎么的？"

土匪甲扬手一枪，击碎了醉鬼的脑壳。

醉鬼的脑浆溅了旁边一个乡村妇女一脸，那乡村妇女吓得尿湿了裤子，淅沥的尿流顺着裤腿淌了下来……

土匪乙吼道："把车门打开！"

土匪甲喊道："把钱和值钱的东西都扔过来！"

土匪乙把枪口对着众人。

一些钱和首饰等扔到土匪甲抖开的包袱皮上。

土匪乙注意到了白薇，用胳膊肘捅了捅土匪甲，说："你瞧，那小妞挺俊，还是城里的学生呢。"

土匪甲也注意到了白薇，他的嘴角浮出淫笑："脸比小白藕还嫩。"

两个人嬉笑着互相推搡着。

车内，一直有一个男青年注视着白薇。他叫柯山，五台山台怀镇人，后来成为白薇的丈夫。

土匪甲对土匪乙说："你说。"

土匪乙对土匪甲说："你说。"

土匪甲用枪指着白薇说："你下车。"

白薇扭过头，没有理他。

土匪甲吼道："说你呢！老子要尝尝鲜儿。"

白薇还是没有理他。

座位中站起一个贼头贼脑的家伙，他对白薇说："为了全车人的性命，姑娘，你就跟他们下车吧，早晚都是那么回事。"

柯山朝他骂道："混账话！你有没有老婆？有没有姐妹？"

土匪朝柯山就是一枪，柯山一闪身，打中了那个家伙。

那个家伙嚷道："我算倒了大霉了！"

土匪乙又是一枪，打中了柯山的左肩，鲜血染红了他的左肩。

白薇回过头来，看清了柯山，涌起一阵感激之情。

土匪乙又举枪。白薇站了起来，沉着地说："我下车。"她十分镇静地走下汽车。

白薇回过头，问："去哪儿？"

就在她回头的一刹那，与车内柯山担忧的目光相遇。

土匪甲一指左边："那边高粱地，屋暖炕热。"白薇走入高粱地，从容地走着。

两个土匪一前一后、一瘸一拐地跟着。

土匪甲嬉笑着说："今儿个可真不赖，可以开开荤了。"

土匪乙说："还是咱哥俩有福气，弄了几天土腥儿，今儿个可抓了个洋的。"

汽车内，柯山急得抓耳搔腮，忽然跑下车，大叫：“抓土匪啊！抓土匪啊！”

两个土匪一听，惊得回过头来。

白薇趁势一脚踢飞了土匪甲手中的手枪，又一脚踢中他的下身。

土匪甲惨叫一声，昏死过去。

土匪乙一看这情景懵了，吓得抱头鼠窜，钻进高粱地，一忽儿无影无踪。

柯山迎上前来。白薇吁了一口气说：“谢谢你！”

柯山问：“你会武术？”

白薇点点头。

汽车又在庄稼地旁穿行。

白薇帮柯山包扎伤口。

后面那个中枪的家伙“哎哟哎哟”地呻吟着，还嘟囔着：“也没人给我包扎伤口。”

柯山望着白薇微笑。

白薇也“扑哧”一声，笑了。

柯山问：“你叫什么名字？”

“红柳。”

柯山问：“你到这里干什么？”

白薇回答：“我到五台山烧香还愿。我爸爸妈妈都被飞机炸死了，我是南京中央大学的学生，你呢？”

柯山说：“我就是本地人，家住台怀镇，我从安徽大学毕业，这兵荒马乱的，找不到正经职业，想回乡当教师。”

白薇说：“教师这职业好。”

柯山又问：“你信佛教吗？”

白薇没有说话，眼睛望着窗外的林木、庄稼和远山。

远山如黛。

五台山某寺院内，木鱼声声，香烟缭绕。

白薇跪在地上烧香磕头还愿，柯山立于一侧。

白薇望着大佛，眼泪簌簌而落。

一碗油灯，忽闪不定。

风萧萧。一个个金刚塑像，姿态各异。

白薇站了起来，默默地走出大殿。

柯山随她走了出去。

白薇缓缓走出寺院。

柯山亦步亦趋。

白薇走到一个岔口，望着皎皎明月，犹疑不定。

柯山说："天不早了，到我家去吧。"

白薇叹了一口气，点点头。

两个人顺着一条土路，来到台怀镇边上一个简陋的小院落，门房掩着，柯山推开门走了进去。

白薇随柯山走进东屋。

一进门，白薇险些踩着一只老猫。

这猫又老又瘦，是只黄猫。

屋内传出了一个苍老微弱的声音："小山子回来了？"

柯山说："娘，我回来了。"

白薇随柯山走进里屋，只见一个年逾六旬的老妇人端坐在炕头上，她的一头银发闪着光，一双眼睛翻出鱼肚般的白色，腰板挺直，两只小脚盘缠在一起。

老妇人是柯山娘。

炕桌上有一个破碗，立着一根白蜡烛，已经烧成个白坨，闪着微弱的光亮，风一吹，火苗一颤一颤……

柯山说：“娘，我回来了。”

柯山娘说：“我就知道你要回来了，这碗蜡烛快熬没了。”又问：“你身后那个小姐是谁？她怎么有一股子鲜奶味？”

柯山说：“娘，她是一个无依无靠的人，父母都死了，路上又遇到了土匪……”

“唉！这兵荒马乱的，一个姑娘家出来不容易。”

柯山说：“娘，我让她先住在咱家吧。”

柯山娘说：“善有善报，恶有恶报。救人一难胜造七级浮屠，让她住在小东屋吧，你去收拾一下，那屋里堆着柴火，太乱。”

柯山答应一声，出去了。

柯山娘问：“小姐叫什么名字？”

“红柳。”

柯山娘说：“红柳，这名字好啊。”

白薇听了一怔。

柯山娘问：“小姐口渴了吧，外屋的缸里有水，就是凉点，是山泉水。”

白薇说：“大娘，别叫我小姐，就叫红柳吧。”

柯山娘说：“你的肩膀有一个大黑痣，受累的命！”

白薇听了一惊，说：“大娘真是好眼力！”

柯山娘说：“什么好眼力！大娘是个瞎子！瞎了有10年了。”

白薇有些惊讶地望着她，她果然是个瞎子。

白薇问：“大娘的眼睛怎会这样？”

柯山娘叹了一口气，说：“10年前柯山他爹一走没有音信，哭他哭瞎的。10年了，唉！死在外头了，连骨头也没见拣回一根，惨啊！”

一阵寒风袭进来，白薇不禁打了一个寒噤。

她轻轻给柯山娘捶着背。

她发觉柯山娘的脊背又凉又硬。

柯山娘说："山里风凉，多穿点。这五台山可是块宝地，这里气场大，据说有好几个大师到这里，都被这里的气场震住了。"

白薇说："四大佛教名山，个个有名。"

柯山娘说："红柳，你听，这么晚了还有人在敲木鱼。"

白薇仔细听，果然听见隐隐有木鱼之声。

柯山收拾好房间，走了进来。

柯山说："屋子收拾好了。"

柯山娘说："快烧点水，红柳一定渴了，她还要洗洗，姑娘家事多。"

柯山来到外屋，把灶点燃，烧了一锅水。

小东屋内弥漫着一股潮湿发霉的气味，一间土炕，一个旧木柜，屋角堆着几个破铁锹把，壁上挂着一串发霉的红辣椒。

柯山抱来一床破旧的被褥，又端来一碗开水。

白薇坐在炕头，望着露着窟窿的纸窗。

柯山又端来一个破脸盆，盛着半盆热水，还搭着一块旧毛巾。

白薇问："你的伤口怎么样？"

柯山说："没事，擦破点皮，刚才我包扎了一下。"

白薇有些感激地说："都是为了我……"

柯山憨憨地笑了笑。

柯山说："你睡吧，早点儿休息。"

他退了出去，掩好了门。

白薇拉上窗户，朝外望了望，柯山正走进正屋，她听到一阵"哗啦哗啦"的水声。

白薇向柯山娘的屋里望去，只见在惨淡的灯光下，柯山娘一双眼睛空洞地望向她的方向。

白薇倒抽了一口冷气，缩回了身子。

白薇走到门口，闩好门，然后开始简单洗漱。她把双脚泡在盆里，怔怔地发呆。

她扯过自己的小手提包，打开手提包，从里面捏出一枚梅花徽章，掂在手里，聚精会神地望着它。

我难道就在这冰冷的小山村里度过凄凉的一生吗?! ……

白薇深深地叹了一口气。

白天，白薇一身农村妇女的装束，赤着双脚陷在猪圈的泥里喂猪。

柯山喊："红柳，吃饭了! 该歇歇了。"

白薇擦了擦脸上的汗水，越擦越脏，喊道："来了，来了!"

庄稼地里，白薇赶着老黄牛耕田，她戴着草帽，额头上挂着晶莹的汗珠。

一道闪电，暴雨将至。

柯山远远地喊道："红柳，要下雨了，回来吧!"

暴风骤雨，天色昏暗。

雨，白茫茫的一片。

白薇浑身尽湿，赶着黄牛，深一脚、浅一脚地走着。

白薇滑了一跤，跪倒在地。

柯山跑到这里，扶起白薇。他关切地问："没磕着吧?"

白薇摇摇头。

白薇说："我有点儿冷。"

柯山四下望望，脱了汗衫，披在白薇身上。

白薇发抖，说："我还是冷。"

柯山紧紧抱住白薇，他觉得像是抱着一个冰块。白薇的身体剧烈地颤抖。

晚上，白薇躺在炕上，脸庞通红，她发着烧，嘴里说着胡话。

柯山端着一大碗热气腾腾的姜汤走进来。

柯山说："红柳，喝点姜汤暖暖身子，烧就会退的。"

白薇睁开眼睛，微微苦笑。

柯山用勺子一勺一勺地喂着姜汤。

门被风"呼啦"一下刮开了。

柯山娘拄着一根拐棍立于门口，银发苍苍，被风吹得乱动，她的手里拿着一个罐子。

柯山说："娘来了？"

柯山娘颤巍巍走到白薇炕前，用手摸了摸她的额头。

柯山娘说："少说也得有 39 度，我给她拔拔罐子。"

柯山往后挪了挪身子，柯山娘坐到炕上，把拐棍支到一边。

柯山娘说："把那地窖里的酒拿来，再拿盒火柴。"

柯山出去了。

柯山娘扳过白薇的身子，把她的上衣脱了，露出后背。

柯山娘用那双粗糙的老手在她的后背揉揉。

柯山娘说："这细皮嫩肉的，滚烫，烧得不轻，寒气太重，一直生活在山里吧？"

白薇没有说话。

柯山拿着一个瓷瓶和一盒火柴走了进来。

柯山娘拿过拔罐，吹了一口气，拧开瓷瓶，一股酒香扑鼻而来。

柯山娘把酒倒入拔罐，熟练地点燃火柴，一伸拔罐，淡蓝色的火苗腾地升起。

柯山娘笑道："这洋火好使。"

她熟练地把拔罐扣在白薇雪白的脊背上，一个个拔罐。

白薇的后背出现了一个个紫红色的印痕。

柯山娘的口中念念有词：

天灵灵，地灵灵；

一请唐僧猪八戒，二请沙僧孙悟空；

三请山东秦叔宝，四请俊男小罗成；
五请金莲樊梨花，六请柯山穆桂英；
七请半路程咬金，八请周仓老关公；
九请华佗来治病，十请托塔王李靖；
还有哪吒三太子，率领天上十万兵。
轰隆隆，妖魔鬼怪都扫尽！

白薇的脊背出现10个紫印，汇成一朵紫色梅花图案。

柯山娘攥住白薇的手。

柯山娘说："这皮肤好嫩，你是江苏人？"

白薇点点头："大娘说的是。"

柯山娘说："好了，妖魔鬼怪都赶走了，小姐的病一会儿就好。"

柯山娘拄着拐棍出去了，发出"嚓嚓嚓"的脚步声。

柯山坐在炕头，呆呆地望着白薇。

白薇满脸通红，急促地呼吸着。

白薇说："我心口憋得很。"

柯山说："那咋办？"

白薇问："你们这附近有医生吗？"

柯山说："镇上有个医生，我背你去瞧。"

白薇点点头，说："你背我去吧，不然我要死了。"

柯山背起白薇，深一脚、浅一脚地出了院门。

雨仍在下着，漆黑一团。

柯山背着白薇在雨水里走着。

道路一片泥泞。

柯山背着白薇来到村外，路过一片坟地。

白薇问："这是什么地方？"

柯山回答："坟地。"

白薇问："你怕不怕？"

柯山说："人死如灯灭，有什么怕的。"

"我听说死人有的会挺尸，怪吓人的。"

柯山说："我怎么没看见过。"

白薇说："我害怕。"

"有什么怕的，我舅舅就埋在这乱坟岗子上。"

白薇问："他是怎么死的？"

"他成分不好，是个地主，土改时被农民一阵乱棍打死了。"

白薇说："他生前肯定欺负过人家，罪有应得。柯山，你相信鬼魂吗？"

柯山说："人一死什么都没了，哪里有什么鬼魂？"

白薇说："我相信灵魂不灭。古代有一个智人，他是个王子，但他放弃了王位。他的父母用金钱、美女、王位来引诱他，都被他拒绝了，他说，人世间享受的东西都没有味道，我只想让人类摆脱痛苦，我要创立一种学说，设法超度人类的灵魂，要不然留下我这副臭皮囊又有什么意思！"

柯山说："这是一种理想，仅仅是一种理想。"

柯山又说："我是好死不如赖活着。"

柯山背着白薇走出了坟地，走入一个土路。

白薇问："柯山，你愿意做我的丈夫吗？"

柯山脸一红："我不配！"

白薇问："为什么？"

"你是富贵人家的小姐，是书香门第。"

白薇问："你怎么看得出来？"

柯山说："气质不凡，有一股书香的味道，我家只是个土财主。"

白薇说："我愿意在这佛家圣域过宁静的日子。"

柯山说："前面就是那医生的诊所了。"

柯山背着白薇走入镇里，夜，已经深了，许多住户都灭了烛火。一个小诊所还亮着烛。

柯山上前敲门，走出一个老医生。

柯山把来意说了，老医生让柯山把白薇放到病床上，用听诊器听了听，又摸了摸她的脉搏，看了看她的舌苔，给她打了一针，开了几服药。

老医生说："她寒气太重，心火太盛，吃了这几服药就会好。"

柯山连声道谢，付了钱拿起药包揣进怀里，背起白薇，拔腿往回走。

黑夜，道路泥泞。

柯山背着白薇深一脚、浅一脚地走着。

白薇微微睁开眼睛，感激地望着柯山。

"柯山。"

柯山嗯了一声。

白薇问："你有过女人吗?"

柯山摇摇头："我曾经喜欢过一个女同学，但是从来没有跟她说过。"

白薇笑道："你真傻。"

柯山有点儿惘然："一毕业就分手，你呢?"

白薇心头一震："有过一个男人，也是大学同学，他长得很有男人味道，也很有才气，我爱他爱得很深，可是……"

柯山问："可是什么? ……"

"我们不是一股道上跑的车。"

柯山问："为什么?"

白薇说："一言难尽，你问得太多了。"

白薇又说："我们虽然没有做成夫妻，但是我的伤口很深，太深了……"

柯山诚恳地说："我能治好你的伤口。"

白薇笑道："你不是大夫，连我的高烧也治不好。"

白薇笑了，柯山也笑了。

他背着白薇飞快地在雨中跑着。

过了一个月，柯山家。

窗户上贴着一个"喜"字。

白薇在镜前梳妆，露出了一丝笑容。

又过了几年，"反右"斗争开始。

这天晚上，柯山家。

柯山娘问："红柳呢？"

柯山回答："今天校长找她谈话了。"

"谈什么？"

柯山说："去年她给学校党支部提了意见，学校定她为'右派'。"

柯山娘问："'右派'是什么？"

柯山说："就是共产党的敌人，学校'右派'有指标。"

柯山娘说："她平时不说话，怎么会成'右派'？"

"她不说是不说，一说就要命。"

柯山娘说："你赶快去找她，她别寻了短见……"

柯山一听，慌忙奔出门外。

柯山沿着小路，穿过那些沉睡的农舍，来到村外。

原野上散发出清新、潮湿的泥土气息，草叶和树枝上，挂满水珠儿，在皎皎月下，宛如串串的银珠，闪闪发光。

青蛙哼哼唧唧得意地叫着。落花漂浮在河面上，夹在青青的薄草的中间，连成一片，悄悄地漂着。

远远的山岭，像云烟似的，贴在黑色的天际，若有若无，几乎与天色融合了。柯山又走了一程，前面出现一片菜地，精心设计的畦子就像棋盘一样，辣椒枝上挂满了大红灯笼，紫色的圆滚滚的茄子就像伸出来的拳头。冬瓜一个比一个大，铺着白白的一层霜，颤悠悠地晃动着身体。

柯山仰首向天空望去，清切切的银河犹如堆着许多层棉絮，偶然飞来一颗流星，像荧光斜落下去，消逝在黑暗之中。

天上的星星眨着眼睛，河堤两岸长满了青草，芦苇丛中的萤火虫闪着幽光。堤坡下面是一畦齐腿高的大豆。河底的小草散发出来的清香夹杂在水汽中扑面而来，月色便朦胧在这水汽里。

柯山恍恍惚惚觉得前面出现一片光亮，仔细看去，小河两岸的草丛中，三三两两的萤火虫泛着低低的光弧向河中舞去……低眼望去，这条河的两岸到处都是萤火虫，不肯飞到上方，依恋地贴着水面低回……远远地，在这小河的延续处，闪着几道没有尽头的弧线，在河两岸翩然飞舞，忽明忽暗。那幽灵一样的萤火，拽着尾巴似的，历历在目。

蓦地，柯山眼前一亮，只见潺潺流淌的小河堤岸，出现一个人字形的金色光环，就像都市之夜的霓虹灯，流云般地闪烁。

柯山惊呆了，只疑是在梦里，他向那个金色光环走去。

越走越近了，只见一个身穿白色睡衣的女子静静地坐在河堤上，凝神沉思。她的一双雪白的脚丫踩在河里的鹅卵石上，河水漫过了她的小腹。

她亮晶晶的眼睛注视着一望无际的远方，两只胸脯有节奏地此起彼伏。

一簇簇萤火虫愉快地舞蹈，围在她的身体周围，紧紧地贴着她柔软的长发、湿热的身体，形成一个人字形的光环。

是红柳。

柯山激动地叫着："红柳!"

白薇发现了他，朝他微笑着。

"原来你在这里。"柯山走近了她。

"我和地气接通了。"白薇绽开了笑脸。

她的两只白皙纤巧的脚丫在胖胖的鹅卵石上柔柔地滑动着，指甲晶莹剔透，没有任何修饰，像光彩耀人的贝壳。

"你这样会受凉的。"柯山关心地说。

"不，我和天地相通了，你感觉到了吗？土地虽然表面安详而湿润，但却孕育着一个巨大的秘密，就像一个情欲强烈的女人正在准备会见她喜欢的男人一样。一股生命与丰饶之水，在蠢蠢欲动。就在湿漉漉的土地急不可耐地准备接受恩赐的时候，有一件光光的东西戳进它的肚皮，接着种子便在戳洞的地方一拥而下，于是大地便孕育起小麦、高粱、水稻、玉米……就像怀胎一样。

白薇说这番话时，眼睛光闪闪的，接着扑簌簌淌下一串亮晶晶的东西。

夜气上来了，水汽上来了；雾，淡淡的，宛如薄如蝉翼的轻纱，隐约可见小河丰腴的体态和诱人的曲线。

萤火虫依然鳞光闪闪，像万千条银色的带子在动，在碧绿清澈的水面上，漂一片玫瑰色的光彩。水，绿得像碧玉；天，黑得像墨；萤光，亮得像金子；这些色彩交融在一起，随着微风乍起，搅起满天黄金；河里漾起了几声嚯嚯的水声。

四周静极了。

白薇轻轻地吟着诗句：

那地方
水是响的
仿佛都坐在这岸的一边
生命的飞翔

月光照着

埋在水下的白嘴唇——

白薇说完，嫣然一笑，跃身跳入水中……

柯山叫着："红柳，红柳……"

白日，村头坟地矗立一座碑墓，碑身上镌刻着"红柳之墓"。

白花纷飞。

柯山伫立在墓碑前。

五台山某寺院。

深夜。

天色已黑，皎皎月下，一座座屋顶上的琉璃瓦闪着阴冷的光。

塔影冲霄，松声满耳。一株古松下，放着一张桌子、一条板凳，桌上凉着几碗茶，一个钱笸箩。

树上挂着一口古钟，一个老尼坐着打盹儿。

夜来了，寒气袭人，月光给寺院涂上了一层奶油般的黄色，一朵蓬蓬松松的云彩，在天间浮动，徐徐飘去；夜风卷带着野花的清香、浓重的泥土香、树叶的潮气，纷纷袭来。偶尔飞过的山鹬苦闷的呼叫声，划破了这夜的寂静。

白薇木然地现于寺院门口，走了进去。

远处响起一阵抑扬顿挫的吟唱：

菩提树，佛菩萨，

谢菩萨打些在蓬松下，

换上一领袈裟。

只说是人间最好，美玉无瑕，

却原来是般式虚化。

都只为争夺那富贵荣华。
全不想这都是水中捞月、镜里看花；
幸把红尘早勘破，一心一意无牵挂。
只乐僧仰天一笑，草鞋踏遍天涯，
呀！南天阿弥陀佛，观世音菩萨。

唱声久久回荡，给人一种洗尽杂念、净化心灵的宁静肃穆之感。

大雄宝殿内。

白薇双膝跪地，虔诚地把三炷香插进灰烬重叠的铜鼎。然后，双手合十，瞑目诵经，拨动着佛珠。

四大班首、八大执事分立清洁法师两侧，为白薇举行具足戒大礼。

主持大礼的监寺尼姑等钟声响后，朗声说道："皈依佛门，十戒已受，承我这脉，沐恩师教诲之德，偌宗之女受具足大戒。"

铜钟三声巨响。

白薇说："恭听众位大师教诲。"

钟声绕梁回荡。

清洁法师问："弟子十戒持之如何？"

大师们齐声喝道："十戒谨等，持之以恒，此女无妄，我等做证。"

白薇又在佛像前连磕三个响头。

清洁法师说："佛门戒律，复诵之。"

白薇说："勿杀生，勿偷盗，勿妄语，勿饮酒，勿淫欲。"

清洁法师接过侍从尼姑捧过的剃刀，走到跪在地上的白薇面前。

白薇美丽的秀发被剃得干干净净。侍从尼姑把饱浸香油的灯花递到清洁法师手中。

清洁法师缓步踱了过去，逐个把灯花整齐地安放在白薇洁净的头顶上。

白薇静待着清洁法师点燃头顶上的 9 盏灯花。

法堂沉静。尼众的注意力集中于法师手中的蜡烛上。

法师躬身，用蜡烛点燃了灯花。

瞬息，9 颗火苗在白薇的头顶燃烧起来。

白薇一动不动地跪着，就像一尊石像。头皮冒着缕缕青烟，她觉得钻心的疼痛。

法师说："尘缘，斩断了。"

法师把度牒、衣钵授予白薇，十分郑重地说："为师今日为徒儿赐法号'红尘'。"

白薇说："徒儿红尘叩拜师父。"

白薇从案上擎起三炷香，点燃后又连磕三个响头。

清洁法师说："寺后有一庭院，辟为'红尘庵'，徒儿就在那里栖身。"

白薇说："多谢师父。"

清洁法师说："徒儿已看破红尘，当以仁义为重，持之有德。当此变幻风云之中，壮我香火，替佛行道，为师心安。"

白薇说："多谢师父教化，弟子红尘永世铭记在心！"

白薇头顶灯花已燃至皮肉，吱吱作响……

白日，殿堂内，清洁法师与白薇叙话。

清洁法师说："人生最大的苦恼，不在自己拥有太少，而在自己想望得太多。想望不是坏事，但想望得太多，而自己能力又不能达到，就会构成长久的失望与不满。"

白薇说："是，世上真正成功的人能举事周全，履险如夷，临危不乱。这是一分定力，也是一种智慧和胸襟。大成功如此，小成功亦然。"

清洁法师说："你很有灵性，经过这些日子的修炼，你的见识和功夫一定很有长进，我考考你。"

白薇道："师父又要让徒儿出丑了。"

清洁法师说："河北赵州县有个赵州桥，有位云游僧问唐代的禅师赵州：'听说这里有座很有名的石桥，我怎只看见一座驼背的独木桥？'赵州说：'你只看见一座驼背的独木桥，却没有看到一座真正的赵州石桥。'我问你，什么是真正的赵州桥？"

白薇说："度驴度马，度众生！"

清洁法师说："有形的独木桥只能度一人，而无形的赵州桥却默默地承受着驴马的践踏！有人问赵州：'你死后要到哪里去呢？'赵州回答：'我要在你们这些人之前到地狱去，如果我不先到地狱去，谁会等在那里救你们呢？'一次下雨时，镜清禅师问他的门下僧人：'外面是什么声音？'一个学生回答：'是下雨声。'镜清禅师说'错了'。你说为什么错了？"

白薇思忖了一会儿，说道："明明是下雨啊！"

清洁法师说："镜清的回答是：'我就是雨声！'"

清洁法师指着窗外一株牡丹说："你看到这株牡丹，有何感想？"

白薇回答："如梦中一般。"

清洁法师点点头，说："有人视而不见，有人见了如梦中一般。只有物我两忘，才能体会出'天地与我同根，万物与我一体'，才能领悟牡丹之美。"

清洁法师吟道："看！看！古岸何人把钓竿？白云冉冉，碧水漫漫，明月芦花君自看。白云冉冉，碧水漫漫，明月映芦花，芦花映明月。这是何等明净澄澈！在红尘中迷途的人听了，不觉顿生向往之心。"

白薇说："北宋大诗人苏轼有一首《题沈君琴》：'若言琴上有琴声，放在匣中何不鸣？若言声在指头上，何不于君指上听？'琴瑟琵琶，虽有妙音，若无妙指，终不能发。"

清洁法师说："唐代诗人王维的诗情与禅更是融为一体。他作的诗《鸟鸣涧》：人闲桂花落，夜静春山空。月出惊山鸟，时鸣春涧中。红尘，你坐禅给我看一下。”

白薇打了个坐。

清洁法师说：“禅坐的关键在于悟，而不在于长坐。悟则坐卧皆禅，不悟则坐卧皆非禅。王常侍与慧照法师一起来到僧堂，王常侍问：‘这一堂僧人还看经吗？’慧照法师回答：‘不看经。’王常侍又问：‘还学禅吗？’慧照法师摇摇头：‘不学禅。’王常侍说：‘经又不看，禅又不学，究竟做什么？’慧照法师挥袖说道：‘了性即知当解脱，何劳端坐做功夫！色不异空，空不异色，色即是空，空即是色。’”

白薇说：“如此来说，人生的最高境界不在于功成名就，而在于怡然地品味平常心，既然人生短暂，又何必过于执着。”

清洁法师说：“混乱升起的地方，就是空静可以升起的地方。哪里有混乱，我们透过智慧，哪里就有宁静。‘菩提本无树，明镜亦非台。本来无一物，何处惹尘埃’。如能看透人生，了解世界终成空，心中就会没有杂念。一旦弃绝这些欲望，心便会定下来，这时才是真正的无事。”

白薇说：“师父高见。”

清洁法师说：“人生有八苦，生老病死，其苦非凡。但芸芸众生，生而即沉溺于苦海，虽回头亦不知何处是岸，何以为善则善。我观你面相，有缕缕杀气……”

白薇一听，惊得茶杯落地，摔得粉碎。

白薇说：“你……”

清洁法师呵呵笑道：“怪我失言。”

白薇：“师父真是高人，说破真机惊煞人。”

清洁法师说：“阿弥陀佛，人各有志，不能强之，但苦海无边，回头是岸。”

白薇说：“人在江湖，身不由己……”

清洁法师说：“我送你两句诗。”

白薇说：“师父赐教。”

清洁法师说：“十年磨一龙，三度梅花飞。你早晚要栽在一个姓龙的男人手里……”

一阵劲风袭来，蜡烛熄灭……

清晨，白薇起床，身穿僧服，戴僧帽。她挑着水桶到寺院后院汲水。

草地上，清洁法师正在舞剑。

白薇看得呆了。

一只布谷鸟鸣叫着，拍打着翅膀飞过。

白薇恍恍惚惚望着远去的布谷鸟。

布谷鸟啊！
你可是一只鸟。
还是一个飘荡的声音？
……

这天下午，白薇沿着墙根，来到清洁法师住房的窗前，隔着藕荷色的窗帘向屋内望去：一盏青油灯放在临窗的乌木书桌上，左边案头堆放着一叠书，有《妙法莲花经》《华严经》等书。中间放着花瓶、笔筒、砚台、水盂。一张架子床放在靠里的右边角落，床上吊着轻纱细幔，铺着晴翠床单。斗大的一个汝窑花囊，插着满满的一囊水晶球。壁上挂着一柄紫檀宝剑，还有一幅《怀素醉蕉》的古画。

白薇又来到正厅窗前，只见厅正中紫檀木案，两侧摆着紫檀木的高矮几，矮几上的素花瓶里插着一大束白盈盈的野花，正壁悬了一轴小中堂，画着花溪听雨的工笔彩画，两侧有副对联，左联是：乾坤有正气；右联是：沧桑随烟云。东壁下面是藤椅。

白薇又来到东厢房窗前，透过淡紫色窗帘往里望去，北墙下也有一个木架床，轻纱幔帐。旁边有一个紫檀木雕花文玩架，上面摆着铜的、瓷的工艺品，最惹人眼的是一匹泥烧的赭黄色的战马，配着红鞍、白蹄、白鬃、白尾，昂首翘尾飞奔，神色非常生动。壁上悬着宝剑、木琴、花瓶。屋内有个屏风，屏风后面的壁上写着：打倒美帝国主义！

白薇看了，吃了一惊。

案上有一张宣纸画，画面上出现一丛梅花，像玉石雕成的，很有点玉洁冰清的韵致。疏影横斜，暗香浮动，一丛丛昂首怒放。

白薇身后传来一阵脚步声。

清洁法师说："阿弥陀佛！红尘，你不用心读经，如何擅自闯入我的房间？"

白薇回头一看，惊恐万状，双膝跪地道："弟子不知，罪该万死。误入法师房间，师父原谅我这个臭皮囊。"

清洁法师："向心见性，见性成佛。能悟出'臭皮囊'，看你还真有一点灵性，想必是佛点化你来的，就算我们有缘吧！"

白薇说："恕我多言，法师，我见您的气质，定是出自富贵人家，不知为何遁身佛门？"

清洁法师说："寺门多少事，尽在不言中。红尘，不该你问的你不要问，这是寺里的规矩。你不是也出身富贵人家吗？本是王侯将相种，落入晨钟暮鼓间。"

清洁法师轻叹一声，飘然而去。

白薇提着水桶返回自己的房间。

白薇踱出房间，穿过寺院，来到后面。

一片毛驴"嘚嘚嘚"的声音。

她感到好奇，于是踩着一块石头，朝寺外看。

两个年轻僧人正在草地上对练，小路上扬起一团烟雾。一个娇媚的中年妇女骑着一头毛驴而来。她身裹一团白纱，如一团白云，仿佛置身云端，轻飘飘的。又像随着一阵香风，一枝淡雅、美丽的白莲花被风摇曳着飘过来。一张小白菩萨脸嵌着一双黑亮的水银，露出令人销魂的微笑。

白薇和那两个僧人看呆了，茫茫原野还没有见过这神奇美丽的女子。

僧人甲推着僧人乙说："你有胆儿握一握那女人的脚吗？"

僧人乙瞪大了眼睛，一撇嘴，嘟囔着说："有什么不敢的？天砸下来，碗大的疤！我就不信阎王爷给她们开那么大的门缝儿！"

毛驴上那女人伸了伸腰肢，花朵般的身子飘了飘，恰好露出一只脚。

僧人乙如箭一般冲了上去……

他的手掌刚触到女子的脚，忽然打了个寒噤，浑身僵直，伸出的手再也缩不回去了。

那个女人盈盈一笑，飘然而去。

僧人乙两眼发直，左臂耷拉，右臂僵硬，手掌向下，仿佛在取什么东西。

僧人甲焦急地推他，他毫无知觉。

僧人甲见势不妙，慌忙去追那个女人。

"大姐，快给他解了穴吧。"

女人头也不回地说："轻薄儿郎，真该千刀万剐！"

僧人甲气喘吁吁地说："他虽然无聊，但也的确是个好人啊！"

毛驴上的女人缓缓回过头来，看到僧人甲着急的样子，嫣然一笑，一挥纤纤玉手，僧人乙长吁一声，活转过来。他伸开手掌，只见掌心有一个黑点，原来是女郎鞋上的泥痕。

僧人甲叫道："大师留步！"

女人是白蕾的生母王璇，她缓缓回过身来。

王璇说：“走路渴了，寻口酒喝。”

僧人甲说：“我去拿酒。”

僧人乙说：“大师请坐。”

王璇也不客气，从驴背上一欠身，如叶落地，正坐在僧人乙对面的石块之上。

僧人甲搬过一坛酒。

王璇举着坛子一仰而尽。

僧人甲赞道：“大师好酒力！”

只见王璇脱去鞋，赤着双脚立于草地上，足趾间酒气氤氲。

僧人甲问：“大师，这是怎么回事？”

王璇朗朗笑道：“这算不了什么，我不过运气而已。这一坛酒，虽然喝进腹中，但是可以运气下达，驱酒从足心涌出来。”

二僧人知此人有来历，急忙起身打躬，说道：“弟子甘拜大师为师，请师父受徒弟一拜。”

王璇合掌吟道：“本性好丝铜，尘机闻即空。一声来耳里，万事离心中。”

僧人甲跪伏于地，说道：“弟子自小喜欢舞枪弄棒，可是要得到真功夫，只凭一般的武师指点不行。弟子观大师内力非凡，真是铁鞋踏破无觅处……”

王璇闭目不语。

僧人甲说：“大师是不是觉得我的根基不行？”

他抄起一根木棒，施展全部本领，腾挪闪跃，进退便捷，一根棒舞得呼呼生风，棒如旋风，只见其人，不见其形。

僧人甲大汗淋漓，气喘吁吁，再看王璇，已端坐毛驴，鼾声大作。

僧人甲面有愠色，说道：“大师，你是不是觉得我技艺不精？”

王璇睁开眼睛，说道：“你的棒圆而不方，滑涤而无弧棱，你向我打。”

僧人甲挥棒向她打去，她一挥袖子，那木棒仿佛被吸住一样，黏住王璇袖子，袖子向东，木棒向东；袖子向西，木棒向西。

僧人甲拼命拽拉，也无济于事。忽然，她的袖子向上一挥，那木棒“嗖”地向半空飞去，折为两截，散落于地。

僧人甲倒退数步，趔趄着跌在地上。

王璇笑道：“棒子是圆的，而要当方的用，表面虽光滑，而要当成有棱角，绝非易事。我十年锻炼臂力，二十年养气，才练到这个地步，不受苦中苦，难为人上人啊！”

王璇说完，一拂袖，毛驴“嘚嘚嘚”地跑远了，消失在迷蒙的土路上……

二僧人怔怔地坐在地上。

银铃般的笑声，似乎从远处飘来……

这时，远处传来一阵歌声……

尘心撇下，
笑喧哗；
醉麻查，
闷来闲访渔樵话。

高卧绿荫清味雅，
栽，
三径花；
看，
一段瓜。

歌声悠扬，在原野在打旋儿……

白薇暗自思忖：来者不善，善者不来。

晚上，白薇走出僧房，来到清洁法师的房前。

清洁法师散动长发，以长发蘸墨，在雪白的墙壁上，甩写出一个4尺高的“佛”字，遒劲有力。

白薇“啊”地叫出声来。清洁法师见是白薇，淡淡一笑。问道：“你还没睡?”

白薇嫣然一笑：“我可以进来吗?”

清洁法师点点头。

白薇走进屋，清洁法师示意她坐在椅上。

白薇赞道：“真是好书法，名不虚传。师父，您的长发?”

清洁法师说：“入寺前留下的。”

清洁法师一回头，长发上的碎墨滴在脸上、身上，她几乎成了“墨人”。

白薇咯咯笑出声来。

清洁法师说：“不好意思。”

白薇说：“师父，我来给您洗头。”

白薇出屋，一会儿，端了一盆温水进来。

清洁法师说：“真是不好意思，麻烦你了。”

白薇说：“我要不给您洗，这屋子就成墨池了。”说着她就为清洁法师洗头。

清洁法师说：“舒服。”

白薇说：“真是不受苦中苦，难为人上人。以后您教我书法，我就给您洗头挠头。”

清洁法师说：“那当然好。”

白薇出外倒水，猛见前面有个黑影一闪。她倒了水，放下盆，朝那黑影追去，追进大雄宝殿。大雄宝殿内，一片漆黑，皎皎月光下，出现6个翩翩起舞的飞天，她们有的扛琴抱琶，有的揽笛横笳，姿态各异，栩栩如生。

白薇揉揉眼睛，晃眼环顾四周。她走出殿堂，回到房中。

白薇说："师父，真是出现奇迹了，大雄宝殿添了6个飞天。"

清洁法师："大雄宝殿哪里来的飞天？飞天在西域敦煌。"

白薇拉过清洁法师的手："您用手掐我。"

白薇拉起清洁法师的手打自己："有点儿疼，不是梦里，师父，您随我来。"

二人走进大雄宝殿，那6个飞天不见了。

白薇说："真是奇怪。"

清洁法师说："你的眼睛莫非看花了？"

白薇自言自语道："莫非寺里来了生人？"

二人走出殿堂。

明月溶溶，繁星眨眼。

白薇："月光多好。"

清洁法师吟道："床前明月光，疑是地上霜。举头望明月，低头思故乡。"

白薇说："这是唐代诗人李白的诗，师父，您的家乡在哪里？"

清洁法师岔开道："寺院里有一个池塘，栽着莲藕。红尘，我们去那里。"

二人来到后面的池塘，荷花亭亭玉立，翠叶上滚动着水珠。

两个人倚着白玉栏杆。

清洁法师问："红尘，你听说过'舍身饲虎'的故事吗？"

白薇摇摇头："师父，讲给我听。"

"在很早很早的时候，阎浮提洲有个叫摩诃罗檀那的国王，他有3个儿子。这一天，国王带着3个王子、王后和侍臣出城游玩。国王、王后累了，便坐下来歇息，3个王子走进深山，看见崖下有两只初生的小老虎，围绕着一只饿得奄奄一息的母老虎求食。小王子对两个哥哥说：'这只老虎一定是饿极了，哪里有奶水喂小老虎，我看它好像要吃掉那两只小老虎。我跳下去吧。'说完，他跃身跳下。3只老虎吸吮了他的鲜血，才渐渐恢复了些气力。又吃了他的肉，吃得只剩下一堆白骨。这时，大地震动，日月星光，鲜花缤纷，山呼海啸，在白骨和血迹斑斑之中，升起一座七宝舍利塔。”

白薇听着听着，不禁潸然泪下，她泪水盈盈地望着池塘中央，有些恍惚。

池塘中央，粉荷盈盈，翠叶欲滴，池水涟涟，夜风吹皱池面……

第二天上午，阳光融融。

大雄宝殿内，清洁法师正在打坐，众尼姑恭立两侧。

清洁法师问："红尘，我问你，我在修行时最忌讳什么声音？"

白薇说："师父在修行时最讨厌嘈杂的声音，而所有的声音之中，最讨厌的就是人的声音。"

清洁法师说："很多寺院都建在山林之中，是不是为了舍动取静呢？"

白薇回答："那是因为几次法难之后，都市的和尚受到迫害，许多有德行的高僧隐入山林修行，这也是中国佛教的命脉延续的重要原因。"

清洁法师说："这也是一个原因，实际上世间没有无声的地方，你就是把耳朵塞起来也不行。要收散心，放散心，让声音进来。你的心不要随环境转动；你的心不动，由外面的事物动。红尘，你听好了。"

白薇原地打坐，闭目养神。

她一骨碌爬起来，说："果然如此，真是神妙。"

"神妙的事情还多着呢。"

清洁法师口中念念有词："手把青秧插满田，低头便见水中天。心地清净方为道，退步原来是向前。弟子们，有谁能说出退步原来是向前的真谛？"

一个尼姑回答："农夫插秧是边插边退的，正因为他能够退后，所以才能把稻秧全部插好，所以他插秧时的退步正是向前进步的。"

清洁法师说："好。"

清洁法师转向两个尼姑，年轻尼姑叫悟净，老年尼姑叫悟通。

清洁法师说："悟净，你就要离开本寺到南方去开拓新的人生，我送你三字箴言——不要怕。"

悟净说："弟子谨记。"

清洁法师说："悟通，你就要回家乡住持寺庙，我也送你三字箴言。"

悟通说："弟子当作为座右铭。"

清洁法师说："不要悔。"

悟通说："弟子终身受用。"

下午，清洁法师与白薇来到寺里花木繁茂的池塘边。

白薇问："师父，这两个三字箴言是什么意思？"

清洁法师说："年轻人开始踏上人生的征途，凭风雨再多，也不要怕。初涉人生，开拓生活，需要勇气。人到老年，夕阳西下，日暮途穷，凡事已过，何必后悔，图个自得其乐。"

白薇说："看来各个年龄段的人生态度也不相同。"

清洁法师说："情感生活亦是如此，十几岁人的心扉是透明的，虽然关着，但门里门外的人能够打照面。20岁人的心扉是木头的，虽然内外隔绝，但只要有爱情的火焰，就能将它烧穿。三十几岁的人的心扉是防火的石门，坚硬而结实，虽然热情的火烧不开，但柔情的水却能渗透。四十几岁人的心扉是金门，既耐火烧，又不怕水浸，只有金钥匙才能打开。"

白薇听了，若有所思，喃喃自语："我的心扉或许有一天会成为石门，烈火烧不开，洪水浸不进，与世隔绝，坚硬不朽。"

清洁法师说："红尘，快不要说这傻话，你的心扉就是玛瑙门、翡翠门，也能有人用金钥匙打开……"

白薇听了，心里涌起一阵激动："那我的心扉若是佛门呢？"

清洁法师说道："除非有人在这佛门上刻满'爱'字。"

白薇喃喃自语道："我的心灵正成为腐朽的木头，朽木不可雕也……"

山林间。

白薇在林中散步。

地上有一蓝色碎玻璃片。

她拾了起来，举到眼前，天空、树木皆是蓝色。

树干上，一只可爱的小松鼠正朝她作揖。

白薇喜出望外，飞步上前。

小松鼠一动不动。

白薇说："你这只可爱的小精灵。"

白薇抱着小松鼠往寺里走去。

晚上。

白薇在房间内给小松鼠洗浴。

小松鼠在大木盆里怯生生地望着四周。

白薇问："可爱的小精灵，愿意住在这寺院里吗？"

白薇问："你这小精灵，难道不喜欢这木鱼声声、香烟袅袅？"

白薇又问小松鼠："你喜欢吃寺里的小馒头吗？还有小窝窝头？"

白薇说："你喜欢吃松子，明天我去给你找一点松子。"

小松鼠好像听懂一般望着白薇。

白薇说："你这小家伙可能想家了，想你的爹和娘了，还有哥哥姐姐。"

小松鼠从白薇怀里溜出来，站在床头。

白薇说：“小松鼠，你帮我看门，我也要洗洗身上的晦气！”

白薇脱尽僧装，跳入木盆之中。

她赤身裸体像一捧白雪，又像一株亭亭玉立的白荷，含笑伫立，娇羞欲语，盈盈带雨，皎皎无瑕。

这时，窗外有个人影一闪。

小松鼠吱吱地叫起来。

窗户上有一小片湿透，紧接着一支旱烟管伸了进来。

旱烟管呼呼冒着青烟……

白薇有点儿恍惚，轻轻转过身来……

窗外升腾起一个阴沉沉的女人声音：“把梅花图交出来！”

白薇尽力支撑着身体，问：“你是谁？”

“我是你妹妹白蕾的生身母亲王璇。”

白薇冷笑了一声：“你也没有走？”

……

她一个趔趄，扑倒在地……

小松鼠也软绵绵地倒了下来……

王璇跳进窗内，抱起赤裸身体的白薇，把她平放在床上，在她身上摸索几番，但没有发现梅花图。她又在房间里仔细搜索了几遍，依然一无所获。

这一天，白薇抱着小松鼠走进一个僧院。

清洁法师正在院内浇花，那白菊、黄菊、墨菊，水盈盈的。

清洁法师说：“红尘，来了。”

白薇问：“师父身体可好？”

清洁法师说：“每天吃素的，白菜萝卜，萝卜白菜；西红柿茄子，茄子西红柿，还有那西葫芦，身体还有不好？你瞧，我又养了一大堆菊花，可谓‘采菊东篱下，悠然见南山’……”

屋梁上挂着鸟笼子。

白薇问：“师父还养鸟？”

清洁法师摘下鸟笼子，把鸟拿出来，放到白薇的手心。

白薇手一颤，那鸟扑腾飞去。

清洁法师一纵身，将那只鸟抓住，平展手掌，只见那鸟儿翅膀直扑棱，像是黏住一样，任凭怎么展翅，就是飞不起来。接着法师又轻轻朝起一送，那鸟儿便离开手掌，扑扑棱棱，像是有绳子系着一样，随后又落在手心……

白薇看得呆了：“师父，您真有功力。”

清洁法师说：“红尘，寺里来过生人，最近咱们要多加小心。”

深夜，白薇被屋顶的动静惊醒。

门忽悠悠开了。

一个中年妇人身穿白装，飘悠悠进了门。她是王璇。

王璇说：“白薇，我已经知道梅花图的下落了，你随我来。”

白薇跟着她出了屋门，穿堂过院，出了寺门，来到一片树林里。

白薇见中年妇人站住了，问道：“谁派你来的？”

王璇冷笑一声：“二小姐，梅花图就在你身上，快交出来吧，省得落在共产党手里，你爹知道了也不会饶过你。”

白薇问：“你到底是谁，属于美洲虎？还是北极熊？或是孤岛乌鸦？”

王璇并不理会，恶狠狠向白薇扑去。

白薇左腾右闪，差点儿击穿了王璇的胳膊。

王璇不知去向……

白薇又想到了她的生母蔡若媚，她跟母亲最后一次见面是在 1949

年年初，那是在云南的一个秘密据点。

这天，特务军校正举办时装表演。

学员们坐于台下，蔡若媚坐于中央。

丰乳肥臀、楚楚动人的刘吉祥穿着一件黑旗袍，脚穿高跟鞋，上台下台，脚步一扭一款，披肩长发一飘一扬，时而还用手撩一撩额前刘海，举目环视台下观众。

学员们都为这位妩媚动人的“少女”喝彩鼓掌。其实他是一个变性人，是蔡若媚精心培养的特务。

蔡若媚得意地笑着。

随从甲悄悄来到蔡若媚跟前，小声说：“小姐到了。”

白薇下了轿车，款款而来。

蔡若媚高兴异常，她叫道：“小薇。”

白薇惊喜地叫道：“妈妈!”

母女俩紧紧拥抱。

蔡若媚问：“从南京来?”

白薇回答：“到香港去了一趟。”

蔡若媚问：“你爸爸好吗?”

白薇说：“好，就是烟抽得凶。”

蔡若媚问：“大学快毕业了吧?”

“还差一年。”

刘吉祥正好下台来。

蔡若媚说：“楠楠，快来，这是小薇，我的女儿。”

刘吉祥说：“早就听校长念叨过你，比我想象的还要漂亮!”

白薇说：“你好。”

蔡若媚的豪华别墅。

屋内，浴盆里，刘吉祥正快活地洗漱，一边洗，一边轻声吟唱：

"莫折我，折我太心酸。"

隔壁卧室内，蔡若媚半卧在床上，赞道:"好，真不愧是金嗓子……"

刘吉祥穿着一件薄如蝉翼的肉粉色睡衣，脚穿红牡丹图饰的拖鞋笑盈盈走过来……

门外，一个黑色投影越来越大……

是黄栌。

黄栌说："将军大人。"

蔡若媚惊得放下刘吉祥，躬起身子。

黄栌说："茶里有毒，一年后发作，解药在我这里，你要活命，就要听我的调遣。"

蔡若媚气得发抖，颤声道："你也太歹毒了……"

黄栌"嘿嘿"冷笑："量小非君子，无毒不丈夫。"

蔡若媚耷拉下脑袋，说："好，听你的……"

黄栌的投影消失了。

一片黑暗。

刘吉祥问："怎么了，蔫了?"

蔡若媚说："黄飞虎一共有两个女儿，这个人是他的大女儿黄栌，非常歹毒，也在金三角。"

这一天，蔡若媚别墅宾客盈门，川流不息。

张灯结彩的门上贴着"寿"字。酒席上，蔡若媚红光满面。

陪坐的有白薇、刘吉祥和众匪首。

宾客溢美之词不绝于耳，蔡若媚笑脸绽开。

白薇满腹心事，忧心忡忡，一副心不在焉的样子。

吆喝声、猜拳声、喝彩声此起彼伏。

蔡若媚叫道："弟兄们！今天是我五十大寿，在这大喜的日子里，正赶上沧桑岁月，风云突变，幸喜有我的独生女儿小薇、学生楠楠，还有诸位弟兄陪伴，我蔡某人不胜荣幸，今儿个高兴，咱们请楠楠给我们跳个脱衣舞怎么样？"

众匪首齐声喝彩。

匪首甲道："好极了！"

匪道乙说："楠楠，来一个！"

蔡若媚说："楠楠，给大家助助兴。"

刘吉祥站起来，说："好，既然大家赏脸，我就献一回丑，也算来一个实习表演，我先去化化妆。"

刘吉祥出去了。

两个匪首也喝得半醉，摇摇晃晃地站了起来。

蔡若媚有些醉了，她指着白薇说："跟你大哥喝一杯，喝个交杯酒，哈，哈！"

白薇不高兴地一噘嘴，说："你瞎闹什么？"

蔡若媚皮笑肉不笑地说："大寿的日子，高兴，高兴！"

蔡若媚叫道："喝！"

白薇回答："不喝！你知道我从来不喝酒。"

蔡若媚叫道："不喝酒，那你喝奶！扫兴！"

她将杯中酒泼在白薇脸上。

白薇用手抹去脸上的酒水，说道："灌了这点儿马尿，你就撒酒疯！"

蔡若媚气急败坏地抄起酒瓶，掷向白薇。酒瓶击中了白薇的额头，鲜血直流。

白薇哭着跑出大厅，跑向门口。

这时，刘吉祥打扮成一个妙龄女郎，身着时髦的连衣裙，款款走进来。

他媚笑着送出几个飞吻，然后开始表演脱衣舞。

在音乐声中，刘吉祥一件一件地脱着……

匪首们狂笑着，手舞足蹈。

当夜。

蔡若媚的卧室内。

床上，蔡若媚、刘吉祥交股而卧。

蔡若媚说："楠楠，我这一辈子作的孽太多了，满手都是血，有时我恍恍惚惚看到吊死鬼在勾我，我吓坏了，我害怕，我孤独！楠楠，你给我做证，我没做什么亏心事啊！怎么鬼总来串门儿?!"

刘吉祥说："校长，您还是多留点儿后路吧。您要作孽太深，共产党是不会放过您的。"

蔡若媚说："我不是就给梅花党多培养点特务吗？我手里没有多少人命。"

刘吉祥说："您的军衔是少将，听说共产党定了个规矩，凡是营长以上的都得挨枪子儿。"

蔡若媚听了，心里一阵哆嗦，说道："楠楠，你发现没有，小薇最近看你的眼神不对，两眼冒着凶光……"

刘吉祥忧心忡忡地说："是不是她闻出点味儿来了。"

蔡若媚说："这个丫头精得很，跟她爹一样，阎王爷的闺女——小鬼。反正她在这儿待不长，不过你可要留点心。"

刘吉祥变得严肃起来："校长，您要答应我一件事。"

蔡若媚支起身子："说吧。"

刘吉祥说："干到一定时候，我想到美国去，正正经经娶个有身份的漂亮女人为妻。"

蔡若媚说："我答应你。"

白薇这时躲在窗外，她手一抖，一枪打中了刘吉祥的手腕。

刘吉祥“哎哟”一声，他的手腕淌着鲜血，滴在蔡若媚的脊背上。

蔡若媚大叫一声，踢翻了刘吉祥，从枕下摸出手枪，躲到床后，向窗户一阵乱射。

双方对射。

白薇的子弹朝刘吉祥射击。

刘吉祥爬向卫生间……

白薇一气之下，离开了那个基地，离开了她的母亲蔡若媚。

从此，她再也没有见过母亲。

白薇还想起了一个人，这个人曾经是她生命中的支柱，是她的灵魂。她一度狂喜，如醉如痴，后来又令她绝望、惆怅、失落。失意和焦虑的情绪交织在一起，使她的精神几乎达到崩溃的边缘。

那个对她的生命给予重大冲击的人就是龙飞。她多次回忆起与龙飞相识、热恋的情景，当年在南京中央大学新闻系读书期间的生活，就像电影一样一幕幕在眼前浮现：莫愁湖畔的林荫小径，玄武湖上的击桨荡舟，紫金山下的枫林唱晚，中山陵小木屋的侃侃而谈，都令她刻骨铭心、终生不忘。当她得知龙飞的真实身份时，当紫金山梅花党总部枪声大作时，她的精神堤坝一下子垮了，洪水奔泻而入，她昏了过去……

醒来时，正见丫鬟翠屏给她喂人参汤。

翠屏告诉她，那个叫龙飞的共产党探子从地道里逃走了，那幅梅花图也烧毁了。

第二天，她遭到父亲白敬斋的厉声呵斥，父亲第一次打了她，打得她眼冒金星，眼前一片漆黑。

母亲蔡若媚过来阻止了父亲的粗暴举动。父亲把她关进一间地下室，禁闭3日。

白薇在潮湿的地下室里苦熬了两天，这天深夜，她正倚在床头瞌睡，铁栏外传来一声轻轻的召唤。

她抬头一看，是姐姐白蔷。她穿着一件湖蓝色旗袍，手里端着一个花碗。

“吃吧，小薇，这是燕窝，你受苦了。”

白薇听了，眼泪夺眶而出，她接过了花碗。

“爸爸睡着了，他明天就会放你，我估计咱们在这里的时间也不长了，共军就要打过来了。”

“姐姐，你别伤心，我是不会忘记你的。山重水复疑无路，柳暗花明又一村。我们姐妹既然选择了这条道路，也没有什么后悔的。嫁鸡随鸡，嫁狗随狗。宁为玉碎，不为瓦全。”

“小薇，我们姐妹三个，爸爸其实最喜欢你，也最器重你，你是爸爸的命根子，以后梅花党的大权或许要交给你。你怎么那么轻率，会迷上那个共产党的探子？”

白薇听了，忍不住淌下泪来。

“我们是同学同桌，他又救过我，他长得又帅气又有才学。他的脸上又没刻着‘共产党’三个字，我怎么会知道他偏偏是共产党呢？”

“女人在恋爱时智商是最低的。干我们这一行，不能有儿女情长。我在美国受训时，曾经被训亲手杀死 3 个人，眼睛都不眨一下。我们应该是特殊材料制成的！”

白蔷说到这里，脸孔变得严肃起来。

“白蕾好吗？”

“她正在美国受训，和黄飞虎将军的大女儿黄栌是同班学员，我离开美国时曾去看过她，她骑马打双枪，百步穿杨。”

白薇低下头，喃喃自语：“我和她也有几年没见面了……”

白蔷说：“对了，临别时她还让我给你捎来一支小手枪，枪柄上刻着一朵金色的小梅花。”

白薇昂起头，问：“那个叫龙飞的共产党探子，你们没有打死他吗？”

白蔷瞪了她一眼：“怎么？你还惦记他的安全吗？”

白薇小声说：“我只是问问。”

“反正在地道里没有发现他的尸首，他没有逃往军用飞机场，而是逃向另一个山口，有人接应他。”

白薇沉思着：“这说明我们有内奸，否则他怎么会熟悉地下的路径呢？”

“爸爸说，我们撤退后，就把这里炸为一片废墟，让共产党什么也捞不到！”

“既然那幅梅花图烧了，那我们的联络会不会中断呢？爸爸倾尽心血培养的队伍难道就这样付诸东流了吗？”

白蔷听了，没有说话。

那一年白薇在北京城里拐来拐去，来到南河沿附近的一座单元楼的窗前，她前后左右看了看，一纵身上了房顶。

一对夫妻正在床上叙话。

他们显得十分恩爱。

白薇见状怒火中烧，从怀中拔出了一支小手枪，这是一支枪柄上镶有金色梅花的小手枪，就是妹妹白蕾托姐姐白蔷从美国带回来送给她的那支小手枪。

她从怀里抽出一支套管，这是消音套管。她把它套在小手枪上，使小手枪成为一支无声手枪。

她一个“倒挂金钟”式，头朝下，双腿双脚和腰紧紧攀住房柱，右手持枪，左手扶壁，用枪瞄准那个男人。

她的手开始发抖，手心攥出汗水。

她忽地又把手枪对准那个女人。

因为那个女人做了一个亲昵的动作，她双臂抱住旁边的男人，吻了一下他的面颊。

她正要扣动扳机，灯忽然灭了。

一片漆黑。

原来那女人关掉了床头柜上的台灯。

她心内一片苍凉，朝天狠狠地放了一枪。

谁也没有听见，连她自己也没有听见。

那个男人正是龙飞，女人是龙飞的妻子南云。

此后，白薇去北京的六国饭店接头，但北京是她最不愿意去的地方。

白薇坐出租车来到六国饭店，来到 205 号房间门前，她熟练地敲了 3 下，然后又有节奏地敲了 3 下。

门徐徐开了，门口现出一个 60 多岁的男人，尖嘴猴腮，赤着上身，穿着一条肥大的灯绒裤和一双棉拖鞋，两肋露出一截一截的骨头。

他一见白薇，顿时现出笑容，两只老鼠眼就像见到了香油，熠熠泛光。

他叫金老歪，新中国成立前是白敬斋府上的总管，以后逃到香港，开办了一个赌馆做掩护，实际上是梅花党的一个据点，他在梅花党的职务是梅花党香港支部负责人。早在新中国成立前夕，他就一直垂涎白薇的美貌，可是碍于白敬斋的威严，他一直不敢动手动脚。照他的说法，白家三姐妹，白蔷是一朵桃花，白蕾是一朵菊花，白薇才是真正的梅花。黄家两姐妹，黄栌是一朵牡丹，黄妃是一朵睡莲。白薇骨子里有一股清高孤傲的气质，看到她的目光他就如同触电一般，从心眼里感到一股寒气袭来。可是越是摸不到的东西他越想摸。此次梅花党重浮水面，他主动向白敬斋要求来北京，就是想会一会这位白二小姐。

如今，白薇由19岁亭亭玉立的少女已长到楚楚动人的少妇，可是对金老歪依然是不屑一顾。金老歪见无机可乘，只好独自垂涎，涎水往肚子里咽。

白薇在椅子上坐下，金老歪递过一杯热茶。

白薇把热茶泼到金老歪的脸上，水顺着金老歪的发际、额头、胡须滴了下来。

金老歪非常尴尬，说道："二小姐，你这是为什么？"

白薇怒道："你自己心里明白，茶里有蒙汗药！姑奶奶可不是泥捏的，我是火眼金睛！"

金老歪赔笑道："太上老君把孙猴子关在八卦炉中炼了七七四十九天，孙猴子反倒炼出个火眼金睛。共产党把你踩在地下10年，一共是3650天，你也炼出了火眼金睛。"

白薇"扑哧"一声笑了："还有钢筋铁骨呢！"

白薇又缓缓地说："金叔，你当然知道，梅花党自从成立那一天起，就有白黄二系，这是老蒋的惯用手段，互相钳制，玩弄平衡。"

"还是你爹跟老蒋铁，他们算是老乡，老乡见老乡，两眼泪汪汪。"

"老蒋他后爹是浙江人，他亲爹是河南人，老蒋原名郑三发子，他亲爹是河南的一个贫苦农民。"

"二小姐，你爹常说的那个三号究竟是谁呀？怎么这么神秘兮兮的？"

白薇厉声道："不该你问的你就别问，这是我党的纪律。其实，我也不知道三号是谁，这些年来他不断地向我发布指令，我爸令我绝对服从他，因为他是受老蒋直接调遣的，是老蒋的秘密特派员，我爸也有些惧怕他。他表面上是梅花党的三号人物，实际上是大陆梅花党潜伏人员的总指挥。到现在我连他是男是女、身居何处也不清楚，我想他可能深埋于中共内部。我只知道他手里有一只镶有金色梅花的绣花鞋，还是我妈亲手绣的。”

“一只绣花鞋！”金老歪听了，眼前一亮。

白薇道：“你就管好你的香港支部就是了，别打听那么多了，我爸自有主张。”

“那名单上可是好几百号人呢，个个是精英！二小姐，那个叫龙飞的小子可把你坑苦了，害得你被关了3天地下室，十几天没出门，眼睛哭得跟桃子似的。”

“金叔，你别哪壶不开提哪壶。过去的事不要提了。”

“可是他是我们的对手。”

白薇牙齿咬得铿铿直响，恨恨道：“不共戴天，鱼死网破！”

金老歪不放心道：“你可要化装好，不然他一眼会认出你。”

“我自有办法。”

金老歪问：“二小姐，我听说你为了掩护自己，曾经和内地的一个男人结婚了。”

白薇苦笑着说：“婚姻不过是一张纸。男大当婚，女大当嫁。何况我无依无靠，生计困难，又常有像你这样的人骚扰我。有个家，哪怕是破烂不堪，也是个窝，有个男人也有个依靠，何况人家也是大户出身，人也厚道，知道心疼人。”

金老歪眼圈一红，说：“二小姐，委屈你了。”

白薇说：“哪里像你在香港那个花天酒地的世界，每天吃香的、喝辣的，威风凛凛，不可一世。没有办法，谁让我上了这条船呢，沉舟侧畔，各有归宿。我该走了。”

白薇举步要走。

金老歪说：“这么晚了，你上哪儿去？就在这凑合几天吧。”

“我嫌你床脏。”

这时，一片海鸥惊惶地掠过，打断了白薇的回忆。

“呼啦啦”又有一批海鸥飞了过来，惊惶不安。

白薇预感情况不妙，迅疾地爬起身来，去抓石头上晾晒的衣裤……

第四章　寻觅鸳鸯

白薇迅速穿好衣裤，爬上巨石，定睛一看，只见一个庞然大物缓缓而过……

原来是一艘军舰。

正是她日思暮想的那艘“099号”导弹驱逐舰。

她眼睁睁地看着这艘军舰驶过……

军舰驶过后，白薇如梦初醒。她怕暴露自己，不敢贸然返回梅花岛，只能趁天黑再找机会。

挨到天黑，白薇悄悄潜入水中，向梅花岛的东北部游去，那里离她们藏身的云雾洞最近。而且是在海底进入洞穴，不容易被人发现。云雾洞有3个洞口，一个在一个树洞里，一个就在海底，另一个通往坟墓。

白薇游了一个多小时，才摸索到洞口，进入云雾洞。她往上游了有七八米才挨近水面，伸出头来。

她学了几声水鸟叫，这是梅花党人临时的联络暗号。

上面也传来几声水鸟叫，这是白蕾发出的回声。

白薇爬上岸来，沿着石路逶迤盘旋而上，不时有蝙蝠掠过。爬了一程，隐隐见到煤油灯的光亮，只见在一个宽大的洞穴内，白蕾和一个40多岁的男人正在吃饭。旁边有一个石砌灶台，灶台上有个大锅，周围散落着米袋、面袋、海鲜和蔬菜。酱油、盐、醋等瓶罐狼藉。白蕾的身后是几张临时搭起来的木板床，被褥凌乱。

白蕾老远见到白薇，小声叫道：“二姐，你回来了？”

那个男人咧着大嘴，只顾吃喝，仿佛很木然。

白薇笑着拂了一下湿发：“他们抓我没那么容易，阎王爷还不让老娘报到呢！”

白蕾扶住了白薇：“衣服都湿了，换换衣服再吃饭。”

白薇从一个皮箱里找出一身干净衣服，换掉湿衣服，坐在白蕾的对面。

石桌上摆放着烙饼、香肠和白菜汤。白薇早就饿了，抓起烙饼大口大口吃起来。

白蕾埋怨道：“没想到又碰上龙飞那个孽种，电报又没有发出去，还险些让人家一锅端。”

白薇安慰道：“车到山前必有路，不要着急，我是不想暴露咱们的藏身之地。另外也想出去透透气，老闷在洞里，太憋闷。”

白蕾说：“不如就在这洞里发，老头子那边肯定急着等消息呢！”

白薇想了想，说：“也行，现在就发。”

白蕾对那个男人叫道：“宋傻子，把腿伸过来！”

那个男人听了，一头雾水。

“听见没有，把腿伸过来！”白蕾又一声喝，抄起一根木棒，举棒欲打。

那男人吓得双手捂头，伸出左腿。

白蕾上前撩起他的左腿，卷起裤腿，原来是一个假肢，后面有一拉链，打开拉链，是一个小型发报机。

白蕾取出发报机，按动开关，调整按钮，伸出天线，准备发报。

白蕾对白薇说：“二姐，你说……”

白薇放下烙饼，面容严肃，一字一顿地说：“各项准备，有条不紊，有序进行，分兵出击，届时遍地开花，不成功，则成仁。梅花仙子。”

白蕾开始发报。

那男人竖起耳朵，煞有其事地听着。

一会儿，白蕾放下耳机，激动地说："台湾回电，只准成功，不准失败。暗香浮动，大功告成。"

白薇狡黠地一笑。

白蕾说："怎么这么清楚？"

白薇说："这里离台湾近，周围又没有什么干扰，当然清楚。再发电文，问我们要的迫击炮和炮弹什么时候交货，在什么地方取货。"

白蕾又发电文。

一忽儿，白蕾说："台湾说，等候通知。"

白薇说："好，赶快收好，电文不宜太长，发报时间也不宜过长。"

白蕾收好发报机，拉上拉锁，放下裤子，男人把腿缩了回去。

原来这个男人正是水妮的父亲——失踪的渔民宋老黑。当初他被白蕾等人绑架，灌了药水，以致神经错乱，不能说话，又被弄瞎双眼，双目失明。白蕾亲手锯掉他的左腿，安上假肢，在假肢内安置了小型发报机。起初他被关在普陀山佛顶山绿梅庵那个井穴之中，后来龙飞被抓，宋老黑又被转移至这里。

白薇吃过饭，宋老黑收拾了桌上杂物。

白蕾对白薇说："二姐，你太重感情，对龙飞总是不忍下手，要是听我和金寅的话，早把他杀了，也不会让他追得我们这样狼狈不堪！"

白薇叹了口气："小蕾，你不懂，我这不是在争取他吗？蔡孝乾是红军的长征干部，以后担任中共台湾地下党书记，被我们抓住以后，还没怎么用刑，他就全招了，结果蔡先生还成为国防部保密局的少将。"

白蕾说："人和人不一样，龙飞是茅房里的石头，又臭又硬——他是共产党的铁杆分子，号称'中共第一神探'，我们有多少精英都毁在他的手里！他顽固不化——你争取他，痴心妄想，黄粱美梦，他还在争取你呢！”

白薇低头不语。

白蕾说：“情为何物？能使铁树开花吗？时光匆匆，日换星移，一切都是过眼烟云，落花流水春去也！你还是无边落木萧萧下，不尽长江滚滚来，老日历旧了，该翻翻新日历了！”

“小蕾，你换个话题吧，烦死人了。”白薇埋怨道。

“好，换一个话题，现在梅花四号和五号都进展顺利，四号还干掉共党的一个女公安。”

“幸亏四号出手快，要不然她不一定是那个女公安的对手。”

“四号是个好苗子。要是能尽快摸上鲨鱼岛就好了。”

“快了，那小子是个好色之徒，色胆包天，为了得到四号，他什么事都能干得出来。”

“鱼饵可要吊高点。”

“当然，四号在金三角受过特训，她是阎王爷的闺女——小鬼！不会吃亏的。哈哈……”

白蕾见宋老黑还在一旁听着，吆喝他说：“这里没你的事了，睡觉去吧。”

宋老黑磨磨蹭蹭地走了，进入另一个洞穴。

白蕾问白薇：“二姐，你说这迫击炮的射程能打到那艘军舰吗？”

白薇说：“‘099号’导弹驱逐舰驻过梅花岛基地，如果在梅花灯塔塔顶放迫击炮，军舰应该在射程之内。当然这不如在军舰上放重型炸弹的威力大，但现在咱们上鲨鱼岛都那么费劲儿，更不要说在舰上放置炸弹了。”

白蕾说：“二姐，你说，咱们要是借用岛上共军高炮连的高射炮射击那艘军舰呢？”

白薇眼睛一亮：“那当然好，高射炮的威力比迫击炮大多了，射程也远。可是共军防范严密，咱们很难靠近。”

白蕾说："咱们不能用轰炸机轰炸吗？"

"你说的太幼稚，如果台湾能用轰炸机轰炸，还叫我们到这里来干什么？共军的防空雷达厉害，防空火力很猛，咱们的轰炸机根本进不来。"白薇说着打了一个哈欠，接着说："梅花灯塔的位置十分重要。它位于中国沿海航线和长江航线的交叉点，东临公海，是上海港、洋山港、宁波港、舟山港等港口到日本、韩国以及其他远洋国际航线上不可或缺的导航设施，也是共军东海舰队进行军事演习的必经之地，战略地位十分重要。"

白蕾担心地问："这么晚了金寅怎么还不回来？"

白薇望了望上面的洞穴，"是啊，天已经黑了，不会有问题吧。"

正说着，只听上面的洞穴方向传来几声水鸟的叫声。

白蕾立即回应了几声水鸟的叫声。

一会儿，上面透出手电筒的亮光，一个20来岁的"男人"顺着铁梯走了下来。

她面容清秀，梳着分头，身穿蓝布制服，扛着一个面袋。原来是金寅乔装打扮的。

"我又带来一袋面，够咱们吃十几天的。"她把面袋放到一边，有些气喘吁吁。

"金寅，外面有什么动静吗？"白薇问。

"二小姐，你们的动静太大了，岛上人议论纷纷。有人说是一个飞贼，还是个女贼，从梅花灯塔劫持人质，结果破窗而出，从一个10米高的塔台跳入大海，还有人说，一共3个飞贼，个个手段高强。"

白蕾问："还说了些什么？"

金寅说："五花八门，人心惶惶。那辆三轮摩托呢？"

"扔到海里去了。"白蕾回答。

金寅问："你们刚才发电报了吧？"

"怎么？"白薇听了，有些紧张。

金寅说："共党又发现了电台活动的迹象，要调电台监测车来。"

白薇说："本来想到岛的另一端发报，没承想在梅花灯塔那边遇到了龙飞……"

"龙飞？他也到了这里？上回险些死在我的手里，要不是水妮这个小兔崽子落到他们手里，说出他藏身之处，恐怕龙飞早就饿死、困死在那口井里了。"

白蕾叹了口气："古语讲，量小非君子，无毒不丈夫。要是依我的意思，杀了龙飞，肯定能震慑一下共党。可是二姐总是情义心肠，优柔寡断，念什么旧情。还要钓什么大鱼！"

白薇打断白蕾的话："我这样处置自有我的道理，谁想到共党神不知鬼不晓地围了那个地方。"

金寅说："我恨死了那个小丫头，是她救了龙飞，所以我夜里摸了过去，让她一命归西……

白薇连忙制止他，小声说："那个哑巴的耳朵可灵了，你别说了，让他听见，夜里还不掐死你！……"

"哼，我可不是省油的灯，去年在柬埔寨磅逊港，龙飞的老婆就死在我手里，她获取重要情报，在逃跑的路上被我们乱枪击毙了。"金寅说完，抄起水碗，喝了一大口水。

白薇赞道："你带来的这两个保镖是挺厉害的，人长得水灵，脑瓜子也灵。"

"她们都曾在金三角特训班受过训，都是神枪手，发报、驾车、开炮、制作简易炸弹、擒拿、摔跤样样精通，连坦克、军舰、飞机都会开。她们还有绝招……"

白蕾问："什么绝招？"

"三十六计中的美人计，做爱的七十二变滚瓜烂熟，当年日本阿菊特工组织成员、苏联克格勃的燕子，在她们面前也要俯首称臣。"

白薇笑道："有这么厉害吗？我妹妹在苏联克格勃学校可是领教过

那些燕子的床上本领，空前绝后……”

金寅呵呵笑道：“吹，吹，北京颐和园的铜牛都被他们吹跑了！”

白薇说：“当年日本的阿菊特工组织也是赫赫有名的，在日俄战争期间就出现了，个个如花似玉，都是高级妓女，在第一次和第二次世界大战期间也大显身手，让那些总统、国王、将军、贵族、大使束手就擒，成为床上的俘虏，乖乖地交出有价值的情报……”

白蕾说：“黄飞虎的情人桥本阿菊就是日本阿菊组织的骨干成员，当年黄飞虎担任国民政府驻日本大使馆上校武官，桥本阿菊在一次舞会上勾引他，两个人一见钟情；桥本阿菊反被黄飞虎利用，并生了一个私生女，叫稻香阿菊，在日本北海道外婆那里长大。抗战胜利后，日本阿菊特工组织土崩瓦解，桥本阿菊参加了梅花党，在长春潜伏；她为了掩护自己，嫁给一个车夫。前几年黄飞虎在长春找到了她，在日本北海道也找到了女儿稻香阿菊。以后，这母女俩先后为党国捐躯。”

金寅凑过来说：“我这两个保镖要比她们厉害，二位姐姐尽管放心。”

白薇凝视着洞口，说：“是啊，我们的事业就应该长江后浪推前浪，一代新人换旧人。用共党的话来说，就是‘沉舟侧畔千帆过，病树前头万木春’。”

白蕾说：“我也要走一遭了。”

金寅问：“三姐去哪儿？”

白蕾神秘地一笑，“在那油菜花盛开的地方，江西，还要去一趟上海……”

龙飞这些天一直在理头绪。敌特在暗处，我方在明处。岛上接连出现异常现象，又出现敌方活动的许多迹象。电台探测车上岛后，敌方暂时又停止了活动。白薇、白蕾姐妹俩都在岛上，称作妙玉法师的特务带着两个助手仓皇逃离绿梅庵，她们一定也转移到了岛上，那么她们究竟隐藏在哪里呢？岛上一定有她们的藏身之处，岛上肯定有我方还没有掌握的洞穴！

当龙飞把这一想法透露给村委会主任赵长征和民兵队长梁满仓时，他们说岛上有两个明显的洞穴，一处是老虎洞，在梅花岛的东南；一处是猿猴洞，在梅花岛的西北。老虎洞的洞口因为有一块状似老虎的石头，故名老虎洞。猿猴洞相传在明朝时洞里出现过猴子，故名猿猴洞。这两个洞狭长，有的地方非常狭窄，而且潮湿，一般渔民都不去洞内。

这天下午，在赵长征和梁满仓的带领下，龙飞、肖克和绩东进入梅花岛东南的老虎洞搜寻。

老虎洞的洞口本身就非常狭小，旁边就是绝壁，下面是几十丈深的海面。

洞内非常潮湿，怪石林立，非常尖利。

赵长征打着手电，几个人摸索着前进，走了一段路程，空气越来越稀薄，凉气袭人。忽然前面出现一排绿光，烁烁泛亮。

龙飞拿出手枪。

肖克和绩东也拔出手枪。

龙飞问："那是什么?!"

赵长征回答："是野狼，原来它们躲在这里。"

梁满仓说："这些狼有时出来咬坏庄稼，也伤人。"

赵长征把手电的光柱打在前面那些狼的身上……

一只，两只，三只，四只……

龙飞朝狼开枪。

一排绿光不见了，那些狼四散而逃。

这条石洞狭长，有两里多地，出入口好像都在一起，除了狼粪之外，没有新的收获，这个石洞中间也有岔口，两小时后一行人折出洞口。

第二天上午，一行人又进入梅花岛西北角的猿猴洞，这个石洞口掩藏在一片野草丛中，不易被人发现。

赵长征和梁满仓在前面带路，龙飞、肖克和绩东亦步亦趋。

这个石洞的岔口较多，有的地方只有两尺多高，只有爬伏着才能过去。

肖克个子高，感到有些吃力，呼吸都感到困难。

走了一程，石洞变得宽阔起来，地上有积水，有的地方水有两米多深，能把人淹了。

又走了一程，赵长征叫道："前面有动静。"

几个人屏住呼吸，只听前面有女人的呻吟声……

5个人同时拔枪。

绩东走在最后，他有些紧张，一脚踩空，掉进了两米多深的水潭。

"绩东落水了。"肖克低声叫道。

龙飞说："老肖，你去救绩东，我们往前去了，前面有情况!"

龙飞抢在赵长征、梁满仓前头，往前冲去。

只见有个自然形成的过道，也就两尺多高，他们只能伏下身来一步步挪进，出了这个低矮的过道，前面有一个类似石屋的空间，只见地上有一块破毛毯，空气中弥漫着一种特殊的味道。

龙飞了解这种味道。

地上有几个烟头和两双袜子，凌乱地堆在那里，一双是女人穿的时髦的花袜子，一双是男人穿的军袜。

龙飞脑海里立刻掠过那只快艇，一个时髦女人和那个海军军官……

龙飞飞快朝前追去，奔了一程，出现一个洞口，洞外一片阳光灿烂。

出了洞口便是海滩。远处，一艘快艇乘风破浪，向远方驶去……

赵长征、梁满仓也钻出洞来。

赵长征说："这个猿猴洞有好几个出口，因为洞口非常低矮，一般人也不会进这个洞。"

梁满仓骂道："这分明是有人在洞里搞破鞋，真他妈丧气！"

这时，肖克扶着绩东走出洞口，两个人都水淋淋的。

肖克气喘吁吁说："幸亏我会游泳，绩东是个旱鸭子，不会游泳……"

绩东心有余悸："那水真凉，还挺深，有两米多深，把我淹没了。"

肖克说："底下那些石头扎脚，把我的左脚扎了一下。"

龙飞转过身来说："人没危险就好，老肖，回去把脚包扎一下。"

肖克摇摇头："不用，没那么厉害。老龙，啥情况？"

龙飞说："现在还不好说。"

梁满仓说："什么不好说，搞破鞋呗，那个男的肯定是部队上的；女的不好说，不像是岛上的，岛上的女人谁穿这种时髦的花袜子？"

赵长征说："部队现在管得挺严的，但是个别人的个别现象也会存在，部队上的事情咱们不好管。"

龙飞陷入沉思："就怕这种事情和'099号'导弹驱逐舰的破坏阴谋有关系，跟梅花党特务有关系……"

他决心到鲨鱼岛去一趟。

龙飞联系了有关部门，第二天上午9时，县里派出一艘快艇到梅花岛接他，朝鲨鱼岛驶去。

鲨鱼岛在梅花岛的东北方向。这座岛屿并不大，远处望去像一条鲨鱼，隐没在云雾之中。岛上没有居民居住，是海军军事防区，"099号"导弹驱逐舰就隐藏在这个岛的地下码头。

快艇行驶了半个小时，驶达鲨鱼岛的码头，码头上有持枪的海军哨兵守卫。快艇靠岸后，龙飞让驾驶员在艇里等他，自己跳上岸，上了台阶。

“099号”导弹驱逐舰的舰长助理牧青在码头已等候多时，他看到龙飞立刻敬礼。

龙飞上前与他握手，并按照规矩，掏出证件给他看了。

牧青说：“欢迎，欢迎，昨天县里已经打过招呼，柯舰长特意安排我在此恭候。”

牧青带龙飞穿过一条马路，上了山坡。只见在半山腰有一座二层白色小楼，掩映在一片杜鹃花丛之中。楼顶五星红旗迎风飘扬，小楼的左侧有一个篮球场，篮球场的东北角有一个高高的岗楼，楼顶有个海军战士正持枪巡视。

牧青把龙飞带进楼内会客室，室内洁净整齐，壁上有一幅毛主席视察东海舰队的巨幅照片，照片下有一排长沙发，中间有一张条案，对面是一排书柜，书柜内摆放着马、恩、列、斯、毛的选集和二十四史等书籍，书柜上有各种军舰、快艇的模型。

牧青说：“龙飞同志，您先坐，我去叫柯舰长。”

一忽儿，一个英姿勃勃的中年海军军官走了进来，他浓眉大眼，眉宇灵秀。

“龙飞同志，我是柯平。”他自我介绍道。

龙飞连忙站起来与他握手。

“欢迎你，龙飞同志。”柯平又转身对牧青说，“快叫勤务兵给龙飞沏茶，沏我那最好的大红袍！”

牧青出去了。

龙飞和柯平坐在沙发上，龙飞简单说明了来意。

柯平笑着说：“我们都是为了一个共同的目标，这艘导弹驱逐舰研创成功，凝聚了不少科研人员和官兵的心血，毛主席也多次批示，他老人家非常重视这次试水。敌人必然千方百计派人来搞破坏，我们这里也加强了戒备，没有特殊原因，一般生人不准上岛，岛上的指战员一般不准轻易离岛，海军战士一般都是尉级军衔以上，是经过精心挑选的。”

龙飞把最近梅花岛上发生的异常现象对柯平讲了，柯平皱着眉头说：“我的母亲也住在这个岛上，以前这个岛比较偏僻，岛上民风淳朴，100 多户人家一般知根知底，相处挺和谐的。这两年内地武斗，很多组织机构都瘫痪了，内地有一些人混入了岛内，有的人属于投亲靠友，也有的是一时避乱。水妮这个小姑娘着实可怜，死得够惨的；我见过她，挺机灵的一个好女孩，她的父亲宋老黑也是个老实人。龙飞同志，你说的这个梅花党，我早有耳闻，这是蒋介石在新中国成立前夕成立的一个隐秘的特务组织，主要任务是潜伏大陆，伺机配合蒋介石反攻大陆；成员一般是女性，单线联系，足迹遍及世界各地，主要在东南亚、港澳台一带活动。新中国成立十几年一直隐忍不露，自从 1963 年蒋介石在台湾叫嚣‘反攻大陆’后，多支武装小分队袭击东南沿海一带，枪杀我党干部，建立反共军事基地，发展组织，制造事端。梅花党也开始露头，策划暗杀、爆破、窃取我国高端机密文件、炸毁重要交通和工业设施等，罪行累累。自从 1963 年开始，他们妄图炸毁武汉长江大桥，在大连窃取我国核潜艇情报，在西去列车上企图绑架我核武器研制专家，在北京百货大楼、前门大栅栏妄图制造爆炸事件，在哈尔滨情人岛挖掘日本帝国主义留下的细菌武器，杀害苏联著名航母科学家瓦西里，在四川西昌卫星基地制造事端，等等，不一而足。他们的这些破坏阴谋都遭到了毁灭性的打击。龙飞同志，感谢你们这些在特殊战线工作的同志，是你们用许多无形的拳头，粉碎了敌特一个又一个重大阴谋，保卫了人民共和国的胜利成果！”

龙飞说：“我们不分彼此，做的工作都是海纳百川，百川归海。你们海军指战员为保卫我国的万里海疆，不辞辛苦，不怕牺牲，作出了巨大贡献。”

柯平看到勤务员端着茶盘进来，立刻招呼龙飞用茶。

牧青走了进来。

柯平对牧青说："告诉司务长，多弄些海鲜，中午请龙飞吃饭，把我那瓶收藏10年的贵州茅台酒拿出来。"

龙飞说："不用客气，我中午不在这里吃饭。"

"那哪儿行？是不是看不起我们这个小岛。有客自远方来，不亦乐乎。你是从北京来的，千里迢迢，来到这里不容易，中午咱们喝几杯，见到你这个侦察大英雄，高兴！"

龙飞很快转入正题，他把那日下午看到的一个海军军官和那个时髦女人亲昵的情节叙说了一遍，又讲到昨日在梅花岛猿猴洞发现的情况。

柯平脸色变得严肃起来："这会是谁呢？……"

他陷入沉思之中。

龙飞不好打断他，于是独自喝茶。

柯平思忖一会儿，对龙飞说："这样吧，我尽快做一个调查，然后给你一个答复。你谈到的那个军官很可能是我们军舰上的人，因为兄弟军舰离这里还有一段距离，梅花岛上高炮连的人也不会弄到快艇。我一向抓军纪是比较严格的，如果查出来，我一定严肃处理。"

又叙了一会儿，柯平带他来到一间娱乐室，这是军舰上的官兵创作的书画展，四周墙壁上挂满了书画作品，画面上有雄鹰、老虎、杜鹃、牡丹、山水等物，书法有毛主席诗词，还有抒情言志一类的书法内容。

龙飞在一幅8平尺的画轴前停下来，画面上是树荫遮蔽的高山之下，平台之上，一位古代高士正在抚琴高歌，题款是："高山流水，柯平画。"

柯平走过来，笑着说："龙飞，这是拙作，多多指教。"

龙飞端详许久，赞叹道："高山流水盼知音，意境深远，曲高和寡；不随波逐流、人云亦云，胸有大志，腹有良谋，真高士也！”

柯平说：“龙飞，今天我可盼到知音了，缘分，缘分！缘是天意，分在人为！知我者，龙飞也！”

龙飞说：“你真是个奇才，身为海军军官，绘画也有天赋，佩服，佩服！我要为老兄的杰作赋诗一首。”

“好，太好了，来，到这边来。”

柯平引他走进旁边一屋，只见一个画案上文房四宝齐备，墙上悬挂着《杨业抗辽》《岳飞抗金》《韩世忠大战黄天荡》等绘画作品，皆是柯平所绘。正面有一幅一丈二尺的画作《郑成功收复台湾》，也是柯平所画。

柯平铺开一幅宣纸，拿过毛笔说：“请老兄题诗。”

龙飞沉吟片刻，接过毛笔，饱蘸墨汁，写道：

鲨鱼登岛心怡然，层层叠叠一百旋。
梅蕊惊讶千纫立，杜鹃始晓半杯寒。
望洋原有溶溶月，观海希冀点点帆。
最喜高山流水处，轻弹琴瑟伴高眠。

柯平叹道：“诗作得好，合仄押韵，律诗中间两联对仗，意境深远。字也写得好，运笔挥洒自如，清丽婉约，老兄临的是元朝书法名家赵孟頫的书帖？”

龙飞连连点头，“赵松雪的帖子临了不少，后来也看了清初王铎的一些书帖。”

柯平把龙飞写的诗幅悬挂在一边，又取过一幅宣纸，拿起毛笔，在宣纸上写道：

倚竹偎柏心茫然，碑刻在胸总盘旋。
怀素书蕉秃塚立，米芾拜石老竹寒。
五更常望溶溶月，一简书随淡淡帆。

望断桃源无觅处，鲨鱼岛上作诗眠。

龙飞叹道："老兄诗思敏捷，几分钟作出和诗，真是令人钦佩！"

柯平十分欢喜，牵着龙飞的手，又回到会客室，二人坐定。

柯平说："我今天可遇到知己了，舞文弄墨，心有灵犀。"

龙飞说："又驰骋沙场，并肩作战。"

柯平说："傅玄的《戒言篇》中说，'夫贪荣重利，常人之性也。上之所好，荣利存焉，故上好之下必趋不已，虽死不避也。先王知人人有好善尚德之性，而又贪荣而重利也，故贵其所尚而抑其所贪。贵其所尚则礼让兴，抑其所贪则廉耻存。'这段古言是说喜好名利地位，贪图享乐、金钱是人的本性，君王所喜好的，有名誉利益在其中，那么臣民必然会趋之若鹜，追求不已，即便是为此而死也不在乎，也不会回避，可见君王的喜好对臣民的影响有多大。先哲知道人都有崇尚道德的一面，也有贪图富贵名利的一面，于是就发扬好的方面，抑制其丑恶的一面；提倡向善向德，社会风气就好。人有七情六欲，自然也有对事物的喜欢和厌恶之情，凡是真善美的事物，人都喜欢；凡是假恶丑的东西，有识之士均是回避。"

龙飞说："明朝陆绍珩在《醉古堂》中说，'径路窄处，留一步与人行。滋味浓时，减三分让人嗜。'《醉古堂》中还说，处事不可不斩截，存心不可不宽舒，待己不可不严明，与人不可不和气。有时退一步海阔天空，退是为了进。"

柯平说："和为上，攻为下，兵不血刃成功才是大智慧。龙飞，我不把你当外人，我党解放台湾是早晚的事情，但是强攻为下，和平解决为上，这才是大智慧！"

龙飞笑着说："我们两个人观点一致，真是不谋而合。"

柯平说："可是在一些人看来，这是阶级调和论。国共两党在历史上还有两次合作，一次是北伐，一次是为了结成统一战线，共同抗日。"

柯平呷了一口茶，又悠悠地说："处芝兰之室，久而不闻其香；居鲍鱼之肆，久而不闻其臭。如果你结交的都是正人君子、少年俊杰，你自然也会萌生出'但使龙城飞将在，不教胡马度阴山'的豪情壮志；如果围绕在你身边的多是一些偷鸡摸狗之人，你也会沾染俗气和晦气的。这里面有一个精神境界的问题。春秋时期卫国有一个叫哀骀佗的人，魅力无穷，简直可称为'前无古人，后无来者'。他生得奇丑无比，驼背跛足，脖子上还长着一个大肉瘤。可是男人只要一接近他，便舍不得离开他；美女和他谈上几句，便想跟他上床。鲁哀公听说这个人，便把他请入宫中，半个月之后，鲁哀公就自惭形秽，感到他智慧超群，有着惊人的天赋，于是留他当相国。哀骀佗坐镇相府，把国家管理得井井有条，政绩突出，佳话不断。正当鲁国人对他赞誉不止时，他却辞官隐居。鲁哀公从此茶饭不思，失魂丧魄，于是去请教孔子。孔子对他说：'我看到一群小猪在吸吮刚死去的母猪乳汁，不一会儿又丢弃母猪惊慌失措地跑散了，小猪爱母亲不是爱它的形体，而是爱支配那个形体的精神。战死沙场的人，他们埋葬时不用棺木上的饰物送葬，砍掉了脚的人，对于原来穿过的鞋子没有理由再爱惜它，这都是因为失去了根本。哀骀佗一定是一个才智完备而德不外露的高人啊！'"

龙飞感叹地说："这真是一种精神的力量，在一种伟大睿智的精神的感召之下，所有的人，无论男女老少，尊卑贫富，好像冰山遇到阳光，都会融化，这就是哀骀佗的力量。和他在一起，人们早就忘记他丑陋的外形，感受到的只有他精神的力量，这种力量使天下人为之俯首投地，心悦诚服。"

柯平问龙飞："你知道我为什么学画吗？"

龙飞问："为什么？"

"清朝石成金曾写过《惺斋十乐》一文，讲人生的十种乐境，乐于知福，乐于静怡，乐于读书，乐于饮酒，乐于赏花，乐于玩月，乐于观画，乐于扫地，乐于狂歌，乐于高卧。这十种乐境，我都喜欢。人能知福，能享许多大福；若能凝神静坐，即是极大快乐；圣贤经书，孙子兵法，领袖真言，修齐治平之学，开畅心怀，精神真谛；对酒当歌，人生几何？落花流水，令人感悟；持杯对月，邀客同吟；可集名画几幅，入神入境，创作几幅，心领神怡，恍入画中，移我性情；斋中扫地，实是锻炼；信口狂歌，一吐为快；高卧不醒，梦中托寄。细阅菊花，不减东晋大诗人陶渊明之得意也！”

龙飞叹道：“想不到在这种时代背景之下，东海之滨的鲨鱼岛，还有你这么一位超凡脱俗的狂士！”

柯平长叹一声，说：“龙飞，你不知道，我有时也忧国忧民啊！我听说你也被抓过，背过叛徒、内奸的诬告，后来因为工作需要，才被上边点名出山……”

龙飞劝道：“柯平，咱们不谈这个，还是换个话题吧。”

“怎么？你怕隔墙有耳？这里都是自己人。”

食堂在小楼的东侧，有一个单间，柯平请龙飞坐下来，拿过茅台酒，斟了两杯。酒席丰盛，有带鱼、黄龙虾米、枸杞贻贝、小黄鱼等海鲜菜肴。

柯平指着带鱼说：“这是有名的舟山带鱼，银灰色，非常新鲜，肉嫩体肥，味道鲜美，只有中间一条大骨，没有其他细刺儿。”

柯平和龙飞酒杯相撞，两个人会心大笑。

龙飞尝了一口带鱼，味道细腻，松软可口，和在北京吃的带鱼不一样。

柯平说：“怎么没有梭子蟹？司务长！”

话音未落，一个30多岁胖胖的军官走了进来，他两只眼睛很小，笑起来成了一条缝儿，脸色红润，围了一条白色的围裙，上面沾了不少油渍。

“舰长，有什么吩咐？”端上梭子蟹，他连连躬着腰。

“辛苦了，你去休息吧。”

“好。”说完，他一晃一晃地出去了。

柯平望着他的背影对龙飞说：“他就是司务长，叫侯大破，采购、安排伙食都是他的活儿。食堂有两个厨师，我们专门为他安排了一艘快艇，进城或到各岛采购用的……”

听到这句话，龙飞心里一动。

但是这个身材臃肿的司务长和他所看到的那个海军军官不是一个人。

柯平说：“中央军委对我们这艘舰期望很高，要求也非常严格，军官家属不能来岛上，我的妻子罗银河想到岛上来看我，也被我拒绝了；她要求和前线文工团的战友来岛上做慰问演出，也没有得到批准，一切都是为了保密工作。”

龙飞问：“岛上官兵情绪怎么样？”

“情绪蛮好，因为这艘军舰是现代化的军舰，大家来到岛上都感觉无上光荣，身负重任，斗志昂扬。东海舰队的首长有时也带一些慰问品前来慰问。咱们尽聊工作了，来，龙飞，再吃一个梭子蟹！”柯平拿起一个红壳的梭子蟹递给龙飞。

龙飞接过梭子蟹，轻轻拨开内壳，里面有一团油乎乎的黄籽，“哟，还是只母蟹。”

“现在正是蟹肥之时，龙飞，我又献丑了，即兴作一首诗：

鲨鱼岛上蟹正香，与君肺腑饮樽狂。
朦胧灯塔非寂寞，萧瑟孤舟有沧桑。
壮志早随霞霭去，诗心托付彩虹长。
柴扉雨叩西窗翠，春杏一枝动海疆。”

龙飞笑道：“我也乘兴和一首：

美酒何须与花香，顿生诗意老夫狂。
春秋掌上揭分晓，兵马胸中看沧桑。
万卷丹青觉笔短，六朝玄墨看帖长。
茫茫东海无觅处，缕缕霞光立海疆。”

柯平笑道：“好诗，实在是好诗，我要记下来，写出来，挂在办公室。”

他朝门外喊道：“牧青，拿笔和纸来。”

牧青从门外走进来，手里拿着一个小本和钢笔。

龙飞和柯平复吟一遍，牧青一一记下来。

柯平高兴地说：“我要用狂草把这两首诗写下来，配上栗子色硬木框，挂在办公室的墙上，借诗言志，壮怀激烈，记下我们之间的友谊和勉励！”

龙飞说：“我们都已是中年人了，我们生活在一个瞬息万变的时代里，在这个前不着村、后不着店的年龄段，我们承受着心理和生活的双重变化，难免有诸多的焦虑和烦恼，必须注重自己内心的修炼，要辨明是非，懂得照顾自己。”

柯平说：“应多尽些孝道，工作再忙也要抽出时间陪老人吃吃饭、聊聊天，给后辈做出一个榜样，你怎么对待你的父母，你的孩子就怎么对待你。中年以后的男人，要远离二十几岁的少女——无论她多么楚楚动人、善解人意。她尚处桃李年华，而你理当知天命、知是非，如果真心喜欢，就不要让她走一条充满泥泞的道路。”

听到这里，龙飞有些忐忑不安，他想起了凌雨琦，这个20多岁如花似玉的姑娘，痴心爱上了自己，还要嫁给自己，而自己比她大十几岁。

柯平又说下去：“中年以后的男人要有肩膀，扛得住风雨，担起生活的重负，即使再苦再累，也要给妻子一床温暖的被褥，给孩子一个避风的绿色港湾，给家庭一份不悔的承诺。人到中年应该明白：要真诚感谢守候你一生的人，因为他是你一生的港湾，要笑对曾经恨过你的人，因为他使你更加坚强，要感谢曾经爱过你的人，因为他们使你懂得了爱。要感谢背叛你的人，如果不是他，你就不会了解真正的世界。对你暗恋的人，要衷心给他幸福。对值得信赖的朋友，要与他好好相处，因为一个人的一生不易找到真正的朋友！在整个生命中，不必担心多几个红颜知己，那是你人生跌宕起伏的风景线，让彼此都不必承载感情的负累，让阳光和温暖始终照耀与抚慰人生的情分……”

柯平的这番话，使龙飞想起了白薇。

柯平继续说：“常言道，人生得一知己足矣。一个人一生连一个知己朋友也没有，心灵是何等的凄凉！宽容一些，大度一些，仁爱一些，真情换真情，这才是为人的根本。人生苦短，平和淡然地面对人生，活出自我，活出自信，不论何时何地都要珍惜缘分，不论是你生命的过客，还是长久的知己，不论是畸形的、幼稚的情感，还是朴素、温暖的相守，都是一生精彩的回忆……”

正在柯平与龙飞一见如故、讨论人生和情感的真谛时，在鲨鱼岛的另一端，“099 号”导弹驱逐舰的轮机长葛建国却正在和一个叫巧凤的漂亮少女幽会。

柯平有严格规定，任何外人没有特殊批准不得来鲨鱼岛，但是身为轮机长的葛建国经不起心上人巧凤的再三要求，硬是把她藏在快艇里带上了鲨鱼岛。

葛建国今年 28 岁，父母都是现役军官，在北京的海军司令部任职，他的家就在北京西城的海军大院。他长得标致文静，像个女人，从小就喜欢和女孩子一起玩耍，也可以说他是在脂粉堆里长大的。在八一学校上小学时，他就喜欢上同桌的一个亭亭玉立的女生。为了让这个女生对他存有好感，他时常为她买铅笔、橡皮和尺子，还送她下学回家。他和邻居家的两个女孩也成了形影不离的好朋友。

参军以后，部队生活非常单调，特别是在舟山群岛，几乎接触不到女人，葛建国感到很痛苦。父母就他这么一个宝贝儿子，时常给他寄钱来，但是抽好烟、喝好酒，还是不能解除葛建国的苦闷和烦恼。前不久，他恳求司务长侯大破带他到附近的嵊泗县城里逛一逛，条件是给老侯买两条大前门的好烟。侯大破是个烟瘾十足的人，自然同意破例。

嵊泗县城里，车水马龙，川流不息。葛建国一边尾随着侯大破，一边被穿着不同的女人映得眼花缭乱。在一个商店橱窗前，他看见一个卖糖果的售货员生得有几分姿色，不由目不转睛地看着。

侯大破催他走，他也不动。

这时只见排队的人群里，一阵骚动，有个十八九岁的姑娘叫道：“有人耍流氓了！”

葛建国看到这叫嚷的姑娘比那个售货员更有风韵，瓜子脸，健康的黑色皮肤，一双杏核眼，水汪汪，魅力十足，特别是那圆滚滚的小屁股，一撅一撅的，太性感了。

一个面红耳赤的青年男人被这个姑娘揪住不放。

那个男人衣服上沾着泥巴，脏兮兮的。

姑娘叫道：“他顶我了，流氓！走，到派出所去！”

男人叫道：“人挤人，你别误会，我家有老婆，我老婆的屁股都比你的脸好看，我哪里顶你了？”

姑娘气得脸色由红变白，说：“你就是顶我了，流氓！”

男人气急败坏地说：“你说，我顶你哪儿了？”

葛建国冲了进去。

侯大破也跟了进去。

姑娘看到两个穿着海军军装的男人走了进来，顿时增添了勇气，对葛建国说：“解放军同志，你给评评理，他一直站在我的身后，顶我的屁股……”说着，她扭过身体，摸了摸臀部，“哇”的一声哭起来，原来她摸到了一小片湿迹……

葛建国一把揪住那个男人，叫道："小伙子，看见了吧？还有什么话说？上派出所吧。"

葛建国、侯大破和那姑娘把小伙子带到了附近的派出所。

派出所的民警询问了有关情况，并进行了笔录。让姑娘先回去，留下了那个男人。

葛建国、侯大破护送姑娘离开了派出所。

走到一个十字路口，姑娘感激地对葛建国和侯大破说："谢谢你们，解放军同志。"

葛建国笑着说："不用谢，我叫葛建国，是鲨鱼岛上海军部队的；他叫侯大破，我们是一个部队的战友。姑娘，你叫什么名字？哪里人？"

姑娘爽快地答道："我叫巧凤，广西人，在梅花岛上的敬老院工作，今天休息，到县城来玩。"

葛建国说："我们送你回去吧。"

巧凤说："不用送，我先到百货店买一条裤子换上，然后还要去看电影。"

葛建国说："反正我也没事，我陪你去……"

侯大破赶紧说："我就不去了，我还要到菜市场采购。"

葛建国说："也好，那我护送她去。"

侯大破说："下午4点码头见。"

侯大破一个人走了。

葛建国满心欢喜，陪着巧凤来到一家百货商店，巧凤挑了一条蓝布裤子，到试衣间里换上，在镜子里端详着，觉得非常满意。

葛建国也觉得这条裤子合适，巧凤付完钱，把那条旧裤子扔进了垃圾箱。

葛建国望着那个垃圾箱，惋惜地说：“这条裤子洗一洗还能穿一阵儿。”

巧凤鄙夷地望了望那个垃圾箱。

两个人来到电影院门口，影院再过10分钟就要放映电影《智取威虎山》。

葛建国抢到窗口买票。

巧凤一把拉住他，说：“建国，我来买吧，我要感谢你……”

葛建国听到巧凤叫他“建国”，一股暖流涌遍了全身，连声说：“不用，不用，还是我来买。”

电影院里稀稀落落坐着几十个人，葛建国牵着巧凤的小手，来到西北角的两个座椅，坐下了。

葛建国小声对巧凤说：“你的小手好软乎。”

巧凤羞红了脸，看着自己的纤纤玉手，说：“可不是嘛，这才是真正女人的手……”

葛建国说：“女人和女人的手也不相同，有的手跟麻绳似的，你这是美人的手！”

巧凤听了，嫣然一笑。

电影开演了，全场顿时暗了下来，葛建国瞅瞅四周没有什么人，于是拽过巧凤的两只小手，放置在自己的腿上，故意靠近敏感部位。

巧凤佯作不知，眼睛望着银幕，任凭他动作。

葛建国见她没有拒绝，心中暗喜，于是行为更加放肆，把手悄悄伸进她的衣襟，解她的胸罩……

这是一副粉红色的紧身胸罩，太诱惑人了。

巧凤用手止住了他。

葛建国倒抽一口冷气。

巧凤低声说：“建国，不要着急……每个女人的特点不同，我不喜欢男人摸我的乳房……”

葛建国只好缩回了手……

银幕上，出现剿匪小分队队长少剑波和护士白茹交谈的场景。

葛建国笑着说：“我就是二〇三首长少剑波……”

巧凤依偎着她，陶醉在一种莫大的幸福和喜悦之中：“那我就是小白鸽……”

葛建国闻着巧凤身上散发的浓烈的少女的芬芳气息，实在不能自持，他琢磨着从哪个部位下手。

他先吻了巧凤一下，巧凤朝他媚笑了一下。这一笑，千般妩媚，万种风情……

因为岛上只有一艘快艇归司务长侯大破自由调动，供到城里采购所用，葛建国要想离岛与巧凤幽会，只有求助于侯大破专用的这艘快艇。于是他三番五次请侯大破喝酒，并给他买了一条条昂贵的中华烟、大前门烟……二人攻守同盟，一切都悄悄地进行……

侯大破是山东荣成人，爽快，讲义气。他出身贫农，父母都是旧社会的穷苦人，“文革”一开始，他带头造反，大破“四旧”，大立“四新”，把村口的一个明代老牌坊都砸了，并且改名为侯大破。他嗜烟嗜酒成性，别人送他一条烟，他会感动得流泪；别人请他吃饭，饭席间必有好酒，茅台、五粮液、西凤酒、山西汾酒都是他的最爱，他会一醉方休。他常念叨的李白的一句名诗就是：“人生得意须尽欢，莫使金樽空对月。”还有清朝诗人高菊涧的一句诗：“人生有酒须当醉，一酒何曾到九泉。”可是他对女人丝毫不感兴趣，村里有个女孩等他等了5年，他反倒帮那个女孩找了一个婆家。他起初在县城的一家医院当修理工，他长得虽然马虎了一些，但是侠义心肠，喜欢给人家帮忙做事。医院的大夫、护士都爱跟他聊天、套近乎。有的寂寞了也想找他上床寻欢作乐，但是他大脑袋一摇晃，笑哈哈扬长而去。修理工里有一个中年男人与妻子两地分居，喜好在晚间蹬着木桶，趴在女医生护士住的宿舍窗户上看西洋景。有一次他晚间蹬着木梯上了女浴室屋顶，趴在玻璃板上往下瞧风景，没想到不留神摔了下去，结果遭到不少光着腚的老女人一顿捶打，险些断了气。侯大破始终不解，感到迷惑：女人家有什么看头？丢了名声，伤了身体，不值！就这样他到36岁了还是孤身一人，但是他并不寂寞，因为有烟酒做伴，有这么多海军哥们儿弟兄围着，听他侃大山，讲故事，抽烈烟，喝好酒，美哉，壮哉！

葛建国自从尝到甜头以后，时常悄悄驾驶着侯大破借给他的快艇，到梅花岛上，就在猿猴洞里找巧凤幽会。日久天长，巧凤就像一块年糕牢牢地贴在了他的身上。

就在那一天，龙飞等人进入猿猴洞搜查，惊飞了这对鸳鸯，葛建国吃惊不小，再也不敢进猿猴洞，巧凤也躲进敬老院隐居不出。

这可急坏了葛建国。

这一天中午他们在梅花岛的一处见面。

巧凤哭肿了眼睛，小声对葛建国说："建国，咱们分手吧，这种日子太担惊受怕了……"

葛建国一听，惊得张大了嘴巴，说不出话来。

巧凤说："你们部队管得严，我们岛上人多口杂，我知道你也不会娶我，你家里是干部家庭，我家里是平民，天下没有不散的筵席……"

葛建国恳切地说："巧凤，你别这样说，我早晚会娶你的，我要做父母的工作，等转业了娶你回北京，我……我离不开你……"

"什么娶我？你连带我到你们岛上的勇气都没有？生怕犯什么错误？能犯什么纪律？鲨鱼岛上的风景那么美，我还没去过呢！……"

葛建国咬着嘴唇说："巧凤，你不要着急，近日内我安排你去鲨鱼岛……"

就这样巧凤登上了鲨鱼岛。

在葛建国安排的秘密小屋里，两个人如胶似漆，云情雨意。

吃过午饭，巧凤执意要到外面转一转，葛建国无奈，只得悄悄带她到后山游览。

他们走上一处山坡，看到一望无际的大海，金黄苍翠交融的树林，蔚蓝色的天空，感到十分惬意。

巧凤看到不远处驶来的“099 号”导弹巡洋舰，高兴地叫道：“哎呀，这么雄伟的军舰，向人民海军致敬！”

巧凤兴奋极了，飞快地解掉衣扣……

第五章　顺藤摸瓜

葛建国看到巧凤激动得敞胸露怀，不禁大惊失色，他急忙奔上山坡，一把搂定巧凤，把她抱了起来，放倒在一片树丛之中。

巧凤不愿葛建国看到自己的胸部，急忙扣好衣衫。

葛建国埋怨她道：“军舰上有瞭望哨，也有望远镜，要是被他们看到了可就麻烦了。”

巧凤依偎在他的怀里，说：“这么大的军舰，哪天带我到军舰上兜兜风。”

葛建国小声说：“我哪儿有那么大的胆子？”

巧凤脸色顿时变色，嗔道：“我就是电线杆上插鸡毛——这么大的胆子！你难道就不能当舰长吗？”

葛建国说：“姑奶奶，部队有纪律呀，我就是东海舰队司令，也不敢违反纪律呀！”

巧凤用小手刮着他的脸问：“那底下有什么？军舰怎么一眨眼就不见了？”

葛建国神秘地一笑。

“你告不告诉我？”巧凤用手指去搔他的腰际和腋下。

“我说，我说……那底下是军舰的窝，就像鸡有鸡蛋，鸭有鸭窝……”

巧凤惊得睁大了眼睛：“那这个窝可够大的！”

“那当然，工程兵当年挖了有一年多呢，差不多把这个岛都挖通了……”

巧凤喃喃道："那这个窝可够大的。这次军舰出海舰行，你怎么没有去呀？"

"舰长也没去，是副舰长带队，我们有两套班子，两个队伍，遇到紧急情况时会应对自如。"葛建国说这番话时，小心地环顾了一下四周。

"建国，我问你，咱们为什么不制造航空母舰？第二次世界大战时期日本海军有不少航空母舰。"

葛建国放松下来。他眯缝着眼睛，望着营房上高高飘扬的五星红旗，说："一方面航母技术不成熟，也太费钱，要制造一艘航母需要几千万元，而保养一年也要几百万元。另一方面，咱们国家重点是发展潜艇，特别是核潜艇，目标小，价钱低，易于隐蔽，出奇制胜。这艘导弹驱逐舰就是重量级的军舰了，我们国家连巡洋舰也不制造。"

巧凤说："这就是所说的人民战争吗？"

葛建国说："毛主席说，帝国主义和一切反动派都是纸老虎。战争的最后胜负决定于掌握武器的人。人是决定因素。现在在台湾的国民党第二代，他们百思不得其解，1946 年国民党现役军已有 500 多万人，武器精良，而共产党的军队只有几十万人，可是短短两年，战局就发生了根本性的变化，国民党军队一败涂地。就是因为共产党的军队代表的是人民的利益，而国民党政府已腐败透顶。共产党在许多地区搞土改，把土地分给农民，农民纷纷支持共产党领导的军队。国民党的军人战败后大批参加了共产党的军队，而且有的还担任指挥员的职务。可国民党军队的军官们一方面打仗，一方面却在千方百计敛财，安排后路。国民党军队的军官都明白，没有了军队就没有立足之地，因此保存实力是他们的宗旨。当张灵甫的 74 师被共产党的军队包围时，实际上这支共产党的军队又被国民党 5 个师的部队包围着，可是当张灵甫再三要求附近的国民党军队增援时，那些军队按兵不动，谎称也要求增援，结果张灵甫看到大势已去，被迫拔枪自尽。你说共产党厉害不厉害?”

巧凤连连点头说:“厉害,厉害!”

葛建国紧张地瞧瞧四周,说:“这里太显眼,不是咱们待的地方,等天黑我再送你回去。我带你去一个地方,那里挺保险。”

“什么地方?”巧凤站了起来。

“你到了那里就知道了。”

葛建国牵着她的手,走入更茂密的树丛,一忽儿来到一个山洞门口。

“又是一个山洞。”巧凤说道。

葛建国拉着她走了进去。

“太黑了,看不见。”巧凤埋怨道。

葛建国从兜里摸出一个手电筒,扭亮了,照着往前走。

洞内弥漫着一股腐烂蔬菜和红薯的味道。

葛建国说:“这是侯大破储藏蔬菜和食物的地方,一般人不会进来。”

巧凤耸了耸鼻子:“就是味道不太好。”

“凑合着吧。”葛建国说完,一屁股坐在一个石坎儿上。

巧凤扑到他的怀里,嗬嗬地笑着。

“这太浪漫了,为了爱情,我什么环境都能适应,建国,我爱你……”说着,吻了他的脸颊。

葛建国动情地说:“巧凤,我一见你就有一种触电的感觉。我以前也有许多非分之想,但是自从和你认识后,我就一门心思爱上你了,把在北京的那些相好都忘到九霄云外了!”

巧凤一把推开他,叫道:“你以前还有那么多相好!我是第几个?”

葛建国看到她有些急了,急忙哄道:“她们都是过眼烟云,我跟你才是一种真正恋爱的感觉。咱们是一见钟情,初涉爱河……”

“你以前究竟有多少女人?老实交代!”

"没有几个……"葛建国嗫嚅着说，面色绯红。

葛建国整了整衣衫，小声嘟囔着："再说，你也不是处女呀……"

巧凤听了，呜呜地哭了起来，哭得是那么伤心。

葛建国生怕有人听见，走到洞口，四下望了望，又返回来。

巧凤仍在哭泣。她斜倚在冰凉的洞壁上，赤着两只白皙的脚丫，一双橘黄色的皮鞋弃之一旁，皮鞋里塞着黑丝袜子。

一缕阳光泻进洞内，正好泻在巧凤小巧玲珑的脚上。

葛建国见到这双脚，顿生爱怜之心。他和巧凤结识这么多天，多少次云里雾里、颠龙倒凤，怎么没有发现她生有这么美丽精致的一双白嫩的脚啊！

他扑过去，忘情地捧定她的这双脚，可是没想被巧凤一脚踢了他一个趔趄。

"去你的！"她恨恨地骂道，"没良心的！"

"没想到你的脚也这么漂亮！"他赞美着，目不转睛地望着她的脚。

巧凤整理了一下乱发，断断续续向他讲述了一个惊人的故事。

她告诉他，她本是浙江温州人，父亲开有一家茶店。母亲在店里当售货员，生得漂亮，有几分姿色，在当地算是个美人；父亲生得矮小，但精明多谋，会做生意，家里也有些积蓄。由于前来买茶叶的人多是想一睹母亲的芳容，或者和母亲聊上一两句，所以店里的生意一直不错。1962 年，正值全国困难时期，父亲尽量节省，自己少吃，让妻女不至于饿肚子。久而久之患上浮肿，在那年冬天病故了。父亲去世后，母亲很快嫁给一个广西的茶叶商。原来这个姓李的茶叶商早就与母亲眉来眼去，勾搭成奸。母亲嫁给这个李姓茶商后，便带着 14 岁的巧凤来到广西北海，在一个茶园落户。不久，母亲生下一个男孩。一次，母亲到云南推销茶叶，家里只剩下李姓茶商和巧凤，小男孩暂时托付给奶奶家看管。一天晚上，巧凤正在自己的屋里洗浴，时值炎夏，她没有关窗户，只是拉上窗帘。窥伺已久的继父再也按捺不住，跳进屋内，奸污了她。她当时吓蒙了，没有反抗，任凭继父满足了原始欲望。事后，她没有告诉妈妈。那一年她才15岁，正上初中三年级。此后继父对她百般爱护，经常给她一些零花钱，母亲始终蒙在鼓里。但是从那以后，继父三番五次骚扰她，让她的心灵不得安宁，于是在一个黑夜，她毅然离家出走，来到了这里……

听完巧凤这番慷慨激动的述说，葛建国不禁对她更加怜爱。

这是一个多么可怜的女人啊！葛建国在心里说。

巧凤的眼睛闪烁出清澈的光辉，她问葛建国："你知道我最喜欢什么音乐吗？"

"什么音乐？贝多芬的《生命》、中国的民乐《梁祝》？还是郭兰英唱的山西民歌？"

巧凤摇摇头。

"我最喜欢的音乐是哀乐……"她的语调里透出几许凄凉。

葛建国听了，有些毛骨悚然。

巧凤露出一丝凄凉的笑意："你可能以为我最喜欢的音乐是《国际歌》吧？"

葛建国摇摇头："我倒没有猜到是《国际歌》，因为我发现你不太关心时政，但是我万万没有想到，你最喜欢的音乐是哀乐……"

巧凤又是凄然一笑："有时我失眠时，就喜欢听哀乐，它伴我入睡，让我进入充满憧憬和幻想的梦乡。在梦里，我那小心谨慎、精明能干的父亲，店铺鳞次的温州一条街，我家茶屋那高高的红色招牌……都会在梦中浮现。有时梦境给你带来希望，带来快乐，带来幸福……"

葛建国说："梦境是一种寄托，是一种暗示，美好的梦境使人回味，有时是生命的动力。人生如梦，梦如人生。生命是一团欲望，欲望不能满足便痛苦，满足便无聊，人生就是痛苦和无聊互相转变。"

巧凤问："那你跟我在一起，也会感到无聊吗？"

葛建国注视着她，摇了摇头："不，你是天生尤物！我每次和你在一起都感到生机勃勃，都是新鲜的——你有着无穷的魅力，令人没有厌倦和无聊的感觉。人生最可怜的是，我们总是梦想着天边那一座奇妙的玫瑰园，而不去欣赏今天就开放在我们窗口的玫瑰。你就是开放在我的窗口的红玫瑰，可爱的一枝红玫瑰！……"说着，葛建国禁不住上前吻了一下她的脸颊。

巧凤抬起一只脚，说："你不是喜欢我的脚丫吗？那你吻一下我的脚！"

葛建国认真地捧起她的一只脚，把她的脚趾头含在嘴里，滋滋有味地吻着，他吻遍了5只脚趾。

巧凤显然被感动了，她撒娇地扑到他的怀里，颤声说："建国，你是真的爱我，我好感动……"

就在龙飞与柯平痛饮并亲切磋谈、葛建国与巧凤在山洞里缠绵之时，肖克在梅花岛上正在做一件了却心愿的事情。周楠的死，他感到很内疚，如果那天夜里他没有腹泻，半夜三更没有去厕所，周楠就不会发生那样的惨剧。她不会慌不择路，跑到招待所后面的海边芦苇旁方便，也就不会撞上梅花党特务遭到暗害。肖克后来才知道周楠是绩东心仪已久的暗恋女友，周楠死后他一直沉默寡言，情绪不佳。周楠的遗体已由嵊泗县公安局和县医院的同志运走，骨灰也交给了她的家属。但是肖克心里总是有些不安，于是这天下午他乘龙飞外出之机，悄悄来到梅花岛的东部墓地，为周楠树了一个坟头，里面埋有周楠亲手送给他的一支钢笔，坟头上竖有一个木牌，肖克歪歪扭扭地写上"周楠之墓"四个大字。

肖克立好碑后，双膝跪地，恭恭敬敬地磕了三个头，心里默念道：周楠同志，我的好妹妹，你安息吧。我们一定要为你报仇，彻底粉碎特务的破坏阴谋……

忽然，他仿佛听到身后不远有动静。这动静十分微小，一般人很难发现，但是作为一个老侦察员，他听到了。

这是一个人的脚步声。

一个年轻女人的脚步声。

他小心地转了一下头，身体没有动，眼睛的余光往后看……

他看到在一个坟堆后面露出一只绣花鞋。

这是一只十分精致的镶有金色梅花的绣花鞋。

这是不是那只会动的绣花鞋？由特务暗中操作的那只令人毛骨悚然的绣花鞋？

他感到十分恐怖。

秋风萧瑟，衰草飘零，墓地肃静，远处海涛声声……

肖克的心一下子收紧了。

他再看那只鞋时，绣花鞋奇迹般地消失了。

他揉了揉眼睛，怀疑是自己出现了幻觉。

他狠命地掐了一下自己的大腿，大腿生疼。

他慢慢地站起身，悄悄走到那个坟头前。这个坟挺高，还有石，层层叠叠，足有3米之高，这是海外的华侨修建的。

肖克绕到坟包的后面，空无一人。

他很奇怪，这个墓地共有3层，每层都有密密麻麻的坟墓，石碑纵横，有海外关系有钱的人家坟墓较大，墓塚较高，四周还有精美的汉白玉栏杆。

他在坟墓区绕了有30多分钟，也没有发现异常现象。

那只镶有金色梅花的绣花鞋不见了。

肖克俯下身，在蒿草丛中仔仔细细寻觅着，忽然前面出现了一双黑亮的皮鞋。

这是女人穿的皮鞋。

他抬起头，惊呆了。

原来是凌雨琦。

“雨琦，你怎么也来了？”他怔怔地问。

凌雨琦故作镇静地反问：“肖克，我还要问你呢，你怎么也来了？”

肖克带她来到周楠的新坟前，让她看了看新竖的木牌。

“我为周楠立了一个坟，我对她的死负有责任，我良心常常不安……”

凌雨琦也向肖克讲述了来这里的原因。

原来龙飞觉得导弹驱逐舰舰长柯平母亲的家是监视和保护的重点，于是让凌雨琦多去找柯平的母亲楚云菲，以期找到新的破案线索。龙飞觉得楚云菲的小保姆巧翠毕竟是外来户，需要深入了解一下巧翠的背景。

午饭后，凌雨琦去了楚云菲的家，楚云菲没有女儿，再加上凌雨琦的父亲凌云飞也是老红军、老将军，因此楚云菲非常喜欢凌雨琦。老人家平时比较寂寞，小保姆巧翠又没有什么文化，两人共同语言很少。巧翠除了忙于家务，平时沉默寡言。楚云菲也希望凌雨琦在不影响工作的情况下，多陪她聊聊天，也可以住在她家，因为她家空房很多。这正中凌雨琦的下怀。

中午她来到楚家以后，发现巧翠有点儿魂不守舍，凌雨琦问她原因，她说家里有个病人，凌雨琦和楚云菲都劝她回家探视，她说找到这份工作不容易，生怕有变，坚决不回家探亲，楚云菲拿出50元钱，让她寄给家乡。

巧翠拿到钱后，感激不尽，她说托人到县城邮局寄钱，收拾完碗筷，拖了地，便匆匆出门。

凌雨琦尾随她来到岛上的敬老院，这个敬老院位于岛的中央半山坡上，共十几间平房，围成一个院子，住着20多个孤寡老人。巧翠进入敬老院后，不久又匆匆而出，奔东而来。

凌雨琦尾随巧翠往东穿过一些院落，来到了这片墓区，可是巧翠不见了，她见到了肖克。

肖克把看到一只绣花鞋的情景告诉了凌雨琦，凌雨琦也觉得奇怪。

“你不会找绣花鞋出现幻觉了吧？”她问肖克。

肖克敲了敲脑袋：“不会吧，我明明看到那只鞋，粉红色的鞋面，金黄色梅花镶在鞋头，它还会动……”

“那咱们再仔细找一找。”

两个人又找了一个多小时，还是没有发现那只绣花鞋。

临近晚饭时间，龙飞从鲨鱼岛回来了，他召集大家开了一个会，几个人交流了下情况。

龙飞说：“这片墓地看来有玄机，也可能有地穴，或者是洞口。梅花岛有几个重点侦察的部位，一个是梅花灯塔，我重点负责监视。一个是高炮连，肖克负责联系。一个是导弹驱逐舰舰长柯平的母亲楚云菲的家，由凌雨琦负责监视。我赞成雨琦的意见，没有特殊情况，雨琦可以到楚家住几天，但是要注意安全。梅花岛东部的那块墓地，绩东平时可以多去那里转一转。我此次去鲨鱼岛收获也不小，和舰长柯平同志沟通了情况，建立了友谊，他还答应去调查一些情况，和我们保持密切联系。总的来讲就是要粉碎敌特的一切破坏阴谋，使我国‘099号’导弹驱逐舰的试水运行获得成功，同时也保证我国重要军事设施的安全……”

晚饭后，凌雨琦又与龙飞交流了一些想法，简单收拾了一下，便朝楚云菲家走去。

楚云菲吃过晚饭后，正在客厅里看长篇小说《金光大道》。她看到凌雨琦进来，非常高兴，亲手给她削了一个苹果。

巧翠已做完活计，坐在一个小板凳上看电视。

楚云菲对凌雨琦说："这个苹果叫印度苹果，又叫青香蕉苹果，产于山东烟台，正是成熟的季节。"

凌雨琦咬了一口苹果，说："好甜，微微有点酸。阿姨，我听说全世界目前有35种苹果，我国现有23种。"

楚云菲呷了一口茶："我国栽培苹果的历史很长，只不过古代不叫苹果，叫柰——它和今天我们见到的国光苹果、青香蕉苹果、红玉苹果、金冠苹果等不同。它的果实发绵，果形较小。古籍中关于柰的记载最早见于西汉时期文学家司马相如的《上林赋》。苹果这个名称到了明代才出现，近百年来又从国外引进不少苹果的品种，山东的烟台、辽宁的盖县，都是著名的苹果之乡。苹果是我国发展最快、产量最高的水果之一。苹果的营养丰富，除了含有蛋白质、脂肪、糖、钙、磷、铁及多种维生素之外，还含有钾、钠、苹果酸等，历史上我国著名的医学家陶弘景、孙思邈、李时珍等都在他们的著作中有所论述。"

"阿姨，你怎么懂得这么多有关苹果的知识？"

"我嘛，高血压，苹果可以治高血压，每天吃3次，每次吃250克，10天一个疗程。我还有些便秘，每天早晚空腹吃一两个苹果，嘿，还真灵，俗话说：饭后一个果，老头赛小伙。"

楚云菲看到凌雨琦总是目不转睛地望着墙壁上写的一幅字"茶禅一味"，问："怎么？雨琦，你对书画也感兴趣？"

凌雨琦说："我小时候临过王羲之的《圣教序》，也学着画一些仕女画，后来由于工作忙就没有坚持下去。"

楚云菲高兴地笑了："你知道这幅字是谁写的吗？"

"是谁写的？"凌雨琦眼睛一亮。

"是鄙人写的。"楚云菲骄傲地说。

"是吗？"凌雨琦听了又惊又喜，站了起来，走到那幅字前，看见题款是艾萍。

"艾萍就是您吗？"

楚云菲点点头："这是我的笔名，就是爱护柯平的意思。写书法、绘画，可以陶冶人的情操，修身养性。我退休了，在家里也没什么事，一个人经常写写画画。雨琦，你知道'茶禅一味'的含义吗？"

凌雨琦摇摇头。

"茶与禅宗结缘，是我国茶文化史上一种独特的文化现象，佛门禁酒，和尚念经有时通宵达旦，常打瞌睡。饮茶可以醒神，为了让和尚念经时不瞌睡，庙里常常以茶为饮，饮茶之风最早兴于寺院。茶，早采者为茶，晚采者为茗。古时南方人多饮茶，北方人最初不常饮茶。唐开元年间，泰山灵岩寺有个降魔师，大兴禅教，学禅为了不犯困，就多饮茶，饮茶之风很快传遍北方。茶禅一味，是中国茶文化的精髓与天地人和的最高境界。"

凌雨琦回到座位，拿起茶杯呷了一口。

"阿姨，您让保姆沏的是大红袍吧？"

楚云菲点点头："这是养胃的茶，天凉了，深秋喝这种茶暖心暖胃。刚才谈到和尚，你别小看这些和尚，历史上有两个和尚十分厉害，一个是隋朝的智永，是东晋大书法家王羲之的七世孙，在浙江省绍兴永欣寺为僧，人称智永禅师。他继承祖法，精勤书艺，曾写《千字文》800本分送浙东诸寺。他练字写坏的笔头装满了五大筐，人称退笔塚。当时向他求书法的人很多，他所居房门门槛都被踏损，以铁皮裹之，谓之铁门限。唐朝也有个和尚，称怀素，长沙人，精勤书法，因字写得太多太快，纸张供应不上，就用芭蕉叶练字，其室名为绿天庵。他把种植的一万多株芭蕉树的叶子都摘光了，于是把木板、木盘涂上漆用来练字。时间久了，木板、木盘也被笔磨穿了，他把笔头埋成坟堆，取名为笔塚。怀素好饮酒，兴到运笔，如疾风暴雨，变化多端，法度具备。他的狂草，继承张旭而有发展，谓以狂继癫，两人并称癫张狂素。怀素的传世之作有《自叙》《苦笋》等书帖。清初的大书法家王铎也是个神童，他六七岁时常跑到私塾门前听学生读书。一天，老师给一些学生出一道难题，题目是在一块方砖里一笔写一个字，要求把砖的四角都占满。那么多学生没有一个能解答这个难题。这时，王铎挤过去，说他能行。他拿块石笔在方砖上写了一个乙字，一笔把砖的四角都写满了。私塾先生夸奖他说：‘你真是个小神童！’有一年，崇祯皇帝看到五谷丰登、风调雨顺，想在北京皇宫的金銮殿上挂一块‘天下太平’的金匾，群臣一致推荐王铎来写。于是崇祯皇帝宣王铎上殿。王铎来到金銮殿，在匾上写了‘天下大平’四个字。金匾挂出来以后，崇祯皇帝发现‘太’字少写了一个点，便勃然大怒，要将王铎问罪。群臣念及王铎才华出众、人品敦厚，纷纷跪倒为他求情。崇祯皇帝说挂上的匾不准卸下来，卸下来不吉利，也不准搭梯子，如果王铎能把那个点补上，便恕他无罪。否则，推出午门斩首。王铎谢过皇上不杀之恩，从从容容地拿起斗笔，蘸好金粉，站在大匾下面，扬手一掷，那支斗笔便从他手中腾空而起，飞向金匾，不偏不倚，笔锋所触之处，正是‘太’字下边那一点应点的地方，与‘天下平’三个字浑然一体，丝毫看不出后添的痕迹。这时众人一片喝彩。崇祯皇帝看了，龙颜大悦，立即封王铎为‘神笔王铎’。明末清初还有个叫傅山的书法大家，他是山西阳曲人，明亡后他穿起道袍，隐居深山20年。清朝康熙年间开办博学鸿词科，他已经72岁，好友们推荐他，要他应试，他坚决不肯。大家拿床把他抬到北京，他还是不允，装病不出来。康熙皇帝听说了，送给他中书舍人的职衔，放他归山。他为人清高，相传有个寺庙的和尚请他写匾额，他嫌这个和尚品行不端，不给写。和尚串通傅山的朋友骗他写了‘打钟寺’三个字，被傅山发现，他和那个朋友断交了。他最反感元朝的赵孟頫，认为赵孟頫是宋朝皇族后人，投降元朝，在朝廷任官，人格卑下，书法甜媚而无骨气。傅山在《作字示儿孙》小序里提倡四毋，即宁拙毋巧，宁丑毋媚，宁支离毋轻滑，宁直率毋安排。这四个毋字，至今被人们称颂。”

凌雨琦发现巧翠一边看电视，一边注意听她们的对话。

凌雨琦说："阿姨，你的故事还真不少，真让我长见识。文如其人，书如其人，画如其人，我从小喜欢仕女画，特别喜欢画家黄均的工笔仕女画，清丽娴雅，栩栩如生。张大千的仕女画，古朴瑰丽，吸收了敦煌壁画的很多特点。傅抱石的仕女画，富贵矜持，具有浪漫主义的色彩。张大千的高士画也是清高豪逸，令人难忘。还有一些画家喜欢画钟馗，把钟馗画得狰狞可怖，也许因为他是一个鬼王吧。"

楚云菲说："宋元以后到清朝灭亡，在这600余年间，中国漫长的封建社会急剧衰落，整个社会经常处于动荡和战乱之中，一些文人墨客经常受到文字狱的迫害。这使一些画家采取曲折隐晦的方式抒情达意，借古讽今，发泄不满和愤懑。钟馗实有其人。他是唐德宗时期陕西终南山人，自小父母双亡，和妹妹平儿一起长大。钟馗文武全才，以前是个美男子，由于喜欢狂饮，一次酒醉误入鬼穴，出来就变丑了。后来在乡绅杜平的资助之下，赴长安赶考，考中文武状元。唐德宗殿试时见钟馗生得丑陋，不愿授官。钟馗一怒之下头撞朝柱而亡，唐德宗见他如此刚勇，于是令以重臣之礼厚葬。以后演义传说他到了阎罗殿，阎王爷见他一团正气，文武兼备，授他为驱魔避邪大将军，率领300鬼卒，杀向阳间。鬼见了他落荒而逃。自此家家高挂钟馗画像，一般是深夜12时，主人沐浴已毕，双膝跪地，高挂钟馗画作，连磕三头，许愿片刻，这就叫作迎神。钟馗的画像一般挂在客厅、书房，家有大难之事，挂在卧房。画家画驱魔避邪的钟馗，以寄托内心情志。清朝学者郑绩在《梦幻居画学简明》中说：'画鬼神前辈名手多作之，俗眼视为奇怪，反弃不取。不思古人作画，并非以描摹悦世为能事，实借笔墨以写胸中怀抱耳。若寻常画本，数见不鲜非假鬼神名目，无以抒磅礴之气。'元朝画家陈琳和王蒙都有《寒林钟馗图》，他们借画钟馗以寓自己的清高、凄清和恬淡。明朝画家陈洪绶画钟馗夸大头部，面目怪异却很慈祥，有神仙之气概，本来镇服群鬼的大将军如今老态龙钟，看来是力不从心了。明亡以后，陈洪绶怀念旧国，心情抑郁，时而吟诵狂呼，时而吞声饮泣。当清兵攻入浙江时，他不幸被俘，清兵把刀搁在他的脖子上逼他作画，但是他坚决不画。以后他毅然在绍兴云门寺削发为僧一年有余。后自号老迟，也称迟。明朝画家戴进一生坎坷，他画的《钟馗夜游图》寒山衰草，凄景迷离，那在破伞遮掩下身着不合体的宽大玄衣、衰头赤足的钟馗，面带苦涩的病害，忧愤郁闷之情流露在眉宇之间。但是他仍然强支病体，夜出捉鬼，其坚韧不拔的精神足以打动人的心灵。试想，传说中的钟馗纵有满腹才华却不为世所用，这充分反映了画家的内心世界。清朝画钟馗的画家很多。如顾见龙、高其佩、华新罗、金农、黄慎、罗聘、赵之谦、任熊、任伯年、吴昌硕等人，都画过钟馗，各有各的寄托。现在北京故宫博物院收藏的高其佩的《钟馗变相画册》便有钟馗画作 12 页，计有观剑、罢宴、骑鬼、镜巾、登坛、风雷、降魔、抱膝、封章、掩口、读书、瞌睡等内容，其中融入了画家愤世嫉俗和对现实社会的批判。高其佩写过一首诗：‘江上西风几夜狂，西风才往月昏黄。画中意趣愁中味，梦里关河醉里乡。’他用手指蘸墨在绢素上一气呵成 12 幅不同姿态的钟馗，或文或武，或喜或怒，或酣醉如泥，或威风凛凛，或仙袍飘逸，或朝服楚楚，栩栩如生，形象生动逼真，令人叫绝。钟馗将群鬼当蠢驴，骑在上面，一副得意扬扬的神态，在鬓须丛生的脸庞之间荡漾流溢，而骨瘦如柴的小鬼慑于钟馗的神威，不得不鸣锣开道，举旗呐喊，大声吆喝，有的赤身裸体，疲惫不堪，有的战战兢兢，小心翼翼，实在惹人发笑，这些画面寄托着画家深刻的思想、满腹的寓意。画家徐悲鸿一生奔波劳碌，身心交瘁。他也画过钟馗，一个个都是瘦骨嶙峋、精神矍铄的模样，他画的钟馗正是他自己的化身。齐白石、张大千也画过钟馗，他们笔下的钟馗也是他们际遇和经历的真实写照。”

凌雨琦叹道：“钟馗成为正义的化身，他正气凛然，不畏强权，不怕困难，一双利眼，一柄宝剑，斩尽天下恶鬼，扫荡天下不平之事，真是可敬令人钦佩的人物！”

楚云菲说：“近日岛上也在闹鬼，水妮和一个叫周楠的公安人员相继被害，宋老黑至今没有下落，好端端的一个平静小岛，如今风云乍起，鬼魅兴风作浪。我的儿子几次来电话让我到上海去，躲过这些是是非非，我偏不走，我倒要看看这些小鬼能折腾到哪里去！雨琦啊，你们就是擒鬼的钟馗，任务重啊，盼望你们早日拿住小鬼，让梅花岛重归平静！……”

凌雨琦听了她的这席话，心潮澎湃，她说：“阿姨，您放心，不管他是恶鬼还是厉鬼，男鬼还是女鬼，我们早晚有一天要将他们收入法网。法网恢恢，疏而不漏！”

“好，雨琦，听了你这番话，我的心里有底了！等胜利那一天，擒住恶鬼的那一天，我在家里摆庆功酒，请你和老龙，还有其他立功破案的人一起来喝庆功酒，我家里有窖藏20年的贵州茅台酒！……”

楚云菲越说越激动，她转过身来对巧翠说：“丫头，你说好不好？”

巧翠好像一时没有反应过来，怔了一会儿，然后连声说：“好，好，到时候我来做饭菜，弄几只梭子大海蟹，再炖一锅大黄花鱼，我也喝个一醉方休！……”

楚云菲叫道：“好，我还有上等的云南普洱好茶，沏给大家喝！到时候让我那可爱的小孙女娇娇也来一块热闹！……”

巧翠睡在一楼拐角的一个房间，楚云菲睡在客厅旁边的一个卧房，楚云菲安排凌雨琦住在二楼的一间卧房，卧房内被褥整齐，是柯平夫妻平时前来居住的房间。这间房屋有十五六平方米，一张双人木床，屋角有一架钢琴，墙壁上挂有柯平夫妻和女儿娇娇的合影。柯平英姿勃勃，妻子罗银河面容娇美，小鸟依人，娇娇活泼可爱，一双大眼睛，清澈如水。

这个小家庭真幸福，令人羡慕。凌雨琦在心里说。

打开窗户可以望见远处的大海，已是晚上，一家家渔户闪烁着灯火，有的人家依然点着油灯或马蹄灯。梅花灯塔矗立在那里，像一个巨人不知疲倦。海风卷进来，带来一股股淡淡的腥气。

一楼的卫生间和浴室兼用，凌雨琦换上自己的浴袍，带着毛巾，轻轻地潜下楼。

楚云菲的房间里已经传出轻轻的鼾声。

巧翠的房间亮着灯，毫无声息。

凌雨琦走进卫生间，拉亮电灯，在镜前刷牙；刷过牙，悄悄地褪掉浴袍，露出洁白的胴体。她在镜前端详着自己，湛黑的秀发，微呈弧形的小鼻梁，两只稚气充盈的大眼睛，樱桃般红艳艳的嘴唇……

喷头泻下的水流，温暖，细润，细流顺着她的脖颈、脊背淌了下来。

凌雨琦小心地搓着肥皂，空气里洋溢着一股股香气。她一瞥眼，看到一根绳上挂着巧翠的月经带，那小玩意儿晃来晃去……

凌雨琦忽然听到门外有开门的声音，并有轻微的脚步声……她的汗毛登时竖起来了，呼吸也变得急促起来。

深更半夜，是什么人进来了？

是梅花党的特务？还是盗贼或采花贼？

她感到恐惧，顾不上擦拭身上的水滴，连忙穿上浴袍，趴在门边，听了听，然后悄悄开了一道门缝……

一个白花花的人影移上了楼梯……

是不是冲着我来的？凌雨琦想到这里，更加紧张了。

她没有带枪。

因为洗浴，她把手枪压在了枕头下面。

她穿上拖鞋，悄悄地走出了浴室……

那个人已经上了二楼，她来到楼梯旁，犹豫了一下。

她想到了龙飞。

龙飞遇到这种情况会怎么做？

她壮了壮胆，顺着楼梯往上走。

她来到了二楼。

正见一个女人穿着白色的睡袍，目光呆滞，向她走来……

她惊呆了。

原来是楚云菲，这个房屋的女主人。

楚云菲没有跟她打招呼，旁若无人般地从她身边走过，下了楼。

楚云菲走进了卫生间，一忽儿又走了出来。她走进了自己的房间，把门关上了。

凌雨琦轻轻走到她的卧房门前，把耳朵贴在门上，一忽儿传出她轻轻的鼾声。

凌雨琦悄悄打开了她的房门，只见楚云菲正躺在床上，双目微闭，均匀地呼吸着……

凌雨琦走了出来，把房门关好，走进卫生间，只见蹲坑内有一汪浅黄色的尿液……

她走出卫生间，忽听一声女人尖利的惊叫……

声音来自巧翠居住的房间。

她走到巧翠的房间门口，听到屋内传来一阵声响。

她壮着胆子打开了这个房间的门，屋内弥漫着脂粉气，溶溶月下，巧翠的脸色苍白，一条胳膊裸露在被外。

原来她睡觉时磨牙，那声响来自她的嘴里，牙齿互相撕咬的声响。

凌雨琦走出她的房间，来到客厅里。客厅里的茶桌上，烟灰缸里有半个烟头，闪着光亮。

她来到烟灰缸前，用手拾起那半根香烟，闻了闻，有女人的胭脂味道，一端湿湿的。

巧翠已经入睡，楚云菲不会吸烟，那么这个烟头是什么人遗留下来的呢？

而且好像是一个女人吸过的。

她感到不安，于是来到客厅的门前，门上了锁。

她凑到门前，从玻璃处往外看，只见有一团白影一闪即逝……

她快步上了楼，从枕头下抽出手枪，迅疾下楼开了客厅的门。

门外一片漆黑，芭蕉林里黑黝黝的，清冷的夜风里有浓重的潮湿的味道。

杳无人迹。

凌雨琦走进客厅，锁好门，上了二楼。

她斜倚在床上，琢磨着：楚云菲是不是有夜游的毛病？她仿佛毫无知晓……

第二天上午，凌雨琦被人推醒。

巧翠笑吟吟出现在她的面前。

“凌同志，吃早饭了，阿姨让我叫你。”

凌雨琦洗漱完了，坐在楚云菲的对面。

早饭是馒头、咸菜、小米粥和咸鱼块。

楚云菲容光焕发，侃侃而谈。

她在讲今早在电视里看到的新闻。

凌雨琦问她：“昨天夜里睡得可好？”

“好得很，做了两个梦，内容都忘掉了，起了一次夜。唉，人老了，憋不住尿了……”

凌雨琦吃了半个馒头，她喜欢吃咸鱼块，一共吃了 3 块。

楚云菲又兴致勃勃地谈到她的丈夫，那个身经百战的老红军，他的身上还遗留着 20 多个弹片。

“雨琦，我那老头子挺怪，他去世后不愿留在北京的八宝山，非要去香山脚下的万安公墓。”

凌雨琦说："万安公墓风景优美，埋葬着不少政治、文化名人。李大钊同志的墓也在那里，小时候清明节我们学校经常组织我们到那里扫墓。"

楚云菲说："抗战名将马占山将军、诗人戴望舒、穆旦、散文家朱自清的墓都在万安公墓。"

"李大钊烈士陵园是那里最大的一块墓地。"凌雨琦又问，"阿姨，您除了高血压，还有什么病吗？"

楚云菲听了，有些纳闷，说："我的身体算是不错的，除了高血压，没有什么毛病。不像柯平他父亲，1927 年秋收起义跟随毛主席上了井冈山，在五次反'围剿'时就多次负伤，以后又参加长征，爬雪山，过草地，最后到了延安。皖南事变，国民党军队偷袭了新四军，新四军伤亡惨重。为了支援新四军，柯平他父亲和我从八路军被抽调到新四军。我从学校毕业后就参加了红军宣传队，基本都在后方，参加抗美援朝，也是做宣传工作，我和柯平他父亲是在瑞金认识的。我在部队时也自学了一些医疗救护知识。"

凌雨琦说："阿姨，您知道您有夜游的毛病吗？"

楚云菲听了，爽朗地大笑起来，"我早知道。"

凌雨琦说："这个毛病能治吗？"

楚云菲苦笑了一下："多年的老毛病了，我离开北京城，来到这梅花岛，一是觉得岛上空气好，有利于养生。二是在北京那老住宅生活，总会想起老伴，见物思人，后来到上海儿子家居住，也不习惯。三是因为有这个老毛病，恐怕闹出笑话。这里天高皇帝远，做出什么荒唐的事情，也不会传得那么远。"

凌雨琦说："原来是这样，我还在想，北京的居住条件那么好，您住在海军大院里，享受中将的待遇，又能到东华门特供商店买东西，怎么会跑到这么一个荒岛上度日，多么寂寞，多么孤独，孩子们又不在身边。"

“唉，孩子工作忙呀，保卫海疆，身负重任，又是第一线的指挥员，现在不是养儿防老，而是养儿防修啊！巧翠这孩子挺能干，比以前的几个小保姆有眼力见儿，聪明，善解人意，就是不爱说话。我把她当作亲孙女看待，她的普通话说得也不赖。”楚云菲说到这里，招呼巧翠说：“姑娘，到阿姨这儿坐，也喝一杯茶。”

巧翠听了，脸有点儿红，搬了一个小竹椅，坐在茶桌前。

楚云菲又倒了一杯茶，递给她。

楚云菲又呷了一口茶，咂吧咂吧嘴：“雨琦，怎么样？这大红袍不错吧？”

凌雨琦也呷了一口，说：“不错，挺润。阿姨，您这里尽是好东西。我们组长龙飞喜欢作诗，他做过一首七律诗《咏茶》。”

“念给我听听。”

“可惜没有提到大红袍。”

凌雨琦吟道：

乌龙论定铁观音，花茶绿茶样样尊。
普洱曾为朝廷物，六安欢喜府中金。
西湖舟上游龙井，黄山毛峰动国门。
陆羽遍寻无觅处，吟余狂饮碧螺春。

她说：“这首诗里提到乌龙茶、铁观音茶、花茶、普洱茶、六安瓜片、西湖龙井茶、黄山毛峰、碧螺春，唯独没有提到大红袍。”

楚云菲说：“还有一些名茶也没有提到，信阳毛尖、金骏眉，其实白茶、黑茶也不错。”

正说着，只见一个身材窈窕的漂亮女人带着一个小女孩走了进来。

女人身穿军装，女孩见到楚云菲就扑了过去，叫道：“奶奶！”

楚云菲高兴地站起来，说：“银河，娇娇 ，你们怎么来了？也不打一声招呼。”

这个女人正是柯平的妻子——南京军区前线文工团的舞蹈演员罗银河，小女孩是她的女儿柯娇娇。

罗银河说："娇娇的学校闹传染病，放几天假，我又有演出任务，就把她带到您这里了。我一会儿还要搭船回去，今晚有演出，我演白毛女。"

楚云菲把凌雨琦介绍给罗银河，并让娇娇管凌雨琦叫阿姨。

罗银河说："我连柯平都没来得及告诉，他训练任务忙。"

楚云菲说："吃过午饭再走吧。"

"不行，来不及。"

"那也得喝口水呀。"楚云菲给她斟了一碗茶。

罗银河拿起茶杯，一饮而尽。

罗银河说："妈，真渴死我了。现在全军大会演，每天排练都特别忙，今晚南京军区的首长要看演出，娇娇的学校又闹传染病……"

"什么传染病？"

"肝炎。每个教室都在消毒，已经传染了十几个学生。真是黄鼠狼专咬病鸭子，娇娇的姥姥正患重感冒，有些发烧，唉……"

叙了20多分钟，罗银河匆匆地走了。

娇娇把小书包放好，来到钢琴前，掀开盖帘，弹奏钢琴。

她弹的曲子节奏明快，抑扬顿挫。

楚云菲说："弹一曲《我爱北京天安门》。"

娇娇噘着小嘴："那是幼儿园的小朋友弹的曲子，我弹一首《北京的金山上》。"她说完弹起来。

凌雨琦望着娇娇红润的圆脸蛋，那一双湛黑湛黑、飞快转动的大眼睛，她非常喜欢这个小姑娘。

"来，娇娇，歇一会儿，吃个苹果。"楚云菲招呼道。

凌雨琦问娇娇："你是红小兵吗？"

娇娇眉毛一扬，点点头："当然是，我还是小队长呢！"

凌雨琦笑了："什么军衔？"

"什么什么军衔？"她扬起小脸，眼睛瞪得大大的。

楚云菲哈哈大笑。

午饭后，楚家来了一个穿军装的军官，浓眉大眼，进屋管楚云菲叫阿姨。

一番寒暄过后，凌雨琦才知道他就是驻守梅花岛的高炮连连长王帅。王帅与柯平是好朋友，常到楚家做客，与楚云菲自然很熟。

楚云菲笑着问："王帅，哪阵风把你给刮来了？"

王帅抹了抹头上的汗水，说："我是无事不登三宝殿。"他一眼看见了娇娇，说："娇娇也来了。娇娇，我给你带好东西了。"说完，扭头就走，一忽儿拿着一个玩具盒和一网兜大枣走了进来。

王帅笑了笑："我把它忘在车里了。"

"大哥哥，这是什么玩具？"娇娇跑过来，不眨眼地盯着他手里的玩具盒。

王帅不慌不忙打开玩具盒，现出一个小型高射炮，他摸出一个小匣子，扭动开关。高射炮在地上转起来，还发出一阵轰鸣。

"它为什么会走？"娇娇好奇地问。

"有自控装置，这小匣子里有电池。"王帅把小匣子递给娇娇。

娇娇接过小匣子，扭动开关，高射炮又转起来。

王帅拍拍娇娇的大脑壳，问："好玩吗？"

娇娇点点头，说："好玩。"

"以后不许叫大哥哥，叫叔叔，王叔叔。如果叫哥哥，那我就比你爸爸小一辈了。"

楚云菲笑着说："你本来就小，比柯平小 10 岁，你都到了而立之年了，怎么还没结婚？找到对象了没有？"

王帅坐下来，说："这不，老家给找了一个媳妇，上海知青，赤脚医生，说模样挺俊儿，过几天就来岛上。”

楚云菲说：“好，是个好事，到时候把她带到我家里，我请你们吃饭。”

王帅说：“阿姨，我找你就是为了这个事儿。那女孩听说非常漂亮，又爱干净，上海人，知识分子出身。我们高炮连的营房条件不太好，又没女厕所，不方便。我想她来岛上住在您这里怎么样？麻烦您了……”

楚云菲说：“当然好，我这里环境好，屋子宽敞，二楼还有两间空房，现成的床铺，住我这里，又方便又热闹。”

王帅听了，非常高兴。他指着那一网兜红枣说：“这个大红枣是山东出产的，又大又红又脆甜，是连里的战士从家乡带来的，我孝敬您老人家。”

楚云菲说：“不用客气，来，巧翠，把枣洗洗，大家都尝一尝。”

巧翠拿起网兜，进厨房去了。

王帅对凌雨琦说：“前几天肖克同志到我们那里去了，他介绍了一些情况，没想到这个小小的岛屿，敌情还挺复杂，如果需要我们出兵，尽管说。”

凌雨琦说：“我们没到几天就有一个同志牺牲了。”

王帅点燃了一支香烟：“我们高炮连的100多人严阵以待，我每天都给战士们动员，让他们提高警惕，加紧练兵，防止和粉碎帝国主义与国民党反动派的破坏阴谋。”

巧翠端着一盘洗好的大红枣走了进来，把它放在茶桌上。

娇娇把一把枣攥在手里。

楚云菲装出生气的样子，说：“娇娇，奶奶平时是怎么教你的？”

娇娇把枣递到凌雨琦手里：“大姐姐先吃。”

凌雨琦纠正道：“不对，叫阿姨。”

“阿姨先吃。”

娇娇又拿过一把枣递到王帅手里："叔叔，这是给你的。"

王帅笑道："她的称谓对头，我就是长得着急了一点，有的头发都白了。"

娇娇挑拣了两颗大的红枣交给楚云菲："奶奶，给您。"

楚云菲高兴地说："对，娇娇是个懂事的孩子。"

娇娇高兴地拍着手说："妈妈给我讲过孔融让梨的故事。"

楚云菲招呼巧翠说："巧翠，你也吃呀！"

巧翠走过来，拿了几个枣也吃起来。

王帅一屁股坐下来，对楚云菲说："阿姨，这次爹娘给我物色的对象是个漂亮妞儿，个子有一米六五，白净，大眼睛，双眼皮，洋气，高中毕业，父亲是大学教授，母亲是医生。听说她就是想找一个军官，中共党员，中国人民解放军指挥员，我正符合条件。"

楚云菲说："当然合适。"

停了一会儿，王帅又说："阿姨，我这不是剃头挑子一头热吧？到时候一见面，人家看我个头不高，才一米七，又长得黑不溜秋的，不会一气走了吧？"

楚云菲笑着说："不会，俗话说，英雄自古爱美人，美人自古慕英雄。女人挑男人，一般不看长相，就看有没有本事。现在的姑娘注重的是男人的家庭出身、政治面貌和社会地位。你是党员，又是连长，家庭出身贫农，正符合现在优秀女人的要求。"

王帅嘴乐得合不拢，说："阿姨，我借您吉言，到时候成了，我请您喝喜酒！"

王帅又叙了一会儿，便告辞回连队了。

凌雨琦带着娇娇到海滩上玩耍，下午的海滩，悄然无人，海面上呈现出暂时的平静。远处，白帆点点。这时，那艘导弹驱逐舰又从东往西驶来。

“娇娇，快看，这就是你爸爸指挥的驱逐舰！”

娇娇踮起小脚尖，朝那艘军舰眺望着。

“爸爸在哪儿呢？我怎么看不见？”

“太远了，你爸爸正在指挥室里，没准儿拿着望远镜正望你呢！”

“是吗？”娇娇拂了拂乱发，整理一下衬衫，微笑着……

凌雨琦看到她这般模样，更加喜欢这个小姑娘。

凌雨琦走到娇娇的面前，抱起她，朝军舰眺望。

“娇娇长大做什么？”

“我也跟爸爸一样，当一个海军战士！可是妈妈非要我跳舞、唱歌、弹钢琴。她说女的一般不上战场作战，女的在军队里都是文工团员或者是医生、护士。”

“妈妈说得对。”

“可是芭蕾舞剧《红色娘子军》中的战士都是女的。”

凌雨琦把娇娇放下来：“那是个别的，女人有女人的作用。”

“可是，阿姨，你是解放军战士吗？”

“我，我是公安战士，我们的职能不一样。”

“阿姨也会打枪吗？”

凌雨琦点点头：“当然会。”

“打死过狗特务吗？”

凌雨琦自豪地点点头。

“我长大也当一名公安战士，抓狗特务！”

凌雨琦说：“人的理想是经常变的，你刚 8 岁，现在主要的任务是学习，把功课搞好。”

娇娇凑到凌雨琦身边，小声地对她说：“阿姨，我告诉你一个小秘密……”

“什么秘密？”凌雨琦俯下身。

娇娇把嘴凑在她的身边，说：“其实我不喜欢跳舞、唱歌……”

“为什么？”

“俗，太俗。妈妈看到我不好好练琴，不用心跳舞，她就掐我的屁股……”

“是吗？”

“妈妈的指甲可长了！……”

晚上，娇娇想和奶奶同住一屋，楚云菲担心自己打呼噜吵得孙女睡觉不宁，她让娇娇和凌雨琦同住一屋。

娇娇同意了。

凌雨琦让娇娇睡里面，自己睡在外面，两个人挤一张单人床。

睡至半夜，凌雨琦被一个噩梦惊醒。醒来一看，旁边的娇娇不见了。

娇娇到哪里去了？

她有些慌乱。

娇娇的被窝凌乱，小拖鞋也不见了。

第六章　不速之客

娇娇到哪里去了?

凌雨琦慌忙穿好衣服，从枕下拿出手枪，出了房门，走廊里没有人，她下了楼梯。

客厅里也没有人。

凌雨琦看到客厅的门敞开着，夜风袭进客厅，她不禁打了一个寒噤。

她走出客厅的门，只见在几棵向日葵下蹲着一个小女孩。

她仔细一看，正是娇娇。

“娇娇!”她大声叫道。

娇娇看到她，提起了裤子。

“你怎么在这里?”

凌雨琦上前抱住了娇娇。

娇娇揉了揉眼睛:“阿姨，我在尿尿。”

“你为什么不到厕所去?”

“我睡蒙了，做了一个梦，被尿憋醒了，找不到厕所，就到了这里……”

凌雨琦警觉地向四面瞧瞧，只见在院外一棵老榕树后露出一个人的脸，是女人的脸。

一双贼溜溜的大眼睛。

她抽出手枪，放下娇娇，冲出院门。

不远的路面上，有一只绣花鞋，正在缓缓地移动着，朝着楚家的院子。

这是一只镶有金色梅花的绣花鞋。

凌雨琦去抓那只绣花鞋。

那只绣花鞋左躲右闪，凌雨琦不时抓空。

凌雨琦悟道：鞋是由人控制的，于是又朝树后追去，追至老榕树后，那个女人不见了。

周围死一般的寂静。

她又回头找那只绣花鞋。

那只绣花鞋也不见了。

娇娇站在院门口怔怔地望着她。

凌雨琦关好院门，抱起娇娇，返回客厅，又把客厅的门锁好，上了二楼。

这时，一个小东西窜了出来，唬了她一跳。

原来是一只大老鼠。

凌雨琦把娇娇放到床上，把被子盖好。

娇娇小声说："阿姨，你真勇敢！"

凌雨琦关了灯，把手枪悄悄塞到枕下，脱了衣服，盖好被子。

"阿姨，你身上有香气，好香！"娇娇说。

凌雨琦困意上来，眼睛有些睁不开了，她说："我明天给你找一个尿盆，就不用再到楼下找厕所了。"

娇娇说："谢谢阿姨，我小时候老尿床，有时做梦梦见是厕所，爸爸老打我的屁股，嘻嘻……"

"娇娇，时候不早了，睡吧，阿姨困了……"凌雨琦说完，不久就进入了梦乡。

早晨，凌雨琦被一阵弹奏钢琴的声音吵醒了。她知道是娇娇在弹钢琴，一看表，已经8时45分了，于是匆匆穿好衣服。

楚云菲正在院里浇花，巧翠坐在客厅的一个竹椅上织毛衣，娇娇坐在钢琴前，正看着琴谱弹奏。

茶桌上摆着小笼包子、白米粥，还有鱼干。

娇娇看到凌雨琦，招呼道："阿姨好!"

"娇娇好!"

巧翠抬头对凌雨琦说："今天早晨起晚了，我买了小笼包子，可能凉了，我给你热一热。"

凌雨琦用手摸了一个包子，说："不用热，还有点儿热气，你忙你的吧。"

凌雨琦匆匆洗漱后坐在茶桌前吃起来。

楚云菲端着一盆百合走进客厅。

"雨琦，看看我这盆白百合花养得怎么样?"

凌雨琦放下筷子，看了看，称赞说："干净利落，鲜嫩动人，香气袭人!"

楚云菲绽开笑容，说："你这词还一套一套的。"

因为王帅的未婚妻过几天要在楚家住宿，楚云菲让巧翠把二楼凌雨琦居室左边的那间房屋收拾一下，并把被褥拆洗了。楚云菲还让巧翠到岛上的小店买了毛巾、肥皂、牙具等生活用品。

这些天龙飞一直在等柯平那边的消息，这天下午柯平乘坐一艘快艇来到了梅花岛。

柯平告诉龙飞，调查的结果是司务长侯大破贪烟酒，那艘专用快艇已给舰上的几个人用过，其中有轮机长葛建国、炮艇艇长武军、宣传干事李健等。他已对侯大破及有关人员进行了严肃的批评，给予侯大破党内警告处分。

龙飞详细询问了葛建国、武军、李健等人的情况。

柯平说，葛建国虽然年纪不小，但习惯单身多年。武军已结婚，妻子在海军医院当护士，只有李健年纪尚轻，没有结婚，也没有听说他有女朋友。

龙飞请柯平密切注意这几个人的动向。

柯平和龙飞叙了一会儿，说要去家里看望母亲和女儿娇娇，便告辞了。

肖克过来说，今天上午梅花岛上又发现敌方活动，目标锁定在西北方向。

这时，赵长征也走了过来。他表情严肃，对龙飞说："刚才有村民反映，说今天中午看见宋老黑了。"

"宋老黑，他出现了？……"

"今天中午，一个村民到梅花岛灯塔附近放羊，从西往东的土路上有人骑着一辆自行车路过，车后坐着一个人，正巧，一阵风刮过，把坐在车后那个人的头巾刮掉了，原来是失踪多日的宋老黑……宋老黑好像变了一个人，嘿嘿地朝他傻笑，脸上红扑扑的，那个村民叫宋老黑：'宋大哥，宋大哥，这些日子你到哪儿去了？岛上的人都在找你呢！'可是那宋老黑还是傻笑，咧着大嘴，穿着黑棉袄，两条腿耷拉着。"赵长征叙说具体情况。

龙飞急问："骑自行车的人什么模样？"

赵长征抹了一把汗，说："是个标致的小伙子，小白脸，也就 20 来岁，不是岛上的居民。"

"后来呢？"

"后来？自行车就骑远了，往东骑去了。"

肖克说："老龙，这跟特务发报会不会有直接联系？"

龙飞点点头："可能有联系，敌特看来要有新行动，否则不会孤注一掷，在我方电台探测车还在岛上的情况下冒险……"

"他们会躲到哪里呢？"赵长征问。

龙飞想了想，说："一是特务有易容术，梅花党有一个特务，叫刘吉祥，他是个两性人，一忽儿变成女人，躲到女厕所或女浴室；一忽儿又变成男人作案。二是说明岛上还有我们没有发现的地洞，岛上地质结构复杂多变，植被又好，敌特易于隐藏。"

第二天夜里，龙飞被一阵剧烈的枪炮声震醒，他连忙起床。

肖克、绩东也匆忙穿衣服走进龙飞的房间。

他们来到外面，一些居民已出来观看，议论纷纷。

赵长征、梁满仓也来到招待所前。

赵长征说："很久没有听到枪炮声了，好像是我们海军部队跟台湾派来的人交火了。"

声音来自梅花灯塔的西北方向的海面上。

龙飞说："老赵，派一辆车来，我们去高炮连看一看。"

一会儿，赵长征坐着一辆越野吉普车到了，龙飞招呼肖克上车，司机加足马力，吉普车朝山上驶去。

10 多分钟后，龙飞等人到达高炮连阵地，只见战士们坚守炮位，严阵以待。

高炮连连长王帅全副武装，正在一个掩蔽体里拿着望远镜朝西北海面眺望着。

龙飞、肖克、赵长征走进掩蔽体内。

王帅告诉他们，刚才有一艘国籍不明的船只进入我国领海，我海军一艘武装巡逻艇拦截这艘船只，可是那艘船只一意孤行，开到梅花岛西北海域。在警告无效的情况下，我巡逻艇开炮轰击。那艘船上的人开枪还击，双方激战，那艘船被我方击沉，船上 8 名武装人员全部被击毙，尸首全部被找到。经检查，是台湾国民党军人。

龙飞问："查明他们来的目的了吗？"

王帅摇摇头："目前尚不清楚。"

龙飞说："肯定跟前几天梅花岛上发现的敌台电波有关联，他们是为配合岛上梅花党特务的破坏活动而来的。"

王帅的未婚妻称得上是上海滩的小美人，身材匀称，皮肤白皙，瓜子脸，柳叶眉，杏核眼，樱桃小嘴，说起话来眉飞色舞。

王帅的嘴都合不拢了，一副美滋滋的模样，在楚云菲家里忙上忙下，张罗着给她置办应需物品。

这个叫白曼丽的姑娘说要有个梳妆台，就放在床的一侧，王帅立即出钱让岛上的木匠临时赶制了一个梳妆台，搬上楼，放在白曼丽指定的位置。白曼丽要求有一个独立的卫生间和浴室，王帅征得楚云菲的同意，就请岛上的人在二楼一个闲杂小屋改造了一个卫生间兼浴室。楚家本来就有楼下一个卫生间兼浴室，现在多了一个二楼的卫生间兼浴室，何乐而不为呢。

白曼丽喜欢吃红嘴虾，王帅特意到码头买了一大堆红嘴虾，大部分放在冰柜里，满足未来的新娘子这一要求。

娇娇喜欢凌雨琦，不喜欢白曼丽，她让凌雨琦带她到海滩上，一起堆泥人和各式的动物造型，听她讲艺术家成才的故事。

白曼丽的到来，让楚家热闹不少，累坏了巧翠。白曼丽要洗浴，要巧翠把浴缸里的水温调到最佳温度。白曼丽的衣服经常洗，经常换，要用香皂洗，小心地搓，精心地晾干。甚至内裤也要巧翠洗，而且要放在沸水里煮，她说这样才能去掉黄色的尿渍，消灭细菌，烫死病毒。白曼丽吃菜十分讲究，菜叶子要精心刷洗，炒菜用的油不能是豆油，要用花生油。她也找来一些菜谱，让巧翠学习做上海本邦菜，如狮头丸子、细炒鳝丝、红烧笋尖等。

楚云菲当然看不惯白曼丽的做派，但是想到她和王帅的关系，就忍住不作声。

下午王帅又买来一些水果，其中有荔枝、桂圆、榴莲、香蕉、菠萝等。

楚云菲看到榴莲，急忙说：“要是吃这个榴莲，别在我的家里吃，到外面吃，这榴莲味道太浓，我闻了受不了！”

王帅说：“阿姨，您放心，我们要吃榴莲到外头吃。”

白曼丽听了，有些不悦，但是又不好作声。

白曼丽拿起一个菠萝，对巧翠说：“丫头，把这个菠萝皮削了，削成片儿，放在果盘里撒点儿盐。”

巧翠把荔枝、桂圆等水果洗了，放在一个果盘里，端到茶桌上。

王帅拿起一串荔枝，递给楚云菲，说：“阿姨，这是我孝敬您老人家的。”

楚云菲剥了一颗荔枝含在嘴里：“嗯，这荔枝还真新鲜，但是像荔枝、桂圆这种水果不能吃多了，吃多了上火。”

凌雨琦说：“一骑红尘妃子笑，无人知是荔枝来。”

娇娇一连吃了3颗荔枝，她咂吧咂吧嘴，连声说：“真甜！”

巧翠把收拾好的一盘菠萝也端了下来，并在菠萝片上插了几根竹签。

娇娇拿了一片菠萝，正要往嘴里送，王帅说：“还要腌一会儿，可能还不够味儿。”

白曼丽问王帅：“这些水果怎么这么新鲜？这个小岛离内陆挺远的。”

王帅说：“正好有一个船队送水果来，我刚到码头就赶上了，就是价钱贵了一点儿。”

吃过水果，王帅带着白曼丽上楼去了。

他们走进安排好的一个房间，只见双人木床上被褥干净整齐，大衣柜上有一面镜子，窗户的一侧是个梳妆台，化妆品一溜儿摆齐。床的旁边有个床头柜，床头柜旁有个衣架和一个脸盆架。

白曼丽从小挎包里摸出一个香水喷瓶，喷了喷，一忽儿香气弥漫。

王帅连声说："好香，好香，是茉莉花的香气。"

他凑到白曼丽的身边，小声地说："曼丽，洗个澡吧？……"

白曼丽瞪了他一眼："大白天的，洗什么澡？"

她接着说："我可不是那种随随便便的女人，我可是大家闺秀、书香门第……"说完，一屁股坐到床上。

王帅赔着笑脸说："我明白，有大家族背景的上海女人，金枝玉叶……"

白曼丽面容变得严肃起来："王帅同志，我跟你现在是刚刚确立恋爱关系，我们互相有一个深入了解的过程，我了解你，你也要了解我，人品、性格、生活习惯、文化底蕴等，建立家庭是一个非常严肃的事情，特别是我要当一个军官的妻子，你应当理解我……"

"理解，理解，高度理解。"王帅连声说。

"我从小就想嫁给人民解放军的军官，我崇拜军人，有缘千里来相会，无缘对面不相识。正因为有缘，我才从大上海来到浩荡的东海来寻觅你，这个梅花岛，我感觉像世外桃源，遍地是梅花、百合、水仙、杜鹃花，民风淳朴，阳光灿烂，真是我梦寐以求的人间仙境！"她越说越激动，神采飞扬。

王帅说："我家在农村，念的书不多，但是我一直想找你这样一个称心如意的女人做妻子，想找一个文化水平高一点儿的活泼可爱的女人终身为伴，我喜欢知识分子家庭出身的女孩。"

"知识分子都是臭老九，知识越多越反动，你没有顾虑吗？"白曼丽目不转睛地望着他。

"我不这么看，没有知识社会怎么发展？就像我们高炮连，没有射击技术知识，我们的战士怎么可能准确地打击敌人？"

白曼丽笑了，她满意地点点头。

"我的父亲是大学教授，母亲是医生，我也算是半个知识分子，卫生学校毕业，业余时间自学医学。”

“太好了，我喜欢白衣天使。”

白曼丽牵过王帅一只手：“说实话，我到现在还是一个情窦未开的女人，我的家庭也是一个正经人家，我们要做那种事情得在结婚之后，你同意吗？”说到这时，她的面色绯红。

王帅也有些紧张，手心捏出了汗，他说：“白曼丽同志，我答应你，尊重你的要求……我也没有谈过恋爱……”

“你试过云雨吗？”

王帅摇摇头：“一天到晚守卫在这个海岛上，前不着村，后不着店，哪里有那种机会？我们的思想都比较单纯……”

“好，换个话题吧。王帅，我感觉你的腰不太好。”

王帅点点头：“对，岛上湿气大，我睡觉时经常踢掉被子，腰可能着风了。”

白曼丽说：“我给你按摩按摩。”

王帅说：“好。”于是脱掉鞋，趴在床上。

白曼丽笑着说：“按摩一般都是异性按摩，这里有个取阴补阳、取阳补阴的效果。而且中间不能有阻碍，不能有衣物，否则会影响发功，因为气凝于 10 个手指之尖，是透过 10 个指尖发功的。”

王帅说：“那我去洗个澡。”

王帅去了卫生间，匆匆洗了澡，然后回到房间，脱了衣服，趴在床上。

白曼丽从他的头部开始按摩，然后徐徐向下。

王帅感到非常舒适，他微闭双目，细细地享受着。

白曼丽按摩非常认真，一忽儿有点儿娇喘吁吁，她脱掉毛衣，有条不紊地继续按摩。

“王帅，你的脊柱好像有点儿问题，抽时间到大医院照个片子。平时要注意腰部养护，训练不能过于剧烈，平时做一做俯卧撑，一次做

10下，一天做3次。”

“曼丽，轻点儿，我左边的腰有点儿疼。”王帅“唉哟”叫了一声。

“你这尾椎好像也有点儿问题，返祖现象比较严重……”

白曼丽用两只手的手指按着他臀部的两侧：“这是两个穴位。”

一会儿，她认真地说：“王帅，你的腰风湿太重，可能和岛上的空气环境以及训练有关系，以后我给你拔拔罐子，放放血。”

“放血？”

“放掉污血，沉积在体内的脏血。你的睡眠也有问题，低压高一些。”

“对，我经常失眠，我的心思太重……”

“心要放宽，俗话说，退一步海阔天空。我有一个癖好……”

“什么癖好？”

“喜欢到墓地去……”白曼丽说到这里，神情有些忧郁。

“墓地？”

“对，我总在想，无论是平民还是皇帝，富人还是穷人，才子还是白痴，美女还是丑女，最终都会在墓地会合，人生不过如此。最终化成一缕青烟，还会有什么烦恼和忧愁呢？……”

王帅笑着说：“这个岛的东面有一片墓地，找时间我陪你潇洒走一回。”

白曼丽露出凄美的笑容：“我喜欢夜里去墓地……”

王帅哈哈地大笑：“曼丽，你不会是美女蛇或白骨精吧？我看你有点像清朝文学家蒲松龄老先生《聊斋》里的人物。”

白曼丽笑着说：“我就是《白蛇传》里的蛇精，白娘子的化身！”

王帅翻过身来，一把揪住她的手，说：“那我是法海，就是要捉住你这个蛇精！”

白曼丽说：“别闹了，都把我的手腕揪疼了。”

王帅问："那你看我的运势如何？"

"运势吗？还不错，你出身贫寒，没上过什么学，可是你能吃苦，对上级忠诚，而且作战勇敢，上级一般都喜欢你，因为你没有野心，只有忠心，易于满足。心思太重是弱点，但是反过来你办事认真，一丝不苟，有条不紊，比较专一，吃苦耐劳，我觉得你能坐到团长的位置上，坐到师长的位置恐怕有些吃力了。"

王帅认真地听着，琢磨她的话。

白曼丽神秘地莞尔一笑，说："好了，咱们也该下楼了，你穿上衣服吧。"

王帅穿好衣服，和白曼丽一同下楼。

娇娇在客厅里做功课，楚云菲到屋里睡午觉去了，巧翠在一边摘扁豆，凌雨琦不知到哪里去了。

王帅牵着白曼丽的手来到茶桌前坐下来，他拿过几颗荔枝递到白曼丽的手里。

白曼丽环顾一下四周，说："这里真静，海岛的秋风也温和舒服，上海虽然繁华，但是太吵，黄浦江的水也太浊，没有这边的大海清洁干净，湛蓝湛蓝的。"

王帅说："咱们到海边走一走。"

白曼丽说："你出来这么长时间，没问题吗？"

王帅说："我跟指导员说了，请了半天的假。"

王帅和白曼丽来到南部的海边，两个人沿着海滩散步。

王帅问白曼丽："你怕鬼吗？"

白曼丽咯咯地笑起来："鬼？鬼是什么东西？"

王帅说："这个岛上经常闹鬼，特别是墓地那个地方。"

"我才不怕呢！我就喜欢墓地。我国商代是历史上最崇拜鬼神的朝代，当时的帝王做任何事情，都要先用乌龟背和野兽的骨头占卜，预知一下事情的结果。最早的‘鬼’字就见于这种占卜留下记载的甲骨文里。在先民心目中的鬼是什么模样呢？甲骨文中的鬼字是象形字，上部是个很大的头，下部像跪着的身体。郭沫若说，鬼就是人死后头部肿大变成的。一个叫沈起凤的清朝人在《谐铎》中说，他看到的鬼头像大锅那样又圆又大，眉毛像两把扫帚，眼睛大得像铃铛，颧骨高高耸出，满脸上堆的灰尘有5斗多。明代兵部尚书于谦当年做秀才时，三更半夜如厕，随口吟诗：三更半夜三更半。正在琢磨下一句，忽然看到下面地上冒出一个鬼，脑袋大得出奇，口吟道：八月中秋八月中……”

王帅笑道：“原来鬼还会做诗。”

“于谦以胆大著称，他摸着鬼的头说：‘小鬼，你好大的头呀，装的诗文还真不少。’那小鬼也笑着说：‘相公，你好大胆呀！’人鬼就此相安无事，互道敬意。还有一种说法，人所归为息，人的现实生命向天地的回归，实际上成为生命的一种转化，成为生命的另一种形态的延续。古人认为人死后，灵魂会离开尸体而去，这种灵魂就叫鬼了。鬼是人死后的归宿，鬼由人变来，鬼是人的生命的延续。灵魂不灭，幽明两界只隔着一层纸，宇宙是人和鬼共有的，有这样的鬼世界，所以中国人用不着上天堂，也用不着下地狱，鬼是人的延长。”

王帅说：“我看过一幅《钟馗擒鬼图》，小鬼的脸和皮肤都是青色。”

“古人认为不仅鬼脸是青的，就连鬼火也是青的。鬼火就是磷火，是坟地里骨殖分解出来的磷化氢，可以自燃，火焰是淡绿色的，古人误认为是鬼火。鬼火青光闪闪，令人毛骨悚然。鬼有四肢，有的高大魁梧，有的骨瘦如柴，尤其女鬼的牙齿很厉害，能咬门框，鬼的嘴比人的嘴大，发出的声音却啾啾的、幽幽的、细细的，像一只山鸟在叫……”

“曼丽，你怎么说得这么形象？就像你见过似的。”王帅心里一阵发紧。

白曼丽又绘声绘色地说下去：“鬼的肤体有红色、黄色、绿色、白色……许多颜色。有一个和尚到山中修行，日夜念经拜佛，不存半点杂念。恰巧有一个山鬼路过，和尚见到鬼，说：‘没有头就不会犯头痛的毛病，不必用眼睛看东西，用鼻子闻味道，用耳朵听声音，用嘴巴尝味道，可以减少人世间许多烦恼。没有身体就不会有痛痒的感觉，没有五脏六腑就不会生病，就不会疾病缠身，何乐而不为？’山鬼本想试探这个和尚的修行功夫，但听了他的这一番话后，默然离开了。”

王帅说：“我听说阎罗王是管鬼的，是统率鬼怪的鬼界领袖。”

“我国民间最有名的冥府主宰就是阎罗王，原为古印度神话中管理阴间的大王，传说他的属下有18个判官，分管十八层地狱。阎罗王所居的阴曹地府，相传在我国重庆丰都鬼城，传说人死后，灵魂都要来这里报到，接受阎罗王的审判。阎罗王有一本生死簿，上面记录着每一个人的寿命长短，当某人阳寿已尽的时候，阎罗王就会派遣下属无常鬼去把人的魂魄押解到阴曹地府接受审判。阎罗王的判决取决于此人生前行事的善恶。生前积德行善立功的人，阎罗王会让他成为神仙；生前作恶多端的人，阎罗王会让他下地狱。”

王帅说：“我听说阎罗王往往都是由人来做的，而且都是达官贵人。”

白曼丽说：“中国传说较多的阎罗王有四位，即韩擒虎、寇准、范仲淹和包拯。这四大阎罗王之中，最得人心的便是包公包青天。包拯是北宋龙图阁大学士、开封知府，他死后出任阎罗王当之无愧。包公一身正气，执法公正，不畏权贵，为民请命，甚至敢与皇帝抗争。他有三口钢铡，认事不认人，即使是皇亲国戚，如果触犯了国法，他也要开铡问斩。他明察秋毫，明镜高悬，执法严峻，民间认为他是最理想的阎罗王人选。”

王帅叹道："像包公这样的清官在我们共产党里有很多。"

白曼丽冷笑道："但是人一旦有了权力，要想灭绝私欲，不贪不贿，太不容易了。王帅，我问你，你是不是清官？"

"我？我当然是清官，我奉公守法，恪守职责，任人唯贤，赏罚分明，当然是清官！"

白曼丽"咯咯"地笑个不停。

"那你死后当阎王爷吧。"

王帅说："我不一定有那个福分，我只是一个小连长，人家包公、韩擒虎、寇准、范仲淹都是副总理以上职务的人，我比不了。我当不上阎罗王，当个钟馗也行。"

白曼丽笑道："人家钟馗是大将军，少说也是一个少将以上军衔，你才是个连长，上尉军衔，差得远呢。王帅，你听过钟馗捉鬼的传说吗？"

王帅点点头："听过。"

白曼丽问："王帅，你信这些东西吗？"

王帅回答："信则有，不信则无。"

"你听说过钟馗嫁妹的传说故事吗？"

"当然听说过，钟馗赶考时家境贫寒，没有盘缠，同乡的绅士杜平资助钟馗进京赶考。还有人说，钟馗死后，杜平负责埋葬等事务。杜平对钟馗有恩，所以钟馗死后给妹妹托梦，希望妹妹嫁给杜平，妹妹平儿欣然同意，于是演出一场钟馗嫁妹的故事，也成为历代画家的绘画素材。"

白曼丽停住了，望了望苍茫的大海，说："王帅，现在咱们也演出一幕'钟馗嫁妹'吧，我累了，你背我回去吧……"

王帅点点头："白小姐，上马吧。"

白曼丽见王帅弯下腰，就势趴了上去。

王帅背着白曼丽一步步朝楚家走去。

这时，天渐渐黑了。

楚云菲看到王帅背着白曼丽进了客厅，立即招呼道："巧翠蒸了一锅大包子，猪肉白菜馅的，洗洗手，快来吃吧，一会儿该凉了。"

王帅放下白曼丽，两个人走进卫生间，洗了手，坐到桌前。

凌雨琦回去了，娇娇也回自己的房间了。

白曼丽吃了一个包子，说："这个包子还真香，我就喜欢吃白菜馅包子。"

王帅说："那是你饿了。"

这时天已完全黑了，从楚家的窗户向外望去，山坡上居民住户的家家灯火，犹如天幕一颗颗星星，熠熠泛光。

王帅和白曼丽吃完包子，巧翠收拾了碗筷，楚云菲又换了一壶新茶。

娇娇走下楼，问："凌阿姨还没有回来？"

楚云菲说："她可能一会儿就回来。"

白曼丽说："娇娇，如果凌阿姨不回来，今晚我跟你睡一屋。"

娇娇噘着小嘴说："我不要，我要跟凌阿姨一起睡，她睡觉时一点声音也没有，而且身上特别香，特别好闻。"

白曼丽说："我身上也特别香。"

娇娇摇摇头："你身上的香味和她不一样，你抹的是雪花膏，喷的是香水，她的香味是从身体里发出来的。"

楚云菲说："娇娇，不许乱说！"

"本来就是嘛。"娇娇走下楼，坐到她的小板凳上。

这时，高炮连一个战士匆匆而进，他对王帅说："连长，灯塔附近海面发现一只可疑的小船。"

王帅问："什么小船？"

那个战士回答："不像是捕鱼船，船上有几个人。"

王帅说："现在这钟点哪儿有捕鱼船呀？我去看看。"

王帅告别白曼丽和楚云菲，匆匆和那个战士离开楚家。

那个战士开着一辆摩托车，将王帅带到梅花灯塔西北角，指导员陈耕耘正和几个战士在那里观察。

王帅接过指导员手里的望远镜看了看，说："天黑，看不清楚，调一只快艇过来，我到那里看一看。"

一艘武装快艇很快驶来，3个战士荷枪实弹坐在艇里，王帅上了快艇，让指导员带领其他战士在那里守候。

快艇箭一般向那艘小船驶去，一忽儿接近了那只小船，船头上立着一个中年男人，提着一只马灯。

王帅喝问："船上是什么人？"

"是我，老金。"那个男人从容回答。

快艇驶近小船，那只小船的船头上立着梅花灯塔守塔人金山。他穿着一身中山服，中山服已被海水湿透。

王帅跳上那只小船，问道："老金，这么晚了，你到海上做什么？"

金山答道："刚才我隐约看到险礁区有一只船搁浅了，礁石上好像漂着一个人，于是驾船前去探望，发现礁石上不是人，而是一块大的塑料布……"他指着船里的一块白色塑料布。

"于是我把它捞了上来……"

王帅捡起那块塑料布，肮脏不堪。

王帅严肃地对金山说："我们的规矩你是知道的，那也要例行检查一下。"

金山连声说："检查，对，我非常理解。"

王帅到船篷里看了看，只有几段绳索、扳手和钳子，船尾也没有发现可疑之物。

王帅对金山说："老金，注意安全，晚上海水涨潮了，水深了。"

金山说："不碍事，我水性好，再说险礁区那一带水浅。"

王帅让战士用绳索拴住小船，把小船拖了回去。

龙飞听完凌雨琦的汇报，觉得王帅的这个未婚妻白曼丽有点儿蹊跷——偏偏在这个时候，这个时髦漂亮的年轻女人来到岛上，会不会有什么问题？

多年的反特经验使龙飞非常敏感，多问几个为什么，就会考虑得更周全。他让绩东找一下王帅，了解一下白曼丽的背景，再到王帅的家乡江西省景德镇和上海走一趟，了解一下具体情况。另外，龙飞让凌雨琦继续回楚家居住，注意观察白曼丽的动向。

凌雨琦对王帅有点儿看法，她认为王帅作风有些轻浮，说话太随意。

龙飞说，他就是这么一种性格，那么大岁数了一直没有娶老婆，接触女人太少，在这天涯海角的舟山群岛，见到这么一个漂亮的上海姑娘，有点儿喜出望外也正常。

凌雨琦和龙飞又叙了一会儿，便回楚家去了。

这天夜里，凌雨琦被楼下的一阵声响惊醒，她爬起身一看，楼下院外好像有两个人影，有一个穿着白色的衣服。

她立刻穿好衣服，带上手枪，下了楼，来到客厅，只见客厅的门开着。

她悄悄出了客厅的门，正见白曼丽从院外走进来。

她穿着一身白色的睡衣，穿着拖鞋，头发蓬乱。

白曼丽见到凌雨琦，惊叫道：“你吓我一跳。”

凌雨琦问：“你怎么半夜出去了？”

白曼丽理了理乱发，说：“二楼卫生间的马桶堵了，我昨天晚上没有吃好，拉肚子，于是到外面找个地方方便了。”

凌雨琦说：“岛上夜里天气寒冷，你穿得这么少，别着凉。”

白曼丽打了一个哆嗦，点点头："是呀，这夜风吹得我凉飕飕的……"

两个人锁好客厅的门，上了二楼，来到卫生间里。

白曼丽开了灯，凌雨琦看见马桶果然堵了，马桶里漂浮着淡黄色的屎团和手纸。

凌雨琦弄了弄，还是没有解决，她说："先睡觉吧，明天到小店买一个工具。"

两个人回各自房间歇息了。

凌雨琦躺在床上思忖：白曼丽自称肚子不好，拉稀，可是卫生间马桶里却显示方便之人肠胃状况尚好。

白曼丽显然在撒谎。

刚才她恍惚看到窗外有两个人影。

白曼丽可能是梅花党的特务。

她和另外那个人是什么关系呢？

可能是特务接头。

想到这里，她有些紧张。

她摸了摸枕头下面的手枪，心里踏实了一些。

如果白曼丽是特务，那么她来到岛上的任务是什么呢？

楚云菲是"099号"导弹驱逐舰舰长柯平的亲生母亲，那么楚家就成为众矢之的，成为是非之地。

柯平的女儿娇娇恰巧也来到楚家，娇娇的到来增加了楚家的筹码。

龙飞果然英明，提前把她派到楚家安营扎寨。

王帅是高炮连连长，白曼丽是王帅的未婚妻，王帅对白曼丽欢喜不已，敬畏有之。

梅花党的魔爪是否要伸向高炮连？

第二天下午，凌雨琦借到小店买工具之名，顺便到招待所向龙飞汇报。

龙飞觉得凌雨琦的分析颇有道理，白曼丽来者不善。但是现在还没有掌握到充分证据，还不便向王帅挑明。

凌雨琦回到楚家，楚云菲正在看报纸，娇娇在背《毛主席语录》。

凌雨琦没有看到白曼丽，便问楚云菲："白曼丽去哪里了？"

楚云菲告诉她，白曼丽要吃一些新鲜海货，由巧翠带着到码头上去了。

凌雨琦上楼来到自己的居室，发现墙上贴了一幅图画，是娇娇画的。画面上有一个青年妇女领着一个小女孩，站在海滩上，眺望大海。

凌雨琦笑了，她知道娇娇画的这幅作品中的青年妇女就是自己，小女孩是娇娇。

凌雨琦从床下拿出自己带的皮箱，想换一件衣服。她把皮箱放到床上，打开皮箱，只见一条毒蛇"咝咝"地叫着，朝她扑来……

她大吃一惊，急忙闪身。

那条毒蛇扑了个空，直直地立在皮箱内，与她对峙着……

她吓出一身冷汗，不敢动弹，双目圆睁，与毒蛇双目直对。

她还没有遇到过这种情景，只记得有人说过，打蛇先打头。

她悄悄地抽出手枪，瞅准蛇头，猛出枪把，击中蛇头，毒蛇软绵绵倒下了……

她返身冲出房间，下了楼，直奔厨房，找出菜刀，又返回楼上房间。

奇怪！皮箱内的毒蛇不见了。

她寻遍全屋，也没有发现这条毒蛇。

窗户敞开着，她来到窗前朝外望去，只有向日葵和葡萄架，也没有发现这条毒蛇。

她怀疑自己进入了幻觉。

正在思忖中，楚云菲出现在门口。

“雨琦，你拿菜刀做什么？”

凌雨琦定定神，对楚云菲说：“我在皮箱内发现一条毒蛇。”

“毒蛇？”楚云菲来到床前，看了看皮箱。

“里面是衣服，哪里来的蛇？”

“是有一条蛇，我把它打昏了，它可能跑了……”

楚云菲说：“岛上是有不少蛇，但是大部分不是毒蛇，不像辽宁有个蛇岛，尽是有毒的蛇。”

凌雨琦说：“真是奇怪，这条蛇到哪儿去了呢？”

楚云菲也在房间里搜寻了一遍，没有发现那条蛇。

凌雨琦又来到走廊里，也没有找到那条蛇。

楚云菲说：“蛇溜得好快，别看它没有脚。”

两个人下了楼，凌雨琦把菜刀放回厨房。

楚云菲招呼她：“雨琦，来，喝茶，压压惊。”

娇娇在一旁问：“怎么了？”

楚云菲向凌雨琦使眼色，让她不要告诉娇娇，免得娇娇害怕。

凌雨琦笑了笑：“娇娇，没有事，阿姨要换衣服，阿姨的衣服该洗了。”

一会儿，白曼丽和巧翠提着菜篮子兴高采烈地回来了。

白曼丽看到凌雨琦先是一怔，即而高兴地说：“雨琦，今天我们算是交了好运，赶上有花皮大螃蟹，我们买了10只，一人吃两只。”

凌雨琦应和道：“好，我最爱吃螃蟹了。”

娇娇跑过来，拽着巧翠拿的菜篮子，说：“我看看大螃蟹，它还动呢，是活的。”

白曼丽说：“当然是活的。巧翠，收拾一下，蒸螃蟹，切点姜末，放上醋，做小料。”

白曼丽和巧翠走进厨房，娇娇拍着小手也跟进厨房。

凌雨琦坐在椅子上有点儿六神无主。

是谁放的毒蛇？

皮箱关着，毒蛇不可能钻进皮箱。

是白曼丽？还是岛上潜伏的梅花党特务？

那条毒蛇神不知鬼不晓躲到哪里去了？

真是见了鬼了。

看来梅花党特务要对我下手了，他们是想把我挤出楚家。

可是我偏偏不走。

吃过午饭，凌雨琦借故回招待所洗衣服，到招待所找龙飞汇报。

龙飞不在，听肖克讲他去了鲨鱼岛。

凌雨琦把在楚家自己居住房间里发现毒蛇的事情告诉了肖克。

肖克分析说：“看来楚家真是险象环生，因为‘099号’导弹驱逐舰舰长柯平的母亲楚云菲住在那里，柯平的女儿娇娇恰巧也在那里。梅花党特务想在她们身上打主意。而雨琦你也住在那里，你的存在对他们的预谋活动是一大障碍，他们想害你，或是逼你离开楚家，把你挤出去。可是他们在楚家究竟想干什么呢？”

凌雨琦咬着嘴唇，说：“我偏偏不走。”

肖克表情变得严肃起来：“可是你要注意安全，他们肯定还会有新的动作。”

“我不怕。”

“特别是夜里，精神点，如果缺觉，白天可以借故到招待所来睡一会儿。”

楚家的晚饭是牛肉拉面，巧翠的手艺还真不错，连娇娇都吃了一大碗。

凌雨琦也盛了一大碗，巧翠又给她添了一些牛肉。

正吃着，凌雨琦感觉嘴里嚼的东西不对劲儿，赶紧吐出来，原来是一只大蟑螂，已被她嚼成几段。

她感到恶心，于是跑到一楼的卫生间。

马桶里竟全是污物。

凌雨琦更觉恶心。

她扭动开关，一股水浪冲刷了马桶。

她撕了一条卫生纸，擦干净马桶边沿的尿痕。

一回头，正见巧翠怔怔地站在身后。

她吓了一跳。

"雨琦姐，对不起，厨房里蟑螂太多，尽是美国产的大蟑螂，没想到钻到牛肉锅里去了……"她几乎哭出声来。

凌雨琦气哼哼地说："这个卫生间怎么这么脏？怎么搞的？"

"我……我，来例假了……还有痔疮又犯了……"她的声音低得像蚊子的叫声，脸憋得通红。

凌雨琦说："那也应该注意清洁，女孩子更应注意经期卫生，你这么不讲卫生，以后男人谁还敢娶你？……"

"雨琦姐，我记住了……"

她的眼泪淌了下来……

午饭后，凌雨琦去岛上的红医站买药，红医站位于敬老院的右侧，是一个小平房，房内摆放着常用的药品。

凌雨琦买了痔疮药膏和灭蟑药，路过旁边的敬老院时，探头往里看了一眼，只见有十几个老人正坐在院里的木凳上晒太阳，有的白发苍苍，满脸皱纹，有的拄着拐棍，望天发怔。

她再往里望去，只见一个窗前，有个时髦少女一闪，又缩了回去。

她清清楚楚地看清这双大眼睛，杏核形，水汪汪，黑盈盈，充满了女人特有的魅力。

她没想到岛上居然还有这么漂亮的姑娘。

夜半，凌雨琦翻来覆去睡不着，她有些紧张。

娇娇睡得很熟，说着梦话。

一缕月光从窗户泻了进来。

海岛上的夜，静谧，神秘。

凌雨琦望望窗外，向日葵的葵盘已经成熟，被楚云菲摘了，只剩下秃秃的光杆儿；夜风吹过，光杆随风飘动，发出飒飒的声响。葡萄架只剩下枯藤残叶，已过了收获葡萄的季节。旁边一棵大榕树虽然叶子苍黄，但依然繁茂，不减夏日的风采。

狗吠声，来自远远的房舍。

凌雨琦想到了龙飞。

每当这时，她的泪眼模糊，心情久久不能平静。她深知如果龙飞不是英姿勃勃，不是伟岸魁梧，她也属于龙飞。她想起，她在北京公安学校上学时，一次学校广告牌上贴出布告，宣布三天后侦察英雄龙飞将要来学校小礼堂讲演，题目是：有志者，事竟成。她早在五年级就听爸爸讲过“第一神探”龙飞的英雄事迹，多少次他冒着危险深入虎穴，完成破案任务。龙飞曾在新中国成立前藏在一个女特务的汽车后备厢里潜入南京紫金山梅花党总部，寻找梅花图。新中国成立后，在大连市粉碎了梅花党特务盗取核潜艇设计图的阴谋；在西去的列车上解救被敌特控制的我国核武器专家；在北京百货大楼拆除了敌特安装的爆炸装置；在武汉摧毁梅花党武汉分部，有力地保卫了武汉长江大桥；在金三角地区深入梅花党特训班基地，解救接应卧底的我特工人员；他还曾泅海到金门岛，取得敌方信任，打入台湾岛，在台湾地下党的配合下，炸毁了敌方的潜艇。在北京他还粉碎了敌特企图暗杀海外归来的国民党上将李正人将军夫妇的阴谋；在北京还找到了苏联著名航母专家瓦西里的最新研究成果……这些英雄事迹，有的是她的父母告之，有的是在公安学校上学时师生传颂，有的是她亲眼所见。

龙飞成为一面旗帜，在她的心里飒飒地飘动；龙飞像一盏明灯，照耀着她人生的征程。

爱上一个人，真是如火如荼。

激动和兴奋，不安和焦躁，幸福和痛苦，困惑和彷徨，交织在一起。

和龙飞在一起工作，当然是幸福大于痛苦。

因此她得知龙飞在普陀山失踪的消息后，心如火焚——她怕听到龙飞牺牲的消息，虽然她明白公安工作随时有牺牲生命的可能，可是她不能接受，她深深暗恋的人，一个声名显赫的侦察英雄，反谍勇士，就这样走了……

想到这里，她的眼泪不由自主地淌下来，湿了枕巾。

她用手背擦去泪水，安静地躺在床上。

忽然，她仿佛听到房顶上有轻微的脚步声，这脚步声非常细微，如果她不是睁着眼睛根本听不到这个声音。

她有些紧张，仔细谛听着。

房顶上，就在自己睡的床上正对着的房顶上，有人用铁锹轻轻刨房瓦的声音……

她朝旁边熟睡的娇娇看了一眼。

她想是不是应该叫醒她……

第七章　灯塔炮影

她悄悄地去拿枕头下面的手枪，并迅疾地穿衣服……

"咚咚咚……"挥动铁锹的声音并不大，但是在这个深夜里，传入凌雨琦耳鼓里却是震耳欲聋。

忽然，她听到一阵"骨碌碌"的声音。

铁锹刨瓦片的声音消失了。

寂无声音。

她迅疾冲出房间，下了楼，直奔客厅，开了客厅的门，冲了出去……

屋顶上立着一个人。

一个男人。

那身影非常熟悉。

是龙飞。

她终于认出来了。

她感到惊喜。

那个男人顺着大榕树爬下来了。

是龙飞。

凌雨琦激动地上前叫道："老龙，你怎么来了？"

"听了肖克的汇报，我不放心，夜里到这里巡视，正巧看到一个女人带着一把铁锹上了屋顶，我也悄悄尾随而上。我看到她用铁锹刨瓦片，估计是你住的房间。我没有开枪，怕惊动居民，于是抽出飞刀甩了出去，正中那个女人的左胳膊。她放下铁锹，仓皇逃窜，跑得飞快，一看就受过训练。我生怕有埋伏，没有追赶。”

龙飞说着转到院子的后面，只见一个木梯架在屋后，木梯下面有个箩筐，箩筐内放着一块大石头。

龙飞指着石头对凌雨琦说：“这块石头是为你预备的。”

凌雨琦看到石头，又是一阵激动，她望着龙飞竟说出不话来，眼泪簌簌而落。

龙飞说：“他们暂时不会来了，也不会采用这种拙劣的办法了。雨琦，你多注意点儿，多长个心眼儿，他们是想把你挤出去，置你于死地。”

凌雨琦点点头，任泪水顺着鼻角淌了下来。

“雨琦，你穿得单薄，还是赶紧回屋吧。”龙飞用手扯了一下她的衣襟。

凌雨琦再也按捺不住，扑到龙飞的怀里，嘤嘤地哭起来。

第二天一早，凌雨琦就被楚云菲打太极拳的声音惊醒了。

娇娇还在睡觉，凌雨琦穿衣起床，来到客厅里，客厅里空无一人。

她来到院里。

楚云菲一边打太极拳，一边对她说：“起得挺早呀。”

凌雨琦含糊地答应道：“嗯，该起了。”

楚云菲说：“中老年人打打太极拳是一项很好的健身活动，我还是跟岛上的一个老师傅学的，这是杨氏太极拳，养生的一种。太极拳分很多门派，陈氏太极拳的创始地是河南陈家沟，清朝后期直隶永安县的杨露禅三下陈家沟装哑偷拳，创立了杨氏太极拳。”

凌雨琦问：“他为什么装哑巴呀？”

“陈家沟的太极拳不传外姓人，杨露禅在太极拳名家陈长兴家当长工，装哑偷拳，感动了陈家人，陈家人才破例收他为徒。杨露禅后来到北京端王府当护卫总管、武术教头。肃王爷喜欢武术，平时踢桩子上朝，号称神腿王爷。他在肃王府举办武术大会，杨露禅上台比武，连胜几轮，和武林高手曹化龙比武，将他推上高空，这时有个送茶的太监，轻轻往一上跃，将曹化龙接住，救了曹爷一命。肃王爷十分惊讶，于是命令杨露禅和这个太监比武，没想到两个人打了几十个回合，不分胜负，直至天黑，肃王爷爱才如命，急忙喝令二人住手。你猜这个送茶的太监是谁？”

“我哪里知道。”

“就是赫赫有名的八卦掌创始人董海川！从此杨露禅和董海川成为好朋友。”

凌雨琦说：“阿姨，您知道的还真不少。”

楚云菲听到她的夸奖，顿时来了兴致，又说：“这董海川被武术界称为天下第一好汉，生于清嘉庆年间，在九华山拜碧澄霞道长为师，受太平天国天王洪秀全派遣，进京刺杀咸丰皇帝，酿成清廷内乱。起初他栖身北京四爷府，以后被召进肃王府。太平天国运动失败，洪秀全服毒自尽，董海川便开始设馆收徒，有‘铁镯子’尹福、‘眼镜程’程廷华、‘翠花刘’刘凤春、‘小辫梁’梁振圃、‘煤马’马维祺等56个弟子，播名江湖……”

这时，白曼丽也已起床，来到客厅门口，听到楚云菲一番议论，插嘴说：“八卦掌就是厉害，我父亲就是练八卦掌的……”

楚云菲问：“你父亲叫什么名字？”

白曼丽岔开话题：“中国有三大内家拳，太极拳、八卦掌和形意拳……”

楚云菲问：“你知道太极拳都有哪些门派？”

白曼丽想了想：“我只知道有陈氏太极拳、杨氏太极拳、吴氏太极拳，好像张三丰也是太极拳名家。”

楚云菲说：“还有武禹襄创立的武氏太极拳、郝为真创立的郝氏太极拳、孙禄堂创立的孙氏太极拳。”

白曼丽吐吐舌头，说：“还是阿姨知道的多。”

楚云菲说：“曼丽，我再问你，你说中国有三大内家拳，我问你，形意拳都有哪些高手？”

白曼丽说：“我听父亲讲过，形意拳有个半步崩拳打遍天下无敌手的宋老迈，是河北人，出大蜜桃的深州人。”

楚云菲说：“宋老迈叫宋迈伦，武艺高强，清高孤傲，他听说董海川非常厉害，使进京想和他比武。一天深夜，他来到肃王府董海川居住的房间窗外，正见董海川在灯下阅书。他悄悄进屋，向董海川说明来意，下了战书。董海川笑道：‘你先出去一会儿，你若能在屋里找到我，我便答应和你比武。’宋迈伦应诺，先退了出去。一忽儿，董海川在屋里叫道：‘迈伦兄弟可以进来了。’宋迈伦走进董海川的房间，这是一个套间，床上床下，两间房屋，柜里柜外都找遍了，也不见董海川的身影。宋迈伦急得满头大汗，一筹莫展……”

白曼丽问：“会不会藏在地洞里或夹壁墙里了？”

楚云菲说：“可是没有洞口呀，宋迈伦最后说：‘董师傅，您出来吧，兄弟实在找不着。’只见里屋墙上挂着的一个筛子动了一下，董海川从筛子里跳了下来，原来他施展缩骨法，藏在墙上挂的一个筛子里了，这里面当然也有‘壁上挂画’的功夫。”

凌雨琦也叹道：“中国功夫，真是神奇！”

楚云菲接着说：“宋迈伦自愧不如，连口茶都没喝，悄悄地离开了北京东交民巷的肃王府，离开了北京城。”

凌雨琦说：“我去过北京的东交民巷，那是北京城内最长的一个胡同，可是不知这个肃王府在什么地方？”

楚云菲说：“早就改政府机关了。宋迈伦当时还不服山西太原的师兄车毅斋，有一次到山西太原和车毅斋比武，打了几十个回合，输给了车毅斋，这在武术史上也是一件大事。”

白曼丽问楚云菲："阿姨，您说哪个拳术更厉害?"

楚云菲说："每个拳派都有高手和代表人物，具体情况具体分析，山外有山，人外有人，山外青山楼外楼。新中国成立前北京有个武术名家姚先生，武技娴熟，打败数十名武术家，声名显赫。后来从山东来了一个不起眼的小个子男人，下战书要和姚先生比武。两人约好在北京紫竹院公园比武，两个人几经交手，姚先生便被那个小个子打趴下了，原来这个小个子是山东七星螳螂拳高手。北京有一个叫张宝瑞的作家，也写了不少武侠小说，他是研究武术的学者，没有拜师学艺，有个外地的武林高手，竟跑到北京找张先生下战书，要求在东单公园比武，闹出如此笑话。香港有个电影武侠片，片中两个人比武，从早晨一直打到天黑，一人对另一个人说：'你武功再高，也高不过大陆的张宝瑞!'一时成为佳话。"

白曼丽一时兴起，在院内拉开架势，也演练一番拳术，只见她左挪右展，呼啸成风，双拳齐掼，拳脚相加，甚是精彩，如游龙戏凤，又似白鹤穿林。

楚云菲和凌雨琦看得惊呆了。

白曼丽娇喘吁吁，一声长啸，收了势，立于院内。

白曼丽问楚云菲："阿姨，你看我刚才演练的是什么拳?"

楚云菲摇摇头："没有见过，我们练的一般是养生拳。"

白曼丽哈哈大笑："我练的是泰拳……"

这时，巧翠不知何时已现于客厅门口，一反常态，朝白曼丽喊道："曼丽姐，你要的榴莲，我用刀割开了!……"

白曼丽听到巧翠的吆喝，如梦初醒，顿时面红耳赤，快步朝客厅走去。

楚云菲喊道："哎哟，我的姑奶奶，快把榴莲拿出去，别污染了我的屋子，我最讨厌这个味道了!……"

一忽儿，白曼丽举着一个剖开的大榴莲走了出来。

她朝楚云菲笑道："阿姨，我到海边吃去了，吃榴莲，是我最大的享受！"

白曼丽拿着榴莲远去了。

凌雨琦又回到了招待所，龙飞和肖克都在，绩东去上海、江西调查白曼丽的行踪还未回来。

龙飞对凌雨琦说："白曼丽这个不速之客疑点很多，你要盯住她。"

凌雨琦说："刚才我看到她演练泰拳，她的武功不错，肯定有来头。"

龙飞说："咱们还没有掌握确凿证据，不要打草惊蛇，关键是要引蛇出洞。看来白薇等特务头子就藏在这个岛上，她们孤注一掷，想炸毁导弹驱逐舰，而且她们云集梅花岛，企图几路出击，以达到目的。"

肖克说："老龙，要不要部里再增派一些人手？"

龙飞说："不用了，岛上有高炮连，又有民兵，附近鲨鱼岛有导弹驱逐舰的海军官兵，兵不在多，而在精，现在关键是要识破敌特的阴谋，掌握她们的动向，捣毁她们的老巢。楚家是一个重点，几天发生的奇异现象，充分证明这一点。她们想加害凌雨琦，或者逼她走，就是要在楚家打算盘、玩伎俩。另一条线是打入导弹驱逐舰，直奔目标。我现在怀疑还有两条隐线……"

"哪两条隐线？"凌雨琦问。

龙飞的目光炯炯有神："一条是高炮连，白曼丽通过和高炮连连长王帅这种关系，是想打入高炮连。目前王帅还不知情，因为没有掌握确凿证据，我们目前还不能向王帅说明，到了时机成熟的时候再向他挑明……"

肖克问："还有一条隐线呢？"

龙飞说："不知怎么，由于职业上的敏感，我对梅花灯塔守塔人金山有一种特别的看法，总觉得他不太对劲儿……"

“金山？就是那个老劳模？”凌雨琦问。

龙飞点点头：“那次白薇劫持金山到灯塔顶层，我就觉得有些异样。前几天金山独自划船晚上去险礁区，你们不觉得奇怪吗？他去的那个区域，正是上回我军击沉台湾武装船只的地方，这难道是一种巧合吗？他是不是在捞什么东西？而且偏偏在这种时候，台湾几个武装人员骚扰梅花岛有什么意义？我想他们肯定是携带什么重要东西而来，企图与岛上的敌特接头……”

凌雨琦说：“可是金山在岛上灯塔上工作几十年，人们都反映他为人和善、厚道，工作勤勤恳恳，任劳任怨，口碑极好。”

肖克也说：“是啊，他的人缘不错，村委会主任赵长征都说，如果岛上的居民都像金山一样遵纪守法，无私奉献，那么共产主义就快实现了。”

龙飞说：“他一直独身，就很令人费解。他的个人条件不错，找个老婆不成问题，可是他宁愿选择孤独、寂寞，他在生命旺盛时期，生理问题如何解决？而且是孤身一人，便于隐藏自己。另外，我还发现一个秘密……”

“什么秘密？”肖克问。

“他很像我曾经见到的一个人……”

“是谁？”凌雨琦急切地问。

“金老歪。”

凌雨琦问：“金老歪是谁？”

肖克说：“梅花党主席白敬斋的总管，被我们抓住后病死在监狱里了。”

龙飞说：“他们两个人有些相像，我在1948年闯入南京紫金山梅花党总部时见过这个人，1963年到香港执行任务，在一家赌馆也见过此人，梅花党档案上也有这个人的照片。”

凌雨琦说：“灯塔这个位置太重要了，如果金山有问题那可十分危险……”

龙飞说：“听柯平讲，现在‘099 号’导弹驱逐舰加大了训练力度，几乎每天都要出海，在公海上曾遇到不明国籍的潜艇的跟踪……”

吃过午饭后，龙飞又一次来到了梅花灯塔。

金山正在院后面的杜鹃花圃里浇花，看到龙飞来了，笑盈盈把他让进屋里。

“我这里有新沏的普洱茶，云南的好普洱。”金山一边说着，一边把一杯茶递给龙飞。

龙飞坐下来，打量了一下房间，依旧收拾得井井有条，地板拖得干净，玻璃擦得锃亮。

“怎么今天有空儿？”金山问。

龙飞说：“吃完午饭，出来转转，饭后走一走，能活九十九。转来转去，就转到你这里来了。老金，你干这个工作十几年了，不觉得单调吗？”

“唉，习惯了，我喜欢一个人独处，这里就像是世外桃源，灯塔就是我的儿子，也可以说我是灯塔的儿子，因为它建立的时间比我早，比我经的风雨多……”

“老金，你的家乡就没有人了吗？”

“唉，兵荒马乱的，家乡早就没有亲人了，我就是一个光棍儿。”

龙飞说：“我认识一个人，跟你长得有点儿像。”

“谁？”他听了一怔。

“金老歪。”

“金老歪？金老歪是谁？天底下姓金的可多了，朝鲜姓金的更多。”

龙飞笑道：“我只是问问。”

金山饮了一口茶：“天底下重名重姓的也不少，和你龙飞重名的也不少。叫金山的人也挺多，北京有个大导演也叫金山，朝鲜族人，长得可帅了，不像我这么寒酸。”

龙飞笑了笑：“你知道的花边新闻还真不少。”

金山说：“我也是从红卫兵办的小报上知道的。老龙，岛上的饭你们吃得合不合口胃?”

“挺好的，海鲜挺新鲜，岛上就是潮一些，空气挺新鲜。”

又叙了一会儿，门外传来一阵轻微的脚步声。

金山提高了嗓门：“老龙，你们做公安的也真不容易，千里迢迢，来到岛上，为咱老百姓保驾护航……”

龙飞站起身来，说：“我要上厕所……”

金山慌忙起身，说：“我带你去，在院子后面……”

龙飞出了门，只见一个黑影一闪，出了院门。

金山带龙飞来到院后，只见杜鹃花圃的东南方向有个小房子。

“那就是厕所。”金山指着那个小房子说。

龙飞点点头，朝小房子走去。

这个厕所只有五六平方米，有一个蹲坑，一个尿池，比较清洁。

龙飞正在小便，忽觉身后有一缕熏香慢慢散开……

他顿时感觉不对，屏住呼吸，但一忽儿便头晕目眩，栽倒在地……

厕所的一角，正伸过一支细管，香气是从那支细管里发出的。

在厕所外面墙边发迷香的正是白薇。

今天下午她要做一件惊天动地的大事。

她得到准确情报，一会儿“099号”导弹驱逐舰将要从灯塔的前面经过，这可是个千载难逢的机会。

几天前她带着白蕾、金山乘着小船来到台湾武装船只沉船之处，下水找到了迫击炮和一箱炮弹的准确位置。那只武装船只的台湾军人在沉船前将送来的一门先进迫击炮及弹药箱推入海中。那天，他们正在打捞时，遇到边防部队的船只。白薇、白蕾姐妹俩潜入海中逃走。以后白薇又找船和人运走了迫击炮和弹药箱。

白薇见龙飞晕倒在地，大喜过望。她不忍杀害龙飞，立即来到灯塔院里找到金山。

金山正是金老歪的同胞兄弟，金老歪的女儿金寅的叔叔，多年潜伏在梅花鸟上做灯塔守塔人，是梅花党浙江分部的负责人。

金山见白薇得手，迅疾和她了上灯塔，一直来到塔顶，刚才他已将埋藏在地窖里的迫击炮和弹药箱搬上塔顶。

白薇看到一尊崭新的新式迫击炮已架在那里，透过砸碎玻璃的窗口正对着西面海面，非常兴奋。

金山说："还有 10 分钟导弹驱逐舰就要经过这里，炮弹已装好，射程也已调好。"

白薇问："有把握吗？"

金山点点头："没问题，如果成功，是给台湾的蒋委员长最好的献礼！"

"射击一发炮弹恐怕不够分量，那军舰挺大。"

"那就射它几发，直至捣毁全舰。"白薇激动地说。

"那我们怎么撤退？"金山问。

"我都安排好了，有人接应，先去云雾洞躲一下。"

金山望着海面，激动地说："看，'099 号'导弹驱逐舰出现了！……"

白薇也看到了，高兴地说："它终于来了。"

金山在迫击炮前瞄准着……

白薇说："别慌，让它更近一点儿……"

这时，只听"砰"的一声，金山倒了下去，鲜血从他的左肩流了出来……

龙飞端着手枪出现了。

原来龙飞刚才有防备。他在上厕所时已听到厕所外面有动静，当白薇向厕所内施放迷香时，他拼命屏住呼吸，用手屏住鼻息，假装栽倒在地。当白薇离开后，他尾随她和金山悄悄上了灯塔。

白薇见金山中弹，知势不妙，一头撞向窗口，扑了下去，落入大海。

龙飞上前扶起金山，只见他尚有呼吸，双目微睁，他断断续续地对龙飞说："龙飞，我不是你的对手……咱们来世再战……"他一咬牙，咬破了左上角一颗假牙的毒囊……

龙飞想要阻拦，已来不及了。

金山死了，他直挺挺地横尸塔顶。

那尊迫击炮孤零零地坐卧在窗前。

龙飞望了望窗外，海面上"099 号"导弹驱逐舰已经缓缓驶过，留下一个朦胧的背影……

还是让她跑了……

龙飞的一只手重重地按在迫击炮的炮身上。

白薇这几天没有动静。

梅花灯塔新来了一个守塔人，叫佟雨舟，40 多岁，革命烈士子弟。他在其他灯塔工作过，是一个有经验的守塔人。

金山死了。

关于他的身世依然是一个谜。

他是隐藏多年的梅花党特务，他与白敬斋的总管金老歪长得很像，他们到底是什么关系？一直是个谜。

龙飞、肖克搜查了金山的遗物，没有发现什么破绽。正当他们准备离开时，龙飞发现金山的卧室里墙上贴的壁纸有一处异常，这块只有斗方大的壁纸和其他壁纸有所不同，有破裂的痕迹。

龙飞跳上木床，在这块墙壁上敲了敲，感觉里面是空的，他小心地剥去壁纸，轻轻地摸索着。忽然，墙壁的壁板移开了，露出一个小洞，里面有一柄无声手枪、几匣子弹、密写本，还有一张委任状。

龙飞展开委任状，只见上面写着：

特委任金洪宝为中国梅花党浙江分部书记，军衔上校。

白敬斋 中华民国四十二年

肖克叫道："这小子还是个上校，隐藏可够深的。"

第二天临近中午，龙飞正在招待所里写报告，忽然村委会主任赵长征火急火燎地跑了进来。

"老龙，不好了，坟地那边发生了爆炸，梁满仓被炸成重伤，一个民兵被炸死了！"

"怎么回事？我刚才隐约听到一阵声响，还以为有人放鞭炮办婚礼呢。"

路上，赵长征告诉龙飞，刚才民兵队长梁满仓接到村民反映，在岛的东部坟地新起了一个坟头，上面竖有一个石碑，石碑上写着"梅花灯塔守塔人金山之墓"，还有"永垂不朽"的字样。梁队长带着几个民兵赶到现场，用铁锹刨坟，刨着刨着就爆炸了……

龙飞和赵长征赶到墓地，这里已围拢了许多人，一个深坑旁有一具民兵的尸首，已经残缺不全。红医站的人正在给梁满仓包扎伤口，他的腰部受了重伤，脸上和胳膊上也有划伤。

龙飞问："通知县医院了吗？"

赵长征回答："他们马上就到。"

龙飞来到梁满仓面前，梁满仓看到龙飞，挣扎着想起身，但是被龙飞按住了。

“老龙，特务太狠毒……我中了他们的圈套……”

龙飞握住他的一只手：“老梁，你好好养伤，法网恢恢，疏而不漏，他们逃不脱人民的法网！”

这时，有人惊叫道：“你们看，那是什么？”

人们顺着那个人手指的方向望去，只见旁边一棵枫树上吊着一只绣花鞋。

一只镶有金色梅花的绣花鞋！

这时，肖克也已赶到了，他拾起一块石头朝那只悬着的绣花鞋掷去，那只绣花鞋晃荡几下，落了下来，掉在地上。

一个民兵上前欲拾绣花鞋。

龙飞叫道：“不要捡它！”

那个民兵听到他的喊声停住脚步。

龙飞走近那只绣花鞋，他看到鞋里好像有异物……

“大家趴下！快趴下！”他大声叫道。

在场的人一齐趴在地上。

“轰”的一声，绣花鞋炸个粉碎。

由于鞋的容量小，炸药少，冲力不大，但是在场的人都惊呆了。

县医院的人员赶到了，把梁满仓抬上了担架，龙飞等人目送他们上船。船开走后，龙飞嘱咐赵长征一定要处理好那个牺牲的民兵的后事，做好岛上居民的安抚和宣传工作，不要听信谣言。因为目前岛上谣言较多。

有人说金山阴魂不散，台湾国民党的军队很快就要包围梅花岛。

有人说，国民党空军轰炸机很快将炸平梅花岛。

还有人说梅花岛是台湾梅花党人的重要基地，岛底下都挖空了，埋伏有梅花党的武装部队。

甚至有人说，台湾已派了几艘核潜艇包围了梅花岛，潜入深水几百米，随时准备发起总攻，凡是共产党和共产党的家属都要斩尽杀绝。

龙飞还听到一种说法，台湾梅花党有5朵梅花，个个身怀绝技，其中有两朵梅花已经潜伏梅花岛。她们前几天在灯塔架大炮准备轰击“099号”导弹驱逐舰。败露后，一个女杀手从那么高的灯塔上破窗而逃，跳入十几米高的大海里，毫发无损……

这两天凌雨琦发现白曼丽神情有些忧郁，不像刚来时那么飞扬跋扈、趾高气扬。

她问白曼丽，白曼丽告诉她，她来了月经，有点儿痛经。

可是凌雨琦在她的房间里没有看到挂出那个飘荡的小玩意儿，也没有在二楼卫生间的纸篓里发现带有血污的手纸……

白曼丽一定在骗她。

午饭时，白曼丽更显得忧心忡忡，只吃了半碗米饭，失去了往日的喧哗。

这一切都被凌雨琦看在眼里。

娇娇所在的学校传染病警报没有解除，学校仍在放假，因此娇娇仍留在奶奶家。

听到这一消息，娇娇很高兴，她可以在海岛上再待一些日子。

还有人也高兴。

柯平和罗银河夫妻俩有些着急，他们担心娇娇的功课受影响，因为将来还要上重点中学。

罗银河仍是那样忙。快到年底了，前线文工团的演出任务接踵而至。中央军委号召文艺工作者深入基层为战士们演出，他们翻山越岭，不辞辛苦地下基层——有时也到海岛演出。

下午2时许，白曼丽简单打扮一下，跟楚云菲说要去小店买东西，匆匆而出。

凌雨琦尾随着她后面，看着她究竟去哪儿。

白曼丽来到小店里，匆匆浏览了一下，买了一双袜子，然后向东走去。

她上了山坡，穿过一片树丛，来到墓地。

梅花岛的东部墓地寂无一人，平日显得荒凉，只有清明时节这里才人满为患，香火不断。

凌雨琦小心翼翼地跟着白曼丽，保持着一定距离。

忽然，凌雨琦发觉身后有动静，好像有脚步声。

她回头看去，一个人影一闪即逝。

她有些疑惑，只见一只老鸦扑腾着翅膀掠过墓地。

她再去看白曼丽，她已不见踪影。

凌雨琦在墓地间找来找去，也没有找到白曼丽。

她到哪里去了呢？

凌雨琦有些茫然。

白曼丽从秘密通道进入了云雾洞。

白蕾正在为姐姐白薇包扎伤口，原来那天白薇破窗跳海，窗户上的玻璃划破了她的胳膊，脸上也有擦伤。

她们看到白曼丽来了，立刻招呼她坐下来。

白蕾让宋老黑给她倒了一杯水。

“金小姐，我看你情绪不太对，你要镇定，你的叔叔是为党国牺牲的，他死得光荣……”白薇劝慰她说。

白曼丽抽泣着说：“他完全可以不死，但是他为了保护我们，咬断牙齿的毒囊自杀了。我的叔叔，他好苦哇，为了潜伏，他没有结婚，没有后代，孤苦伶仃一个人在这个荒岛上生活了 17 年，这是多么难熬的日子！……”

她“哇”的一声哭出声来。

白蕾说："当年越王勾践为了报吴王夫差亡国之仇，宁愿给吴王当奴仆。吴王病了，越王勾践能够亲尝吴王的粪便，卧薪尝胆。最后终于在范蠡、文仲的帮助下，灭掉吴国，兴旺了越国。"

白曼丽带着哭音说："我明白这个道理，可是遇事者迷、旁观者清啊！我痛苦，我太痛苦了！白小姐，你要给台湾发电报，要求上峰追认他少将军衔……"

白薇笑道："金小姐，不要伤心了，姐姐已经考虑到了，台湾的电文都来了……"说着，白薇拿起桌上的一份电文递给白曼丽。

白曼丽抹了一把眼泪，接过电文，仔细看着，一忽儿破涕为笑，说："哎呀，还是姐姐们想得周到，这下我叔叔和爸爸一个待遇了，全是少将，是梅花党的将军，太好了！"

白蕾说："是呀，都和我爸爸、黄副主席一样的军衔了。总统深明大义，院长知情晓义，我们还有什么理由不为党国赴汤蹈火、勇往直前呢？"

原来，白曼丽是梅花党主席白敬斋的总管金老歪的女儿金寅，金山原名金洪宝，是金老歪的弟弟、金寅的叔叔。金寅去年在柬埔寨磅逊港梅花党秘密据点关押了龙飞的妻子南云，南云在逃跑途中被金寅开枪击中，身负重伤，不久牺牲。后来，金寅奉命带领两个保镖巧凤和巧翠，从缅甸秘密通道混入中国境内，辗转来到舟山群岛普陀山栖身，在佛顶山那个四合院吓走尼姑，占庵暂居。金寅受白蕾直接指挥，参与炸毁我"099 号"导弹驱逐舰的阴谋活动。在佛顶山金寅意外地捕获了中共第一神探龙飞，欣喜过望，要不是白薇特令她关押龙飞，留一个活口，她早杀害龙飞向台湾请功了。以后，肖克等人上山寻人，金寅等仓皇撤离。水妮向肖克说出真情，龙飞得救。金寅听说后非常恼怒，于是那天夜里杀害水妮，制造了墓地闹剧。

金寅的保镖巧凤在梅花岛上敬老院当服务员，她装束时髦，生得妩媚动人，经常操纵绣花鞋在岛上夜间出现，闹得人心惶惶。一天夜里，她正在海边窥视，偶然发现公安人员周楠内急。巧凤神不知鬼不晓地绕到她的身后。周楠发觉已晚，惨遭杀害。

白薇见金寅捧着那张电文狂吻，笑道：“金小姐，还有好事呢！”说着又抽出一张电文，递给金寅，说：“你看看这个吧。”

金寅接过这张电文，只见写道：白薇晋升为少将军衔，白蕾晋升为上校军衔，金寅晋升为少校军衔。……

金寅激动得热血沸腾，叫道：“总裁真是任人唯贤，知道我等奋战在中共铁幕之中，不畏牺牲，奋勇作战，我等还有什么理由不与中共决一死战？”

白蕾说：“是啊，老爷子为了这次梅花10号行动呕心沥血，对我们寄托了厚望。”

金寅对白蕾心存感激，说：“三姐，要不是你到江西、上海探听虚实，在路上干掉那个白曼丽，我怎么这么顺利地打入楚家，取得王帅的信任？……”

原来几天前白蕾去了江西景德镇和上海真的白曼丽的住处，了解到有关情况。在白曼丽动身前往江西景德镇的火车上，她趁白曼丽上厕所时，设法打开厕所的门，给白曼丽注射一针绿色毒药，使其成为绿色尸体，然后将其大卸八块，置于一个皮箱之中，在下一站下车，埋入庄稼地里。而金寅前往江西景德镇王帅的家乡。白曼丽是由王帅的一个远亲介绍的，王帅的家人并未见过她，也没有见过她的照片，只知道她生得漂亮，年龄合适，上海人，高级知识分子家庭，他们对这些条件非常满意。

金寅经过一番装扮，打扮时髦，走进了王家。王帅的父亲是村党支部书记，多年务农，母亲长年瘫痪在炕上，王帅有一个妹妹正在景德镇城里上中学。金寅到王家后，王帅的家人见她果然美丽动人，说话得体，非常喜欢，村里人争相来看，也是赞不绝口。金寅只会说几句上海话，但是会说普通话，她生怕露馅，只说普通话，偶尔说几句上海话调侃。金寅带去了糕点、白酒、水果，还给王帅的母亲买了一件上衣。王帅的父母乐得合不拢嘴。金寅在王家只住一宿，可是对王母照顾得无微不至，端屎端尿，洗浴梳头，样样都干。王母便秘，已有几天大便不出，金寅竟用手帮王母把大便抠出来。王父、王母看到这般情景，都激动地哭了。他们做梦也没有想到，老天给了他们这么好的一个儿媳妇。王父立即给王帅打长途电话，告诉儿子这个未来的儿媳真是品貌双全，温柔贤惠，万里挑一，要儿子一定好好对待白曼丽。

金寅在哄得二位老人开心后，立刻启程前往舟山群岛梅花岛。

白薇见金寅有些发怔，说："金小姐，你也不容易，三十六计，施展美人计，舍身为国。"

金寅冷笑一声："哼，他想得到我也没那么容易，是要付出重大代价的！"

白薇问："你会发射高射炮吗？"

金寅说："会，我在金三角特训班学过，坦克车、飞机、军舰都会开。当时我是班里的优等生，我才17岁，校长是你的母亲蔡若媚，可惜她为党国捐躯了。教务长是黄副主席的大女儿黄栌，可惜也去世了。我入学的第二年她就神秘地失踪了，原来总部把她派到了大陆，在大连市定居。后来她设法拿到了共军的核潜艇设计图……"

白蕾冷笑一声，说："假的，闹剧一场。"

金寅注视着白蕾，说："三姐，我听说黄小姐是你害死的？"

"放屁！都是江湖上乱传，我怎么会杀她？她有那么高的道法和武功。"白蕾脸色顿时变了颜色，有些不自在起来。

金寅说："我是快人快语，口无遮拦，三姐可别生气。圈里的人都这么说，黄栌的妹妹黄妃不止一次跟我说过，让我小心提防你。我到香港时，父亲也跟我说过，说你为了抢功，在大连老虎滩花园用石块杀死了黄栌，并造成被人奸杀的假象，用的是太平间一个看门老头儿的精液……”

白蕾气急败坏地说：“怎么可能呢？老头儿哪里有精液？简直是天方夜谭，乱弹琴！”

金寅说：“黄妃说，是一个叫向永福的老头，他也是卧底的梅花党人，也为党国捐躯了，他才50多岁，现在一般50岁以上的人都叫老头或老太太。”

“扯淡！这个黄妃，小黄鼠狼，尽嚼舌头！挑拨离间。”

白薇说：“算了，都是陈芝麻烂谷子的事情了，过眼烟云，都过去了，还是面对现实吧。现在必须分几步走，金小姐要稳住劲儿，站稳脚跟，进一步取得王帅的信任，拿住王帅，打入高炮连。巧凤要紧紧勾住那个姓葛的海军军官，现在鲨鱼岛的情况已经摸清了，也知道了共军‘099号’导弹驱逐舰的隐藏位置，但是要混上军舰，难度非常大。台湾不可能派轰炸机前来轰炸：一是共军雷达非常先进，轰炸机根本不能靠近鲨鱼岛；二是这是地下掩体，都是高山岩石，根本就穿不透。”

白蕾说：“应该想法弄到炸药，如果再让台湾送炸药，凶多吉少。上次运迫击炮和炮弹，船翻人亡，迫击炮和炮弹葬身大海，幸亏海水浅，要不然就白费功夫了。”

白薇说：“当初梅花党撤离大陆，留下几个秘密军火库，有的被共军破坏掉了，但是还有秘密军火库毫发未损。”

金寅问：“没有被破坏的军火库在什么地方？”

白薇神情变得严肃起来：“只有我和父亲知道，连黄飞虎都不知道具体位置，当时参与建立军火库的士兵和民工都被杀死了。金小姐，你也不必多问，这是梅花党的纪律。”

金寅急忙说：“我知道，我晓得。”

白薇说：“这两天我出去一趟，去取炸药，这里暂时由白蕾负责，你们都要听她指挥，不要擅自行动。”

金寅说：“刚才那个姓凌的女公安一直跟踪我，被我甩掉了。”

白薇说：“一会儿你走的时候，从另一个洞口出去，这个秘密地点千万不要暴露，如果暴露了，我们将无藏身之处，只好退到海上去了。龙飞鬼得很，他一定知道这岛上有秘密洞穴，恨不得挖地三尺寻找我们。他已去了几趟鲨鱼岛，已经怀疑到那个姓葛的海军军官和巧凤，让巧凤注意隐蔽自己，最近不要轻易接近那个姓葛的军官，先吊着他一段时间……”

白蕾说：“那个导弹驱逐舰舰长柯平是个硬骨头，难啃的骨头，是共军海军的优秀军官，他目前也加强了对岛上和军舰的控制，特别是对葛建国的监控，我提议是不是把他干掉了？……”

白薇说：“弊大于利。如果把他刺杀了，共军会派新的优秀军官来担任舰长，反而会打草惊蛇。我们的着眼点是军舰，不是个人。目前巧凤还没有暴露，只不过是成为怀疑对象。男人有几个不喜欢漂亮女人？没有不吃腥的猫……”

金寅笑着说：“在台湾时，我曾经听到一个军官说，有肉不吃，呆也。有屄不肏，痴也。”

白薇说：“这话听起来有些粗糙，但是外糙里不糙。目前共党还没有查到岛上的敬老院，让巧凤沉住气，不要太招摇，平时少出门，岛上的眼睛太多，低调做事。”

金寅叙了一会儿，便从另外一个洞口出去了。

宋老黑目送着她的背影，指着她走的方向，憨里憨气地说：“她走了，这小妞儿长得挺俊儿……”

“啪！”白蕾走到他面前，给了他一个响亮的耳光，说，“滚！煮老玉米去！这里没你说话的分儿！”

宋老黑摸着脸，嘴里嘟嘟囔囔地走了。

白薇说：“小蕾，我走后，你要沉住气，这几个小丫头都是阎王爷的闺女——小鬼，挺能干，遇事不要慌，我去取炸药，很快就回来。”

白蕾忧心忡忡地说：“炸药的问题如果解决了，下一步可就太难了，如何把炸药带到军舰上去。鲨鱼岛戒备森严，军舰上更是警戒森严，这炸药怎么运上去呀？”

白薇说：“这个你不用着急，我自有办法。”

这时，不远处一个红衣一闪，发出一阵声响。

白蕾叫道：“巧凤来了，一闻到这种柠檬的香味，我就知道是她。”

话音未落，一个窈窕少女从右边一个洞口走了进来。

这少女身穿红色衣服，下身穿一条水绿色灯芯绒条形裤，脸上施着薄薄的脂粉，一双大眼睛闪着秋波，左右顾盼，十分魅人。

白薇说：“说曹操，曹操就到。巧凤，有新情况吗？”

巧凤点点头，微笑着解开衣扣，露出粉色的乳罩，她扒掉乳罩，露出两只奶子。

她熟练地揪住左乳的乳头，轻轻一拽，拽出一个细小的塑料形的装置，从里面掏出一个微型胶卷。

巧凤把胶卷递给白薇，说：“二姐，这是新拍的照片。”

“什么照片？”

“共军‘099号’导弹驱逐舰的。”

白薇惊喜地问：“你上去了？”

巧凤摇摇头：“还没有上去，这次离得更近了，让我拍了个清清楚楚……”

“你什么时候去的鲨鱼岛？”

“今天上午。”

白薇说：“你暂时不要接触那个姓葛的军官。”

“为什么？”

“龙飞去了两次鲨鱼岛，他已经闻到一些味道了，也开始注意姓葛的军官了。你最近暂时不要接触他，稳住一段时间，我近日出去一趟，等我回来再作主张。”

巧凤说：“我是梅花岛上敬老院的服务员，有正当职业，我和他是搞对象的关系，他爱我，我爱他，就是查到我头上，我也不怕。”

白薇说：“龙飞狡猾得很，咱们还是小心为妙。你近日也不要频繁在岛上露面，穿着也朴素一点儿。”

巧凤说：“葛建国现在是走火入魔了，恨不得天天找我。现在那个姓侯的司务长的快艇不敢随便让他用了，可是鲨鱼岛离梅花岛太近，葛建国水性特好，他下海游泳也到梅花岛找我……”

白薇说：“你就跟他说，你来例假了，他就暂时不会找你了……”

巧凤眼睛一亮，说：“二小姐这个主意好。”

白薇刚在北京火车站下车就遇到一个煞星。

她把自己打扮成一个女干部模样，提着一个皮箱出站口时，遇到了我公安人员夏一琼。

当时夏一琼正好将要进站，去天津调查一个案件，她一瞥眼正巧见到了白薇。她在案宗上不止一次见过白薇的各种照片，并且牢牢地印在脑海里。

她不动声色尾随白薇上了一辆公共汽车，这是24路公共汽车，白薇在前面站着，夏一琼暗暗地站在公共车的车尾。

夏一琼没有惊动白薇，她一是想看着她与什么人接头，进入哪一处住宅；二是生怕自己一人制服不了她，她需要有人配合，这样更有把握。

白薇毕竟是一个特工老手，她用余光仔细地观察车上的每一个人，包括司机、售票员和每一个乘客。

当她的余光落在夏一琼身上时，她敏感地感到不对劲儿。因为每次她的余光扫过去时，总与夏一琼的目光相遇。

这个漂亮的女人可能是共党公安，她的举止不太自然，她时常观察她、注视她。不同于其他乘客都在忙着自己的事情。而且这个女人的左手伸进裤兜，裤兜鼓鼓的，好像有枪。

白薇本来想在朝内大街下车，但是她没有下车，而在东直门内大街下了车。

她下车后往西走去。

夏一琼也下了车，尾随着她。

白薇断定她一定是共党的女公安，于是走进一条小胡同。

夏一琼也跟进胡同。

白薇绕了几个胡同，夏一琼紧追不舍。

白薇疾走，看到前面是一条死胡同，不禁有些慌张，她走进一个杂院，一直来到三进院的一个厕所内，正见一个小女孩蹲在那里大便。她不由分说，一掌击昏那个女孩，迅疾打开皮箱，摸出一柄利剪，“咔嚓，咔嚓”将头发剪掉许多，俨然一个男人模样，然后戴上墨镜和口罩，脱掉外衣，拿出白色风衣换上，走出厕所。

夏一琼正在二进院张望，猛不丁看到一个身穿风衣，戴着墨镜和大口罩的中年男人出来，并未理会。

白薇溜出杂院，朝外疾走。

夏一琼走进三进院的厕所，见到一个小女孩趴在坑沿，满地乱发和一件蓝布中山服，才知道上当，她大呼“救人”，惊动院内居民，她忙跑到院外，正见白薇往左一闪，进入另一个胡同。

夏一琼快步追去，看到白薇上了大街，于是紧紧追赶。

白薇看到大街上有一个澡堂，于是走进男部，看门老头给了她一个存衣箱钥匙，她付了钱，走进男部。

夏一琼追到澡堂门口，也要进男部，被守门老头拦住，老头说：“这是男部，女部在那边……”

夏一琼着急地说：“我是公安人员，有紧急任务……”

老头显然喝了酒，有些醉意：“那也不能男女不分呀！不能进！”

夏一琼急了，一把推开老头，闯了进去。

更衣室里，一些男客正在换衣服，看到夏一琼一个女人闯进来，一时哗然。

夏一琼说："我是公安局的，有特务，大家不要紧张，不要怕，我在执行任务！……"

她把手枪掏了出来。

众人一见，吓得迅疾穿衣逃窜。

浴池里的许多男客听说有特务，也争先恐后窜出浴池，匆忙离开。

夏一琼看到浴池里雾气朦胧，她沿着池沿寻找着白薇……

白薇已褪尽衣物，赤条条匿于浴池的一角。

她见夏一琼走近，猛地飞起一脚，踢落夏一琼手中的手枪，然后一掌将她击昏，推进水里……

白薇迅疾来到更衣箱前，换好衣服，从容地走出澡堂……

白薇来到24路公共汽车车站，上了公共汽车，在朝内大街下了车，往西走去。

她不时回头望去，见没有尾巴跟踪，才松了一口气。

路过朝内大街甲81号，只见大铁门紧闭，里边的教堂隐约可见。她停顿一下，又环顾四周，车水马龙，自行车、公共汽车、行人川流不息，似乎没有人注意到她。

这时一个小男孩来到她的面前，怯生生地说："叔叔，请问呼家楼电影院怎么走呀？"

白薇摇了摇头，说："我不是本地人，你问其他人吧。"

小男孩失望地走了。

白薇住进了朝内大街东岳庙旁边的一个小旅馆，这个小旅馆比较简陋，但是还算干净，她住在二楼206房间。房间不大，有两个单人床，一个衣柜，一张桌子，两把木凳，厕所在走廊里。

白薇把窗帘拉上，开了灯，把皮箱放进衣柜里。

她有些累了，摘掉口罩和墨镜，脱了风衣，往床上一躺。

她摸出香烟，点燃了，吸着，吐了一个又一个烟圈……

这烟圈让她有点儿恍惚。

朝内大街甲 81 号是个凶宅，又是鬼宅。在清朝末期，荷兰人在这里建教堂，教堂未建完，中国闹起了义和团、红灯照，烧教堂，杀教士。义和团运动失败后，美国人把这里办成教会学校，曾经一度比较兴旺。日本人占领北京后，这里成为宪兵队队部，专门关押共产党人、国民党军统、中统特工、抗日志士，每到夜间时常传出拷打人的皮鞭声和人的惨叫声。一般居民都不敢接近这扇紧闭的大铁门。日本投降后，国民党军统北平站接管了这个地方，成为他们的秘密据点。当时梅花党副主席黄飞虎也曾在这里办公和居住过。黄飞虎有一个漂亮的小妾，叫林莺晓，黄飞虎把她秘密安排在教堂楼上居住，每天与她厮混，欢乐一时。

北平和平解放时，黄飞虎正在广州执行任务，没有来得及转移林莺晓。林莺晓留在了大陆，她时常披头散发，目光呆滞，穿着一件蓝布旗袍，蹉缩在教堂二楼的一角栏杆，凝望着台湾方向。年复一年，日复一日。一天夜里，人们发现她在二楼的一间屋里上吊自杀了，自杀时穿着白色带花纹的睡袍，赤着双脚，舌头伸出很长……从此，这座楼成为一个鬼楼，每当夜半，附近居民总是听到有女人凄惨的哭声。这里也没有人敢居住，再加上是危房，便成为废弃的建筑物，只是有的电影厂在拍摄反特片时，把这里作为拍摄地。

有人传说，教堂下面有一条秘密地道，直通东郊，教堂的后院有一口枯井，忽然有一天冒出血水，那天下着瓢泼大雨，有一个小男孩在井边玩，失足掉进井里，淹死了，一直没有找到尸首，人们觉得这口井不吉利，于是用碎砖头把它填平了。

其实林莺晓并没有死，她找了一个替身，“金蝉脱壳”了。她看中了右邻杂院后院居住的一个残疾军官，这个军官在抗美援朝中负伤，双目失明，下肢瘫痪，是有名的战斗英雄、红五类。林莺晓做了整容，乔装打扮，设法通过关系找到这个残疾军官求婚，那个残疾军官了解到林莺晓是大学毕业，生得漂亮，书香门第，自然欢喜，很快成婚。于是林莺晓就来到了他家做媳妇，无微不至地照顾着丈夫，以这种形式潜伏下来。

1965 年国民党上将李正人将军夫妇返回祖国大陆，得到共产党和国家领导人的亲切接见，并在北京东城一个四合院安家。台湾将二人视为眼中钉、肉中刺，派出梅花党特务企图暗杀李正人夫妇。梅花党副主席黄飞虎的小女儿黄妃亲临北京参与刺杀行动。黄妃实为林莺晓所生，母女二人在华侨饭店相见，百感交集。由于几次刺杀李正人没有成功，林莺晓等人便在李宅附近一个住户处挖了一条秘密地道直通李宅院里，但是被龙飞等人识破，林莺晓被击毙，黄妃逃跑，龙飞的助手路明光荣牺牲。

白薇想到这里，不由出了一身冷汗。这座废弃的小教堂已是不祥之地，林莺晓阴魂不散。

她看到桌上有个小镜子，于是拿过来照了照。这一照，唬了她一跳。

刚才为了躲避夏一琼的跟踪，她在匆忙之中剪了头发，像个烂鸡窝，往日的神采全无。她想找个理发店好好修整一下头发，于是又戴上墨镜和大口罩，锁好门，下了楼，来到街上。

小旅馆的对面正好有个理发店。

她走进去。

一个理发师迎了上来，这是一个 40 多岁的广东人。

“您要理发？”

“对。”她点点头。

“您请坐。”他示意她坐到旁边一个空座位上。

白薇坐稳后，理发师问她：“理个什么头？”

白薇问：“师傅，您看我适合什么发型？”

理发师笑道：“革命头。”

“什么叫革命头？”

“就是寸头，比较简单，又凉快，又利落，又省事。”

“是吗？那就剃革命头。”

“您这大墨镜、大口罩要摘下来，影响操作。”

白薇左右环顾，店里有 4 个顾客，正在理发或洗头。坐在她左边的是个彪悍的小伙子，20 多岁，浓眉大眼，穿着一身深色的军装，不时用余光看她。

她有点儿紧张，摘下了墨镜和口罩。

理发师说：“您这头发是自己剪的吧？怎么坑坑洼洼的？”

白薇笑了笑：“头皮挺痒，我就用剪刀剪了，师傅您不要见笑。”

理发师拿过推子，熟练地操作起来。

“您这头发又黑又细，您长得又这么秀气，以后不要乱抄家伙，您这一剪，有点儿像两年前‘破四旧’时红卫兵剪的阴阳头。”

白薇发现旁边那个理发的小伙子不时扭过头看她。

她有点儿发毛。

小伙子的理发师说：“我说同志，你这脑袋是不是弄正一点儿，别尽往那边扭，他又不是水灵灵的大姑娘……”

小伙子一听，有点儿急了，他涨红了脸，说：“你真是狗拿耗子——多管闲事！我愿意看他，你管得着吗？你真是咸吃萝卜淡操心！”

那个理发师说：“那你坐正一点儿，要不然我没法理，都快成歪脖老柳树了！”

“谁是歪脖老柳树？你这个人怎么出口不逊？你这是为人民服务吗？是完全彻底吗？”小伙子显然惹恼了，站了起来。

给白薇理发的理发师停止了理发，走过去拍着那个小伙子的肩膀说：“小兄弟，消消气，都少说两句吧。毛主席说，我们都是来自五湖四海，为了一个共同的革命目标，走到一起来了。海内存知己，天涯若比邻。出门在外都不容易。”

小伙子说：“这师傅说话我爱听，可是他说话就是不中听，这里有一个阶级立场问题。”

“什么阶级立场？你别上纲上线，我的家庭是八辈子贫农！”那个理发师扬了扬电推子。

这个理发师劝道：“行了，行了，老王，少说两句吧。”

小伙子说：“哼，我们家还是革命军人呢，典型的红五类！”

两个人都不言不语了，理发馆里一片沉默，只有电推子发出的声响。

白薇理过发，出了门，感到肚子有点儿饿，于是到旁边一个馄饨侯小店买了一碗馄饨。

正吃间，刚才在她旁边理发的那个小伙子也走进来，在她的对面坐下来。

他朝她笑了笑，也要了一碗馄饨。

白薇暗自琢磨他的来意。

小伙子吃着馄饨，忽的抬起头，问：“大哥是浙江人？”

白薇问：“你怎么猜出来的？”

小伙子说：“你长得这么秀气，皮肤又白又嫩，说话细声细气，就像那边的人。”

“第一次来北京吧？”他又问。

白薇点点头："对，出差。"

小伙子说："北京天气干燥，南方人一般不太适应。大哥，我叫南辰，是海军大院的，到东大桥办点儿事，遇到你，真是幸会。"

白薇冷冷地说："我不认识你。"

南辰说："一回生，二回熟，我喜欢你的气质，也喜欢和南方人交朋友，南方人聪明，知书达理，江浙出才子，塞北出壮士。"

白薇说："对不起，我扫你的兴了。"她戴上墨镜、口罩，起身走了。

白薇回到旅店，睡了一觉，醒来时已是半夜，她匆匆起身，走出旅店。

大街上冷冷清清，偶尔有辆自行车穿过。

她悄悄绕到那个教堂的院后，看着周围无人，窜上了院墙，来到院里。

她找到那口枯井，只见里面堆满了砖头、瓦块，周围长出衰草。

她望望周围无人，于是拼命扒着砖头、瓦块。

刚挖了有半米深，她听到有粗重的呼吸声。一回头，正见院墙上有个人影一闪即逝。

第八章　黄粱美梦

白薇迅疾窜到院墙下面，双手一攀，攀住墙头，往外望去，马路口和胡同里空无一人。

白薇又回到枯井旁，继续往外掏砖头瓦块。

她正挖着，忽听有个人的声音。

“你在干吗？”

她唬了一跳，急忙转过身来。

空无一人。

她心里有些犯嘀咕。

这声音是从哪里发出来的？

“嘿，我问你呢，你干什么呢？”

还是那个声音。

白薇四处看看，还是没有发现人。

她有些犯毛了。

“我问你话呢！黑灯瞎火的，你跑到这里刨什么呢？刨坟呢！”

还是那个声音。

白薇问：“你在哪儿呢？”

“我说小兄弟，你怎么眼大无珠？我就在你旁边呢！”

白薇仔细一看，一棵老槐树底下果然站着一个小人，也就半米多高，瘦瘦的，穿着一身黑衣服，是个小侏儒。

“你是谁？”白薇问他。

他咳嗽一声，清了清嗓子，就："我是这里看大门的，人家都叫我铁大门……"

"你怎么长得这么矮?"

"爹妈给的，天生的，矮点好，省布票，不易被人发现。你干什么呢？这是口枯井，死过人，丧气，早叫人给埋了。你大半夜的折腾它干什么?"

白薇怔了一下，说："你没看见我这是在夜游吗?"

"夜游？你住哪儿？我怎么从来没有见过你，你戴一个大墨镜，遮着一个大口罩，我看像是个逃犯……"

他往前凑近几步。

白薇不禁后退几步。

小侏儒又往前走了几步，凑到井旁，看了看。

"我说兄弟，你又犯瘾症了，挖这口枯井干什么？如果一只大仙窜出来，我们都担待不起。"

"什么大仙?"

"就是黄鼠狼，瘦瘦的，尖尖的下巴，长长的尾巴，一走一打晃儿，喜欢作揖。它们往往在水井、水沟下面蓄窝……"

"哦。那我回去了。"

小侏儒拦住她："不行，你得跟我到派出所走一趟，我看你不像好人!"

白薇一听，有点儿慌神，急忙说："小兄弟，你不要误会，我是好人，工人出身，我在夜游……"

"夜游？你叫我小兄弟，你知道我多少岁了?"

"20多岁?"

"我?"他指着自己。

"78岁了……"

"您都78岁了，我是有眼不识金镶玉，您老辛苦了!"

小侏儒又往前凑了几步："我祖先是满八旗正红旗的，当过铁帽子王，我比末代皇帝爱新觉罗·溥仪还大17岁！"

白薇说："那您是八旗子弟，提笼架鸟是您的风度。"

小侏儒摇摇手："不敢当，当年我们祖先从长白山起兵，杀进山海关时，只有17万兵马，杀得百万明军屁滚尿流——连'淫一人如淫我母、杀一人如杀我父'的李自成大顺军也望风而逃，真是气吞万里如虎！"

白薇说："您老和您的祖先都辛苦了，我太困了，还在夜游，我该回去了……"

"那不成，我恪守职责，你得跟我走……"

"去哪儿？"

"朝阳门派出所呀！做一个笔录再放你走。"

"不行，我在夜游呢！"

白薇拔腿欲走。

小侏儒拦在她的前面。

这时，墙头"扑通"一声，跳下一个人。

那个人来到白薇面前，一把拽过她，说："你怎么跑到这里来了？快跟我回去。"

白薇定睛一瞧，这个人正是白天理发馆理发的那个小伙子南辰。

南辰对那个小侏儒说："这是我大哥，他有夜游的毛病，一不留神，他跑到这里来了。"

小侏儒揉揉眼睛，说："他真的是你大哥？"

南辰点点头："一个爹娘生的，我还骗你？"

小侏儒说："怎么你们两个长得不一样？他长得秀气，你怎么长得黑不溜秋的？"

南辰说："他长得像我们的母亲，我长得像我们的父亲。"

南辰领着白薇从前门出去了。

白薇思忖：这小伙子什么来路？他一直跟踪我，刚才在墙头趴着的也一定是他。

她问南辰：“你为什么一直跟着我？”

“我……我喜欢你……”他小声说。

“喜欢我？”

“对，你细皮嫩肉的，挺可爱。做大哥吧？”他含情脉脉地说。

白薇不想把他带到小旅馆，于是说：“我们彼此都不认识，也说不上朋友。我困了，要回去睡觉了，你也回去吧。”

他摇摇头：“不，我要保护你，你上哪儿，我也上哪儿。”

白薇摇摇头，说：“不行，我正在出差，还有工作要谈，我明天上午要到三里河国家计委去。”

“那我也去。”

“你去干什么？”白薇有点儿发火了。

南辰说：“嘻嘻，我黏上你了，你到哪儿，我到哪儿。”

白薇心想不能回旅馆，于是有了主意。

白薇在前面走，南辰跟在后面。

白薇一直走到东四街口，往北一拐，走进粮钱胡同，径直来到 13 号宅院门口，朱门紧闭，两个石狮龇牙咧嘴。

白薇来到宅院后面，后面有个小门。

南辰紧跟在她的后面。

白薇扭开了小门的门锁。

南辰紧走几步，来到她的面前，说：“你家原来在这里？”

白薇说：“别问那么多，这是我北京亲戚的家。”

白薇带他走入后院，关好小门，只见有一片假山，假山上的亭子隐约可见。

白薇带他走入右边的一排白房子前，进入一个房间，她扭亮电灯，是一间卧房，一个双人床，屋角有个古琴，窗前有张桌子，上面有台灯和文房四宝。房间好像很久没有人居住了，尽是灰尘。

白薇挂上窗帘。

南辰又惊又喜，说："大哥，这里真是一个好地方，房间真宽敞，这床又大，就是脏一点儿。"

这个宅院是北京有名的凶宅。

北京粮钱胡同13号历史上就是一座不祥的宅子。民国初年，浙江杭州来了一位钱姓大户，带着全家13口人，住进了这座旷废多年的宅子。钱老爷年近古稀，却双目炯炯，坐如钟，站如松，声音清朗，一身瘦骨，平时拿着一个老烟袋，很是威严，仆人对他很敬重。钱老爷爱打八卦掌，掌声落处，树叶纷纷而下。钱老爷的大夫人骆氏一脸慈祥，温顺贤惠；二夫人柳氏身轻如燕，持家井井有条；三夫人花枝，年方16，原是西湖上的船妓，妖媚迷人，有沉鱼落雁之貌，平时宅园里常传出她的嬉笑之声。

不想，某夜，钱家13口横尸院落，婢女、仆人惊恐万状，四散而逃。骆氏被吊死，柳氏四肢全无，花枝赤裸着被扼杀。钱老爷尽管有一身的武功，身上仍被砍了13刀，鲜血淋漓。

此案轰动京城，侦缉队长老马亲率部属来到现场，仔细勘查，竟然没能发现一丝线索。

凶手究竟是谁？

钱家少爷钱浩留学日本，闻此凶信，火速赶回，目睹惨状，悲痛万分。

钱浩是个孝子，还是独子，自幼与父母感情甚笃。这一夜他在父母床上辗转反侧，夜不能寐。一阵寒风袭来，吹灭了桌上孤灯。恍惚中他见父亲一身青衫青褂，满身是血，背站于屋角。

钱浩泪流满面，泣声道："爹啊，你死得好惨，儿千里迢迢从日本归来，给您报仇来了！"钱老爷竟然一声不吭，默默而立。

钱浩恳求道：“爹，您告诉我，仇人是谁？”

钱老爷用袖子往南一指。

恍然之间又一阵风袭来，钱老爷蓦地不见了。

老马闻讯来访，见钱浩神情恍惚，茶饭不思，便一再追问之。钱浩告之奇异梦境。老马听了，若有所思。

再次搜索凶宅，两人细细地寻觅，来到花枝房内，在榻下发现一幅春宫画，画面竟然是一个女人与猪在交配！

两人十分疑惑，断定花枝是一个浮浪女子，行为不轨，背景十分可疑。

老马查阅了钱家杂仆身份籍贯，出人意料地发现，厨师朱五和花枝竟都是浙江杭州人。

而朱五和数十仆人，早已离开，不知所踪。

为追寻真凶，钱浩由老马陪着南下杭州，历尽艰辛，四处探访，终于找到朱五老家。一打听，邻居均言朱五喜欢赌钱，已经多日不归了。

两人访遍杭州所有赌庄，也没见到朱五踪影。两人疲惫不堪，猜测是不是朱五的邻里骗了他们？无奈之下在一个破旧的土地庙内歇息下来。

两人正商量着下一步计划，猛然听见庙后传来猪的号叫声，出门一看，只见一个屠夫手握尖刀正在杀猪。

两人这才见到朱五。

两人尾随朱五来到一家农庄。庄主人设宴款待，席间朱五喝得大醉，摇摇晃晃出来，竟然来到破庙倒地而卧。

两人演出了一场装鬼夜审朱五的戏，朱五吓得屁滚尿流，终于说出实情。

原来朱五与花枝本是邻居，平时朱五垂涎花枝，一直不能得手。

无巧不成书。花枝嫁给了钱老爷，而钱老爷正是朱五的主人。尽管朱五对花枝百般殷勤，可花枝依然看不上这个丑陋而粗野的厨师。外人却不知晓两人的渊源。

一天，朱五弄来一些迷药，偷偷放进钱老爷的酒壶中，钱老爷和花枝喝了药酒，睡死过去。

朱五色胆包天，竟爬上床奸污了花枝。

那花枝醒来，事情已出，再加上她原来风流好性，钱老爷又疏于床事，竟默许了。自此花枝也顾不得朱五丑陋，是个下人，便与他沉溺于苟合之中。

天下哪有不透风的篱笆？

一日，朱五跟花枝正在假山后偷欢，不料被大夫人骆氏撞见。骆氏因失宠于钱老爷，暗中嫉恨花枝，见花枝偷情，便要声张。然而朱五将杀猪刀横在她的脖子上，将其奸污，并立约隐瞒丑事。

不久，钱老爷外出，朱五索性睡在花枝房中。二夫人柳氏发觉，好言规劝花枝，花枝假意应允，暗中却仍与朱五日日寻欢。

一日，钱老爷突然回家，撞见朱五躺在花枝床上，钱老爷暴跳如雷，即刻令朱五亲手活活掐死花枝，又令人取来皮鞭，将朱五打得皮开肉绽。

朱五怀恨在心，暗暗思量报复计划。

朱五表面装傻，且极显悔过之意，不久又获钱老爷信任。

由此朱五趁机在他的酒壶里下了蒙汗药，朱五奸计得逞，钱老爷惨死在他的杀猪刀下。

接着朱五大开杀戒，残忍地杀死钱家 13 口人氏，想就此灭口，随后潜藏起来，销声匿迹。

老马琢磨钱浩的梦境，猛然悟道：朱五往南面逃了！

终于真相大白，两人也算历尽艰辛，终将朱五逮住，押往京城归案。

此后粮钱胡同 13 号，飘着淡淡的血腥味，曾几易其主，都因宅内半夜有冤魂哭叫不得不撤离。时间过去了 50 年（正逢“文革”初期），这条偏僻的粮钱胡同里，一到晚上仍然有声音，这声音如鬼哭、似狐啼。这之前有个孩子曾捉迷藏到了 13 号凄凉的花园里，竟然再也没出来。在白天，大人们结伴进 13 号，小心翼翼地在房里房外找了半天，就是没这孩子的影子。孩子的母亲哭了几天，还去报了案，可当时的公安局正闹派性，也没人把这当回事，象征性地派人去看了看，也就不了了之了。

尤其是在午夜，这 13 号里竟然有人走动的声音，而且这走路的声音很怪，不像是人在走路。邻居们就感到纳闷，里边平时没人住，怎么会有人走动的声音呢？

邻居们都知道民国初年的惨案，难道这些鬼魂复活了？

这奇怪的事传到了房子的管理部门，也就是房管所，但当时的房管所因在争权，原先的领导都被揪了出来，所以也没人管。

时间一长，左邻右舍也就习惯了这种声音，人们不再把 13 号里的怪事当回事了。

其实 13 号凶宅是梅花党的一个秘密据点，早在新中国成立前这里就是梅花党的基地，假山下面挖有秘密暗道，一直通到小洋楼浴室，浴室里浴缸下面就是出口，当时有一对老年夫妇，是白蕾和一个梅花党男特务所扮，还有一个年轻的看房姑娘是梅花党女特务芳梅娟。几年以前，龙飞以李强的假名打入 13 号凶宅，经过一番周折，端掉这个特务老窝，白蕾身受重伤逃走，那个男特务被击毙。又过了一段时间，梅花党女特务桥本阿菊和女儿稻香阿菊也曾隐藏此处的秘密通道之中，后来桥本阿菊在顽抗中被击毙，稻香阿菊逃遁。稻香阿菊在策划实施炸毁北京百货大楼的阴谋行动中被击毙。

南辰和白薇来到这个神秘的宅院，非常高兴，他对白薇说：“躲进小楼成一统，管他冬夏与春秋。大哥，这个地方真好！可好了！”

白薇坐在床边，一言不发。

南辰左瞧瞧，右瞧瞧，说：“就是洗澡和上厕所不方便。”

白薇说：“出了门往左 100 米，拐角处有个厕所，洗澡只能冷水洗，出门往左第二间房里有水龙头，有凉水。”

南辰说：“没有大木盆呀。”

“那屋里有一个。”

白薇已渐渐悟出来：南辰是一个同性恋者。

她必须迅速摆脱这个奇异的魔鬼。

南辰出门来到左边第三个房间，推开门，一股霉味扑鼻而来。他摸到开关，开了灯，这是一个临时仓库，屋内堆放着许多旧家具，东北角有一个洗手池，有个水龙头，洗手池旁立着一个大木盆。

南辰拿起大木盆，扭动水龙头，灌了多半盆自来水，然后搬进第一间屋内。

南辰看到白薇正在吸烟，说：“大哥，咱们一块洗吧？……”

白薇说：“我先抽烟，你先洗。”

南辰急忙点头，说：“好，弟弟先洗。”

他脱了个精赤条条，像一条黑泥鳅，蹲在木盆内。

“呵，水好凉，连块香皂也没有。”南辰接连打着哆嗦。

白薇站起身来。

南辰招呼道：“大哥帮我洗吧。”

白薇悄悄从兜里摸出一支针管，照准他的后背，狠狠地扎了进去……

南辰连哼都没有来得及哼一声，就软绵绵地倒在木盆里。

南辰变成了一具绿色的尸体。

白薇冷笑一声，收好针管，拖着南辰的尸体来到假山旁边的山坡上，找来一把铁锹，挖了一个坑。

她左右环顾，没有发现异常情况。

她埋好南辰的尸首后，返回屋里，将木盆搬回原处，看到没有什么破绽，于是从后门溜了出去，返回朝内大街的小旅馆。

回到旅馆后，天已微熹，她如果再去附近的小教堂挖枯井，容易暴露自己，她想第二天晚上再行动，这时困意上来，她锁好屋门，上床睡了。

正睡间，她忽听门外有动静，于是赶快拿好衣服，下了床，她躲在门后听了听，那动静没有了。过了半个小时，她打开房门，只见楼道里静悄悄的，一个人也没有。

她走下楼梯，来到街上，偶尔有行人经过，都没有留意她。

她茫然四顾，来到那个小教堂的后面。

院墙旁边有根电线杆，她顺着电线杆爬上了墙头，院内静悄悄的。

她悄悄溜下墙，来到教堂前，只见堂门破旧，秋风掠过，发出“嘎吱嘎吱”的声响。

她犹豫了一下，走了进去。

堂内潮湿，传来阵阵潮湿的霉味。

月光泻进来，照在屋内物品上面，也照在那些厚厚的尘土上面。

右侧有一个木楼梯，直通二楼。

她想上二楼看一看，于是挨近楼梯。

“噗”的一声响，一旦黄鼠狼窜出来，立在楼梯口，怔怔地望着她。

她知黄鼠狼为何物，于是停住脚步，恭恭敬敬地朝它作了一个深揖。

黄鼠狼拖着长尾巴得意扬扬地走了。

她继续往上走。

这时前面有一个人拦住了她的去路。

是一个男人。

一个英俊的男人。

那男人穿蓝布制服，目光炯炯，头发凌乱。

她定睛一看，是龙飞。

她吃了一惊。

“龙飞？你怎么在这里？”

龙飞面带泪痕，凄楚地说：“白薇，我为共产党忠心耿耿，无私无畏，不畏艰险，克己奉公，几十年如一日，立下赫赫战功。没想到‘文化大革命’来了，把我打成叛徒、内奸、间谍，把我投入秦城监狱，把我的父亲、中共的早期党员也打成托派、机会主义分子、叛徒，红卫兵把他的墓碑也砸了。我从秦城监狱跑了出来，无处躲藏，于是躲在这个废弃的教堂里，公安部的造反派不会想到我藏身于此……”

白薇揉揉眼睛，问：“你说的是真是假？我怎么好像是在听天方夜谭。”

龙飞说：“是真的，你看，我身上有他们殴打的伤痕……”说着，他捋起裤腿，右腿上有殴打留下的斑斑伤痕。

白薇看了，涌起怜悯之情。

“龙飞，跟我走吧，离开这是非之地。”

龙飞说：“我不到台湾去，那里不是我的归宿，我不想背叛共产主义，因为那是宇宙的真理！”

白薇说：“我们不谈论主义，我们为了爱情。我一直劝你到第三国去过爱情生活，去找真正的世外桃源、蓬莱仙境。我在国外有大批存款，足够咱们快活生活几辈子的。历史上的文学名著都是宣扬爱情至上，我和你，郎才女貌，一见钟情，共涉爱河，是命中注定。多少年来，我们为了各自的主义，各自的政治信仰，互相厮杀，残酷斗争，我们都是政治家手中的工具。小飞，我们应当幸福地生活在一起，快快乐乐地生活，不看别人的眼色，苟且偷生，也不依赖别人而生存，我们要无拘无束地生活在一起，就像当年我们在大海之畔，在美丽的大清河，在翠绿欲滴的萝卜地里，谛听大自然真实的声音，呼吸大自然新鲜的气息……小飞，我梦寐以求的就是这一天的到来!”

龙飞听了，热泪盈眶。

白薇往前走了几步：“小飞，我知道你心里还有我，每当关键时刻，你都不肯杀我，放我一条生路，想让我弃已投彼。为了这一点，你背上许多包袱，背上所谓的资产阶级人性论、阶级调和论、爱情至上论的罪名，这些我都能理解，我也不希望你死，去年当你成为植物人时，我万念俱灰，心如刀割，我跑到教堂为你祈祷，在佛像前为有求福，在钟馗像前为你许愿……”说到这里，白薇已热泪潸潸。

龙飞听了，泪如雨下。

龙飞止住她：“白薇，你不要再说了，说这些又有什么意义？咱们走吧。”

“走？怎么走？偷越国境？还是蒙混过关？”白薇睁大了眼睛。

龙飞说：“你应该知道有秘密通道……”

白薇思忖一会儿，说：“云南南伞镇有一条秘密通道可以到缅甸果敢地区，那是个‘三不管’地区，咱们可以从那里出境，然后设法到泰国曼谷，再从曼谷到土耳其……”

龙飞问：“到爱琴海之畔？”

白薇点点头：“我在爱琴海之畔的鸽子谷，又称作情人谷，偷偷买了一幢别墅，雇用当地一个土耳其姑娘看管。”

龙飞说：“我们是为了爱情私奔的……”

白薇感到一阵温暖，一股热流涌了上来。她眼泪斑驳，上前紧紧拥住龙飞，颤声说：“小飞，我太爱你了……”

龙飞也紧紧拥住了她。

她觉得自己身体飘了起来，感到从未有过的舒适，她紧紧地抱住龙飞，头枕在他的胸前，从窗口飘了出去……

人原来也能飞翔。

他们在夜空中飞翔。

飞过一望无垠的原野，跌宕起伏的太行山脉，波涛滚滚的黄河，漫漫黄尘的沙漠，初露白雪的天山。飞过边境，飞过巴基斯坦、伊朗，终于进入土耳其国土。

一轮红日破霭而出，万道霞光沐浴着美丽的爱琴海，他们在海边的一幢小别墅前飘落下来。

龙飞激动地说："这地方太美了，真是人间仙境！"

白薇惊喜地说："这就是我们的别墅。"别墅的院子里，一个漂亮的土耳其姑娘正在浇花。

白薇牵着龙飞的手来到别墅前。

龙飞看到远山如黛，山谷间飞翔着一群群美丽的鸽子，苍松翠柏，瀑布如练，果然是个幽静神圣之域。

白薇推开栅栏门，朝那个姑娘喊道："阿曼，我们来了！"

那个唤作阿曼的姑娘抬起头，看到白薇和龙飞，嫣然一笑。

"白小姐，您回来了？"她说。

白薇对龙飞说："她叫阿曼。"然后又指着龙飞说："这是我的情人，你就叫他龙先生吧。"

阿曼朝龙飞鞠了一躬，唤了一声："龙先生，早晨好。"

原来她能说汉语。

龙飞朝她点点头。

白薇对阿曼说："把浴室的水烧好。一会儿到集市买澳大利亚鲜牛排、鲜海鱼和新鲜蔬菜，我们要永远住在这里。"

"太好了，白小姐。"阿曼激动地说，她的脸色绯红，闪烁神采。

一行人进入客厅，只见都是土耳其装饰，地上铺着缀有玫瑰、蔷薇等花样的地毯，墙壁上挂着有动物图案的挂毯，壁炉的对面有沙发和茶桌，4 个工艺柜整齐排成一行，柜内摆有古希腊、古罗马的雕塑和彩塑，还有奥斯曼帝国时期武士骑马的铜像。

白薇带龙飞参观了整个别墅，一楼有客房、酒吧和卫生间，二楼有卧室、书房、健身房和浴室，房后有一个小花园，种有树木和鲜花，中间有个花池，旁边有个秋千架和坐椅。从二楼的窗户可以看到碧绿如洗的爱琴海，背后窗户可以远望鸽子谷，听到鸽子的呼啸声。

阿曼拎着菜篮驾车赶往集市买菜去了，她临走前把浴室的热水已烧好。

白薇笑吟吟地对龙飞说："以后我们可以在这里尽情享受人生了!"

龙飞微微一笑。

白薇说："旅途辛苦，先洗个澡吧，你先洗还是我先洗？或者两个人一起洗?"

龙飞说："我不习惯两个人一起洗，女士优先，还是你先洗吧。"

白薇笑着说："两个人一起洗多浪漫，以后你会习惯的。"她找出大浴巾进了二楼的浴室。

龙飞坐在卧室的床头浏览着。

地毯、窗帘、床单、被罩上都具有土耳其浓郁的特色，花纹雅致，织工精良。双人床头有小天使的造型，床头柜上有老式电话机和金色闹钟，组合衣柜错落有致，都是白色花纹，墙上有一幅一米长、半米宽的高档挂毯，图案是木马屠城记。

龙飞正欣赏着，白薇赤条条从浴室出来了，她虽然已近 40 岁，但是风韵不减当年，银白色的胴体闪闪发亮，两只高耸的雪白乳房，粉晕乍现，腰身宛如细腰花瓶。

"小飞，你也进去洗洗吧，这是山泉水，水质柔润光滑，好舒服呀!"

龙飞也进了浴室。

白薇平躺在床上，头枕着鹅绒枕，望着自己洁白如玉的身体，满意地笑了。

她确实很自豪，父母给了自己一个洁白无瑕的身体，自己出身在一个贵族之家，上过名牌学校，接受最好的教育。

她想起当年在那个美丽的海滨，黄金般的细沙上和龙飞初次缠绵的情景，龙飞是她的初恋，她把自己的贞操毫不犹豫地献给了心爱的人。

她想到这里，心里不禁涌起一阵激动。

她想起1949年当共军的炮火燃遍江南，她奉命潜伏，遇到山西五台山台怀镇的教师柯山，那个长相一般、文弱的书生。她嫁给柯山为妻，在台怀镇那个偏僻的地方栖身。那时的她，眼前总浮动着龙飞的身影，朦朦胧胧，恍恍惚惚，无法忘却。

以后，她在“反右”中被打成右派。一天夜里跳入附近的大河，造成自杀的假象，在人间蒸发了。她实际上躲进了五台山出家为尼，卧薪尝胆，等待台湾的召唤。

白薇沉浸在漫长的回忆里，这些漫长的岁月有辛酸、无奈、失望、希冀和尴尬。她始终信奉那句政治名言——小不忍则乱大谋。她时常咬住牙根，暗中叫道：“坚忍，坚忍，坚忍。”坚忍是成功的钥匙。姐姐白蔷和妹妹白蕾在花天酒地中招摇过市，与那些时髦男子把杯碰盏，云情雨意，一枕春梦。而自己则像地鼠一般萎缩在山西的高粱地里苟且偷生，在颓墙秃壁的土炕上艰难度日，以至躲进青灯惨淡的寺院里修身念佛，敲着木鱼，手捧黄卷，口吞素食，跪求佛祖，斩断尘缘尽六根，自家且了自家身。欲知治国平天下，谁知英雄大圣人！

白薇幻想着，如果龙飞没有参加共产党，而参加梅花党，凭他的能力和自己的家庭背景，他早已是梅花党秘书长或副主席了，军衔少将，与自己驰骋沙场，穿梭于谍战风烟，会有多少英雄传奇。或者划舟于塞纳河、莱茵湖或密西西比河，心旷神怡；或者漫步于罗马广场、伦敦街头，魂断蓝桥；或者游走于高雄海港小吃一条街，尽情地品尝草莓牛奶、菠萝蜜和凤梨酥……

龙飞出来了，披着一条白色浴巾，笑吟吟向她走来……

白薇柔声唤道：“小飞，我这一等，就是20年啊！你快来抱抱我……我好冷，真的好冷！……”

白薇支起身来，泪眼蒙眬，张开双臂……

忽然，龙飞变幻成一个凶神恶煞的神灵，戴着纱帽，双目圆睁，满脸怒容，狰狞恐怖。

“你……你是谁？你不是龙飞！……”白薇惊得尖叫着。

来人越逼越近，抖擞着红袍，挥舞着一柄利剑。

“我是驱魔避邪的大将军钟馗，我来捉鬼，你就是台湾阳明山上的一只恶鬼，快入法网，我要把你打入十八层地狱！……”

白薇环顾四周，依然是那间小旅馆的房间，屋内漆黑一团，窗外秋风落叶飒飒之声。

她不禁长叹一声，泪如雨下。

原来是南柯一梦。

第二天夜里，白薇准备停当，带着工具、皮箱，来到那个小教堂的后院，进入院内。她先摸到看门的小侏儒房屋前，把窗玻璃掀了一个洞孔，伸进套管，吹进熏烟，让小侏儒沉沉入睡。然后来到那口枯井前，用铁锹掀开砖块和瓦片。

干了有一个多小时，白薇已是气喘吁吁，手上也磨出了泡，井壁露出一个与周围不同的砖门，她跳了下去，使劲儿推开砖门，有一条甬道。她扭亮手电筒，沿着甬道低头慢行，走入一个地穴，地穴内有轻重武器和弹药箱，地上非常潮湿。

白薇又惊又喜，原来这里的小型军火库一直没有被共军发现破坏。她选定了炸药，装在皮箱内，又挑选了两支勃朗宁手枪，带走了一些子弹，然后爬出枯井。

她按照原样，用瓦片和砖头堆平枯井，然后攀上院墙返回旅馆。

白薇皮箱内藏有炸药，她不敢乘坐飞机和火车，一路上搭乘货车或者拖拉机，辗转返回了梅花岛。

葛建国发现自己已被监控后，心里很不是滋味，再加上巧凤这些天借口身体不适有意回避他，心中很烦闷。

他想：我葛建国根红苗正，为舰队的建筑辛辛苦苦做贡献，任劳任怨，勤勤恳恳，不要官，不争利，在这个孤岛上一干就是几年，风餐露宿，我容易吗？我都这么大岁数了，好不容易碰到这么一个鲜花般的女子，她不嫌弃我，执意要嫁给我，二话没说，就献身于我，理解一个年轻光棍的苦楚，可是你们三番五次找我谈话，要我提高警惕，说什么树欲静而风不止。你们这是嫉妒呀！岛上这些男人的媳妇和对象哪个有巧凤漂亮？就是柯平舰长的妻子罗银河也比不上巧凤呀，罗银河就是能歌善舞，月亮脸，有气质，可巧凤丰乳肥臀，风韵十足，走起路来，小屁股一翘一翘的，多性感。走在女人堆里，鹤立鸡群，我葛建国多风光呀！现在风声一起，巧凤就不敢来了，我去找她，她也托词不见。柯平，你这是故意整人啊！我葛建国可不是喝醋的，我是一个爷们，光明正大，正气凛然，顶天立地的一条汉子，一条好汉！

想到这里，葛建国愈发郁闷，索性拿过酒瓶，拧开瓶盖，一杯接一杯，一瓶接一瓶，喝个酩酊大醉。

王帅见未婚妻白曼丽有些忧伤，生怕她寂寞想家，于是三天两头往楚家跑，有时带她到海边游泳，有时带她到东部山崖上用望远镜望风景。

绩东从外地回来了，他带来白曼丽的照片。

龙飞一看照片，顿时明白了，梅花岛上的这个白曼丽是个冒牌货。

这两个女人长得有些相像，但是仔细地看，却有不同。上海的白曼丽皮肤白皙，而梅花岛上的这个白曼丽皮肤有些黑。两个人的气质也不同，嘴型也有区别。

绩东问：“那个真实的白曼丽呢？”

龙飞说：“凶多吉少。”

肖克说：“那赶快逮捕岛上的这个白曼丽，她肯定是梅花党女特务！”

龙飞说：“不要打草惊蛇，先让她充分表演，最好通过她引出白薇……”

肖克问：“用不用跟王帅摊牌，让她心中有数？”

龙飞说：“不急，要不然戏演得就不像了。”

绩东此次还去了江西景德镇王帅的老家，那里并没有发现任何异常的现象。

龙飞到商店买卫生纸，路上遇到一个年轻的海军军官，那个军官神色匆匆，往岛的中心走去。

龙飞见他那副失魂落魄的样子，脑海里浮现出鲨鱼岛葛建国的形象。

一个海军军官到梅花岛干什么来了？

他莫非就是导弹驱逐舰上的轮机长葛建国？

龙飞紧紧尾随他。

那个海军军官走进商店，一忽儿提了一网兜水果走了出来。

龙飞思忖：那个神秘的女人恐怕就在这个岛上。

真是踏破铁鞋无觅处，得来全不费功夫。

那个海军军官神思恍惚，没有注意到身后有人跟踪，径直穿过一片平房，沿着崎岖不平的甬道，来到了岛上的敬老院。

他正是“099号”导弹驱逐舰的轮机长葛建国。

他已多日没有和巧凤云情雨意了，十分思念那个风韵十足的少女。

他时常梦会巧凤，多少次从梦中惊醒，再也睡不着，十分痛苦。

他提着网兜，走进了敬老院的院子，几个老人正坐在木凳上晒太阳。

他们都认识他。

一个老人说："小葛，又来找巧凤吧？她在屋里。"

葛建国强装笑容，朝他们点点头，径直走进屋里。

巧凤正在给一个刚刚摔倒的老太太的伤口涂红药水。老太太趴在床上，屁股上有擦伤。

巧凤抬头看到他，埋怨道："你怎么不敲门就进来了？"

葛建国想退出去。

老太太说："孩子，进来吧，不碍事……"

葛建国转过身去，望着天花板。

巧凤给老人上完药，拉着葛建国来到后院自己的房间。

这是一个只有10平方米的平房，一个单人床，一个破旧的衣柜，墙上贴着《红灯记》的海报。屋内弥漫着巧凤身体的气息，香香的。

葛建国闻到这熟悉的气息，有些按捺不住。

"凤，我太想你了……"他冲上前，拼命抱住巧凤。网兜里的苹果、香蕉掉落在地上。

巧凤扭过脸，躲避着他的狂吻，拼力挣脱了他。

"你怎么这么性急？我不是跟你说了吗？我这几天来事了嘛！……"她柔声地说。

"来事了也没事，我问过军医。"

"放屁！血崩了，你负得了责任吗？你就是一只馋嘴乌鸦，就想占有我的身体，根本就不爱我！……"她带着哭音说。

"我向毛主席保证，我爱你！我是真心爱你的！不仅爱你的身体，更爱你的灵魂！我爱你的一切！我要和你白头偕老，海枯石烂不变心!”葛建国说着，双膝跪地，泪如雨下。

巧凤转过身，嫣然一笑。

“这么说，你为我可以牺牲一切?”

“对。”葛建国点点头。

“我让你做什么，你就做什么?”巧凤说话咄咄逼人。

“对，我敢上九天揽月，敢下五洋捉鳖！你让我把月亮摘下来，我就上天把月亮摘下来，让嫦娥给你当丫鬟，让玉兔给你当宠物!”

巧凤笑了，两条柳叶眉弯弯的。

“我想上军舰……”

“上军舰?‘099号’导弹驱逐舰?……”葛建国听了，有些惊愕。

“对。”巧凤咬着嘴唇，点点头。

“这个?……”葛建国有点茫然。

“怎么?不行吗?”巧凤盯着他的双眼。

“你上军舰做什么?那么大的一个铁玩意儿。”

“我就喜欢上军舰，在军舰上观望茫茫的大海，湛蓝湛蓝的大海，多浪漫!”

“上别的军舰行吗?”

巧凤摇摇头：“不行，我就上这艘导弹驱逐舰，这艘军舰气派!”

“这个?……”

“怎么?不行吗?……什么可上九天揽月?可下五洋捉鳖?是哄小姑娘的话吗?”

葛建国连忙摇头：“不，我想办法，我想办法……一定满足你这个要求。”

巧凤双手扶起葛建国，笑着说：“这就对了，就是看你有没有诚心?不过，要快，老娘我可等不及了……”

葛建国抱紧了巧凤，往床上一掼，压住巧凤。

龙飞获得这么重要的讯息后，马上让绩东盯住巧凤，密切监控岛上的那个敬老院。

这天晚饭后，王帅带着一盒精美点心又来看白曼丽。

凌雨琦正在客厅给娇娇讲电影《秘密图纸》的反特故事。楚云非在看电视，巧翠一边织毛衣，一边也在看电视。

白曼丽，不，是金寅，她朝王帅使了一个眼色，两个人上了二楼，来到她的房间里。

王帅把点心匣子放在桌上，问："心情好点了吗？"

金寅说："好多了。岛上阴天，天气不好，弄得人心情也不好。我有时会莫名其妙地抑郁，坐立不安，干什么都不专心。"

王帅说："多出去走走，不要老闷在屋里。"

金寅露出笑容："小帅，你这话说到我心坎儿里了，我想到你们高炮阵地去看一看。"

王帅说："我们有纪律，外人不能到高炮阵地去。"

金寅一听，脸上变了颜色："我是外人吗？我是你的未婚妻，以后要和你同吃一锅饭，同睡一张床，我是外人吗？"

王帅急忙劝道："曼丽，你不要生气，我也要遵守纪律，军人以服从命令为天职。"

"对我就要例外，我明天上午就去！"金寅装出生气的模样。

王帅为难地说："这要是让上面知道了，我的职务可就保不住了。"

"你有办法，要神不知鬼不晓……"

王帅思忖一会儿，说："好吧，正好指导员这两天到军分区开会去了，不在家，我明天上午派车接你去，但是你不要穿得太花哨儿，朴素点。"

金寅高兴地说："那当然，不会影响你的形象。小帅，你太好了！"她扑到王帅怀里，吻了他的脸颊。

王帅拥住她，说：“曼丽，你身体真软……”

金寅又吻了他一下，说：“我要奖励你，咱们再往前发展一步，我要让你参观一下我的胴体……”

“什么叫胴体？”

“大傻瓜！胴体就是光着身子。我先去洗一个澡，你耐心等着……”

金寅出去了。

王帅在屋里坐立不安。

一忽儿，金寅洗完澡，穿着一件白色浴袍进来了。

香气袭人。

王帅怔怔地望着她。

金寅把门反锁上，说：“不能让她们看到西洋景。”

金寅走到王帅面前，柔声说：“咱们有言在先，君子动口不动手，我只是让你浏览，可不许你动手，瓜熟蒂落，水到渠成……”说完，她将白色浴袍脱掉，露出曲线分明、风韵十足的胴体……

这一夜，金寅睡得很踏实，直到第二天上午9时多，王帅驾着军用吉普车来接她，她还没有起床。

金寅匆匆洗漱后，穿了一身蓝布制服，款款下楼。

王帅看到她，笑着说：“像个女干部。”

金寅看到楚云菲正在一个人下围棋，问道：“雨琦怎么不跟你下围棋？”

楚云菲说：“她带着娇娇到外面跑步去了。”

巧翠在一旁怯生生望着她。

金寅对巧翠说：“我今天中午不在家里吃饭，王连长请我。”她朝王帅挤挤眼睛，说：“对吧？王连长。”

王帅连忙回答：“对，对，今天中午我请曼丽吃饭。”

王帅带金寅上了军用吉普车，王帅驾车，一溜烟开走了。

金寅对王帅说："你开得慢一点，昨晚上吃的东西都快吐出来了。"

王帅笑着说："这才叫兜风，多痛快！"

金寅问："一会儿到了连队，你让战士们管我叫什么呀？"

王帅神秘地一笑："到了你就知道了。"

"去你的，你还跟我玩儿悬念。"金寅用胳膊碰了他一下。

"唉，昨晚上看到我的身体，有感觉吗？"金寅注视着他的脸。

"怎么没有？我找到你，是我的福分！"王帅呵呵大笑起来。

金寅又用胳膊碰了一下王帅，说："怎么样？丰乳肥臀，要哪儿有哪儿吧？"

"当然，有羞花闭月之容，沉鱼落雁之貌，倾国倾城之色，就是黑了一点……"

"什么？黑了一点！这叫黑又亮。白牡丹、红牡丹，哪里有黑牡丹风格新颖，风韵独特？这方面你还是小儿科，就不懂了。"金寅瞥了他一眼。

王帅开足马力，金寅一个趔趄，扑倒在王帅怀里。

"我就喜欢黑牡丹！"王帅说着，驾车冲向营地。

梅花岛东南部高炮连阵地，战士们排成两排列队等候。

王帅牵着金寅的手，雄赳赳下了车。

他和金寅从队列中通过。

王帅高呼："同志们好！"

战士们齐声喊道："连长好！"

王帅又高呼："同志们辛苦了！"

战士们齐声喊道："连长辛苦了！"

金寅挺着胸脯，美滋滋地随同前行。

王帅又喊道："同志们辛苦了！"

战士们又喊道："嫂子辛苦了！"

金寅听到“嫂子”这一称号，十分激动，立即挥动左手臂，呼道：“弟兄们辛苦了！”

王帅急忙纠正道：“同志们辛苦了！”

战士们齐声呼道：“提高警惕，保卫祖国，要准备打仗！……”

金寅看到，山坡上，树丛中，一尊尊高炮的炮口对准了海面。

王帅领着金寅走进连部，办会室内窗明几净，办公室上一尘不染。桌上摆放着黑色办公电话机，两个办公桌拼到一起。

王帅指着对面的办公室说：“那是指导员的办公桌。”

王帅让通信员准备了茶水，桌上已备好了水果，有香蕉、苹果、鸭梨、西瓜和荔枝。

金寅高兴得手舞足蹈，她剥了一个香蕉，滋滋有味地吃着。

墙壁上挂着一幅王帅和父母的合影，金寅指着照片说：“你父亲厚道，是个敦厚人，你母亲善良、热情，我们很合得来，人家都说婆媳不合，我跟你母亲会处得很好，我会好好伺候他们老人家的。”

王帅拥住金寅，在她脸上吻了一下，说：“你真是我的好老婆，我父母的好儿媳，将来也会成为一个好母亲……”

金寅挣脱他：“嘿，注意点儿影响，这是营房，解放军同志……”

王帅笑着说：“将来得给我生三个五个的，我要子孙满堂，热热闹闹的！”

金寅哼了一声：“你要累死我呀！”

吃过午饭，王帅带金寅到高炮阵地的最高炮位参观，这个炮位隐蔽于岛上东北角最高的一处山坡上，周围是茂密的树丛，王帅管它叫一号炮位，这尊高射炮下有3个炮弹箱。

这时，海面上缓缓驶过“099号”导弹驱逐舰。

王帅指着那艘导弹驱逐舰说：“曼丽，你看，这就是我们强大的人民海军！”

金寅望见导弹驱逐舰，十分兴奋，她喃喃地说：“真是太威武了！”恍惚中，她恨不得装上炮弹，开动高射炮向导弹驱逐舰射击，这样就大功告成，完成台湾当局交给的任务了。可是，自己要如何脱身，逃出梅花岛呢？她有些茫然。

王帅小声对她说：“此地是军事重地，不可久留，我已经是破例了，咱们回去吧。”

下午，葛建国又来到梅花岛敬老院，这些天他就像中了魔，仿佛巧凤扭动着丰腴的白花花的身子，总在他眼前晃悠。她那双媚眼儿，一瞟一瞟的，似乎在勾他的魂儿。他已受到柯平的严厉批评，并写了检查。柯平让他正确处理个人的生活问题，摆正个人婚姻情感与事业的位置，端正生活作风，不要忘记革命军人的职责。

巧凤正在屋里给一个老人做按摩，老人趴在一个单人木床上，露出满意的笑容。

巧凤抬头看到葛建国走进来，手里提着一网兜水果，说：“你怎么又来了？你上次买的水果还没吃完呢，橘子都烂了。”

葛建国有点尴尬，像个小孩子似的，一言不发。

趴在床上的老人说：“巧凤，你不用按摩了，我的腰好多了，你陪陪他吧。”

巧凤滑下床，带着葛建国来到后院自己的房间。

葛建国正要抱她，她却主动拥住了他。

他感到意外，一阵兴奋和激动。

“怎么啦？……”他小声地问。

巧凤贴住他的耳朵，柔声说：“我告诉你一好消息……”她的脸庞绯红，有点儿热。

“什么好消息？……”他问，他的心跳加快。

“我有喜了……”她的脸紧紧贴住他的脸，他很感动。

“什么？”他听了，有点儿茫然。

“我怀孕了，这两天老吐，不想吃东西，就想吃酸的东西，我买了好多山里红。医生检查后说，我有了，有了你的孩子……”她的声音发颤儿。

“是吗？太好了！”他扳过她的脸，郑重地望着她的眼睛，她的两颗黑眸子一闪一闪的。

“我要当爸爸了。太好了，我们的爱情有了结晶。我要告诉家里，咱们准备结婚吧！”他的声音发抖，激动得发狂。

巧凤说：“结婚的事情应当提到议事日程上了，就到你的家乡举办婚礼。”

“好，我让家里开始筹办，搞得红红火火。”

巧凤噘着小嘴说：“你还有一件事情，还没有承诺实现……”

“什么事情？”

巧凤掐了一下他的脸：“你好大的忘性，上军舰啊！”

“哦，我想办法，我一定想办法，就是被开除党籍、军籍，我也要想办法让你实现梦想。”

巧凤眼睛眯成一条缝，高兴得跳了起来。

“小心，孩子。”他扶住她。

“巧凤，让我摸摸你的肚子，我想听听儿子的动静……”

“不行，他还没成形呢。”巧凤按住他的手，不让他掀开衣襟。

巧凤问他：“你想要男孩还是女孩？”

葛建国笑着说：“男孩跟娘亲，女孩跟爹亲，时代不同了，男女都一样。”

他又一次紧紧拥住她，脸红得像红绸子，小声说：“你怀上了。前些天说来事儿了，是在骗我，瓜熟蒂落，这漫长难熬的日子，我可怎么办？……我想你，都快想疯了……”

巧凤眉毛一扬，说：“我自有办法……”

白薇仔细分析了目前各路的发展状况，认为时机成熟了，可以破釜沉舟，背水一战了。她通过电台向台湾请示，梅花党主席白敬斋和副主席黄飞虎也同意了她的行动方案。

凌雨琦带娇娇到海边游泳，她发现这个 8 岁的女孩有游泳天赋，能在水里憋气潜游很长一段时间。娇娇告诉她，她在 5 岁时，妈妈就让她参加了体育馆的游泳训练班，在小学同年级的游泳比赛中，她一直保持着冠军的纪录。

罗银河打来电话，娇娇所在学校的传染病警报解除了，过几天她来梅花岛接娇娇回上海上课。

娇娇就要回上海了，这些天她与凌雨琦有了深厚的情感，凌雨琦当然也难舍这个小朋友。龙飞特意嘱咐凌雨琦，这些天要格外提高警惕，密切注意白曼丽的动向，敌特可能要采取新的行动。

这天晚上，凌雨琦和娇娇躺在床上，虽然熄灯了，娇娇仍然缠住凌雨琦给她讲故事。

凌雨琦对娇娇说：“你快回上海了，我和你相处的这些日子，非常喜欢你，你聪明，活泼，善良，好学。但是我觉得你太顺了，你的家庭条件非常优越，爷爷是将军，奶奶是老革命，爸爸是革命军人，妈妈是部队文工团团员，你是顺顺当当地上了重点幼儿园，又上了重点小学，但是逆境对一个人的成长更为重要，逆境往往是一个人走向成功的关键。人的一生，有顺境，也有逆境，一帆风顺、步步坦途就是顺境，但是顺境对人并没有多大的好处，特别是在人生之初过于顺利，将不利于一个人心智的健康发展，过于顺畅的一生，将是平淡无奇的一生。人生难免会有逆境，最好的人生常常是一个逆境刚过，另一个逆境接踵而来，而且一个比一个更让人感觉难以跨步，而一旦跨过去，便是巨大的成功。逆境是人与命运的一种摩擦，摩擦得越强烈，冒出的生命火花也就越绚丽。东汉末期，诸葛亮是湖北隆中乡野的一个平民，刘备三顾茅庐，请他出山。诸葛亮出谋献策，使刘备拥有西蜀和荆州，奠定三国鼎立之势。诸葛亮在逆境中屡出奇计，使自己的智慧得以施展。秦末，韩信在江苏故里落魄不堪，曾忍受胯下之辱。以后萧何月下追韩信，把他推荐给当时的汉王刘邦，韩信立下赫赫战功，成为著名军事家。春秋末期，鲁国的孔子少年贫贱，中年困厄，成为著名思想家、教育家。西汉汉武帝时期的司马迁，身受宫刑奇耻大辱……”

娇娇问：“什么是宫刑？”

凌雨琦说：“是当时非常残酷的一种刑罚，就是割掉男人的生殖器。”

娇娇伸了一下舌头：“啊，把小鸡鸡割了，该有多疼呀！”

凌雨琦又说下去：“司马迁忍辱在狱中编撰《史记》，成为辉煌的史学作品。战国末期楚国爱国诗人屈原被放逐，写出《离骚》等伟大诗歌作品。战国时期的孙膑是鬼谷子的学生，下肢瘫痪，著成《孙膑兵法》，击败庞涓，千古留名。人遭遇逆境，在逆境中不沉沦，才能成就伟大的事业！”

金寅这几天欣喜若狂，她已从巧凤那里得到“099号”导弹驱逐舰试水训练的准确信息。

这天上午她打扮得花枝招展径直来到高炮连部找王帅，王帅让她在一个房屋等待，他正在办公室召集班长、排长们开会。

时间一分一秒地过去，金寅坐立不安，她不时地看着手表。

王帅还没有回来。

会议还没有散。

金寅瞅瞅窗外无人，像一尾小鱼溜出房间，窜上山坡，朝一号高炮阵地走去。

金寅不时回头，看看后面有没有人跟踪，她确信后面没有尾巴时，才松了一口气。

接近一号高炮阵地，她看到有一个持枪哨兵在站岗。

她悄悄绕到哨兵的身后，猛击一掌，将那个哨兵击昏。

一尊高射炮隐在树丛之中。

她欣喜万分，急速窜到炮弹箱前，打开箱盖，抱出一颗炮弹，装入炮膛。

她在金三角特训班受过训练，驾驶装甲车、坦克车、飞机、射击、开炮等都娴熟在胸。

这时，一抹阳光照射进来，远处海面上，一艘挂有中华人民共和国国旗的导弹驱逐舰缓缓驶来。

这个庞然大物越来越近……

她迅疾调整准备，将炮口对准导弹驱逐舰……

这时，她猛听身后一声大喝："白曼丽，举起手来，你被捕了！"

她大吃一惊。

她的手下意识地往下一按，炮弹射了出去……

她没有听到爆炸声。

她被一个人揪到一边，回头一看，正是王帅。

她惊恐万状，呆若木鸡。

王帅的身后出现了龙飞和肖克，都持枪对着她。

王帅怒气冲冲地说："你这个狗特务！"

他"啪"地打了她一个响亮的耳光。

她委屈地号啕大哭，哭得是那么伤心。

肖克给她戴上手铐。

王帅冷笑着说："白小姐，你发射的炮弹是哑弹，里面都是沙土。天网恢恢，疏而不漏。"

原来龙飞早已跟王帅托底，王帅恍然大悟，悔恨不已。二人定下擒敌之策，金寅提出到高炮阵地探视，王帅欣然同意。他们事先在一号高炮阵地故意放了 3 箱哑弹，一步步演下去，金寅步步上套，最终原形毕露，阴谋破产。

金寅见大势已去，想咬断嘴中假牙毒囊自杀，被龙飞扼住嘴，从她的嘴里掏出假牙毒囊。

金寅长叹一声，面如死灰。

龙飞、肖克、王帅押着金寅走出一号高炮阵地，下山而来。

正走间，只见金寅摇晃一下，趔趔趄趄地栽倒在地。

龙飞大吃一惊，急忙翻转她的身体，只见在她的后背中了一支毒镖。

金寅口吐黑血，圆睁双眼，呜乎哀哉。

龙飞回身一看，一个黑影窜入树丛，瞬息不见。

他持枪追了过去，树叶飒飒，遍野野花，杀手不见了踪迹。

真是一环套一环，螳螂捕蝉，黄雀在后。

白曼丽是特务，她死了。

楚宅笼罩着一种黯淡的气氛。

楚云菲给二楼金寅住过的房间挂了一把大锁。屋里的衣物、床单、枕头、被子等，都让巧翠抱到山上烧了。

"这个晦气的女人，长得挺俊俏，原来是个狐狸精!"她不时暗暗地骂道。

巧翠更沉默了，只顾埋头干活儿。

娇娇连二楼金寅用过的厕所也不去了，她在一楼上厕所。

凌雨琦心里像明镜一般，她不动声色，仍旧每天来楚家，陪娇娇一起游泳、聊天、讲故事。

柯平听说白曼丽的故事后，不太放心，来岛上两次，探望母亲和女儿，他给妻子罗银河打长途电话，让她尽早结束演出，或者请假接娇娇回上海复课。

梅花岛又恢复了往日的平静。

民兵队长梁满仓伤势见好，从嵊泗县城医院回来了，他去见了龙飞等人，还去水妮家看望了宋奶奶。但是宋奶奶经过几次重大打击，已经老年痴呆，她认不出这个民兵队长了。她只是傻笑着，流淌着口水，挪动着身体，想站起来，但是实在站不起来了。她的床上凿了一个圆洞，下面是一个破旧的木桶，里面装着她的排泄物。

葛建国这天下午从梅花岛敬老院那间简陋的平房里出来，心满意足，还哼着小曲。

巧凤这女人真是个妖精，还真有手段。他暗暗地想。

明天下午他要冒险带巧凤登上导弹驱逐舰，以了却她的心愿。

柯平舰长今天要到东海舰队司令部开会，一去就是 3 天，这是千载难逢的机会。

葛建国为了满足巧凤的愿望，费尽了心机，想了诸多办法，尽量做得天衣无缝，既要满足心上人的迫切愿望，又不能让柯平等人察觉。

第二天一早，葛建国驾驶快艇来接巧凤，他给巧凤带来一身海军军服。

巧凤把他悄悄迎进屋里，接连吻了他几下，葛建国欢喜得合不拢嘴。

他没有注意到巧凤已一夜未眠，眼睛里有几分忧郁的神情。

巧凤从桌子的抽屉里找出一把剪刀，对他说："建国，你剪吧。"

葛建国接过剪刀，"咔嚓咔嚓"几下把她的长发剪了，剪成一个寸头。

“像个清秀的小伙子，美男子。”他啧啧赞道。

巧凤拿过圆镜照着看了看，脸上露出凄楚的笑容。

葛建国说：“快把军装换了吧。”

巧凤说：“建国，你先出去一下，一会儿我叫你……”

葛建国听了，怔了一下，说：“你怕我看到你的大肚皮？”

巧凤推着他说：“我不愿你看到这个大花肚皮，难看死了！”

葛建国吐了一下舌头，退出门外。

巧凤把门反锁上。

巧凤迅疾脱了外衣，到床下拖出一个皮箱。她打开皮箱，里面是炸药和雷管。她把炸药绑在腰间，接好雷管，然后穿上军装。

她瞅了一眼弃在床沿的一个软袋子，然后把它扔到床下。她把皮箱放好，又照着镜子端详一番，才开了门。

葛建国看到身穿军装的巧凤容光焕发，禁不住要去抱她，被巧凤用手拦住：“不急，建国，时间不早了，咱们走吧。”

巧凤带葛建国从后门悄悄出来，沿着山坡来到了快艇停泊之处。

葛建国驾驶快艇，乘风破浪，一会儿就到了鲨鱼岛。

导弹驱逐舰还要 10 分钟就要启航，葛建国带着巧凤走上架梯，一个哨兵拦住他们，询问情况。

葛建国说：“这是东海舰队司令部的参谋，舰长让我陪同他一起出海，检查工作。”

哨兵放他们走上军舰。

导弹驱逐舰启航了，离开了码头，朝东驶去。

葛建国带着巧凤在军舰外沿穿行。

水兵们并没有注意到他们，他们在各自的岗位上工作。

葛建国靠着栏杆，深情地对巧凤说：“我跟家里打电话了，元旦在家里办喜事，我娘还给你准备了一个金戒指。”

巧凤心事重重，眺望着远处的岛屿，说：“人生太美好了，洞房花烛夜，金榜题名时，他乡遇故知，都是人之幸事。可是人又固有一死，生老病死，是人之规律。青春一过，有谁来收拾我们呢？……”

“巧凤，你太伤感了，人生一世，喜怒哀乐，顺其自然，想那么多干什么？”

巧凤喃喃地说：“人在江湖，身不由己啊！建国，你真的爱我吗？”

葛建国真挚地说：“为了爱，我都冒着开除党籍、军籍的危险。为了爱，我可以赴汤蹈火，在所不辞！我不仅爱你的身体，也爱你的灵魂；不仅占有你的身体，也占有你的灵魂！我太幸福了！幸福得让我发抖！……”他又一次拥抱巧凤，但是被她推开了。

“建国，我问你，爱就是同生死、共患难吗？”

葛建国点点头，说：“对，不在一日生，宁愿一日死！……”

“你愿意为我而死吗？……”

“愿意，死而无憾……”

巧凤听了，潸然泪下。

“你不要你的主义了吗？……”

“主义里包含着神圣的爱情，从肉体的到精神的。主义就是人们获得幸福和快乐，让爱迸发，经久不息，永垂不朽！……”

巧凤听了，泪如雨下。

这时，舷窗后猛地窜出一人，铁钳般的双手扭住了巧凤的双手，把她的手剪到背后……

巧凤拼命挣扎。

又冲出一个人，紧紧抱住了葛建国。

巧凤拼尽全力与那个人搏斗。

葛建国惊呆了，急得一时说不出话。

和巧凤搏斗的人是龙飞，抱住葛建国的人是舰长柯平。

巧凤一抖脚底，露出一柄飞刀，她一扬脚，朝龙飞头上踢来。

龙飞一闪身，没想左手滑落，他见情势危急，狠命一脚将巧凤踢起一人多高，跨过栏杆落入大海……

“砰”的一声巨响，一个火球在海面上闪现。

舰身剧烈摇晃了一下，但舰体没有受到根本性破坏，导弹驱逐舰仍在向前行驶……

葛建国见状，丧失了理智，拼命挣脱了柯平，纵身一跃，跳入大海……

“巧凤！……”他声嘶力竭地大声叫喊着……

海水吞噬了他……

原来绩东一直紧密监视着巧凤，在巧凤的屋里安装了微型窃听器，巧凤和葛建国的谈话都被录了下来。

这段时间，梅花岛恢复了暂时的平静。

但是龙飞深知：梅花党人不会甘心失败，她们要做最后的挣扎。白薇的性格他是熟知的。

白薇、白蕾姐妹俩要孤注一掷，鱼死网破。

龙飞让赵长征集民兵加强了巡逻，加强了对几个码头的监控，让王帅抽调高炮连的战士负责灯塔的警卫，又准备了几艘快艇分别置于岛的四周，随时启用。

龙飞和柯平保持密切联系，掌握了导弹驱逐舰的训练出海时间。

诚然，这一切都是秘密进行的。

凌雨琦这些天还是频繁出入楚宅，晚上她在这里留宿，娇娇快要回上海了，她在准备收拾自己的东西。

巧翠依旧沉默寡言，按部就班地干着家务，每天有规律地收拾房间、上街买菜、做饭、洗碗……就像一个上了弦的木头人。

楚云菲每天很早起床，在院里练一遭太极拳，然后沏一壶西湖龙井茶，看看电视，唱一段《沙家浜》里阿庆嫂的唱段，或者《红灯记》里李奶奶的唱段，自娱自乐，悠哉乐哉，每天固定时间拿着一个浇花壶，来到院子里浇浇百合、杜鹃花，一边浇一边哼着小曲。

这天下午，赵长征满头大汗闯进龙飞的房间，叫道："老龙，不好了，海上发现一艘来历不明的快艇，正向导弹驱逐舰驶去！……"

这时，电话铃响了，高炮连连长王帅在电话中说："东面海面发现一艘快艇，柯平舰长的母亲楚云菲和女儿娇娇在快艇上，另外还有3个持枪的女人，快艇上装满了炸药……"

龙飞一听，心想：坏了，危险！他立刻带着肖克、绩东，跟随赵长征上了一辆吉普车，飞快开往东面岛滩，远远地看到一艘快艇正驶向导弹驱逐舰。

龙飞等人上了一艘早已备好的快艇，朝那艘快艇驶去。

赵长征把望远镜递给龙飞，龙飞拿起望远镜，只见那艘快艇上，白薇手持一支自动步枪，拿着一个望远镜，雄赳赳，气昂昂，立在艇头。

她的身后是柯平的母亲楚云菲，五花大绑，由手持手枪的白蕾押解着。

艇尾坐着娇娇和楚家保姆巧翠，巧翠将一柄尖刀横在娇娇的脖颈上。

艇上堆满了炸药……

龙飞看到这个情景，心如火焚。

导弹驱逐舰上，几尊大炮都对准了这艘快艇。

甲板上，舰长柯平正拿着一个喇叭对快艇上的人喊话，他的周围是荷枪实弹的海军战士。

"你们不要一意孤行，快放下武器，停止前进！……"

那艘快艇上的白薇也喊话说："识实务者为俊杰。柯平，你快和你的部下离开军舰，否则会同归于尽。你们若离开军舰，我们可以保住你母亲和女儿的生命，艇上有救生圈。我们要的是军舰！

白薇驾驶快艇并没有减速，继续前行。

楚云菲大声地说："柯平，你不要听她的鬼话，牺牲家人事小，保住国家财产事大，你，向我开枪！向我开炮！"

白蕾用手枪枪口狠狠地砸了一下楚云菲的脑袋："老太婆，老实点，不然要了你的老命！"

原来，中午时分，在楚家，楚云菲、娇娇、凌雨琦喝了巧翠做的海鲜汤后，便人事不省，巧翠在汤里下了麻醉药。

巧翠将三个人捆绑，嘴里塞了毛巾。白薇、白蕾赶到以后，将楚云菲和娇娇转移到快艇上，演出了这一幕活剧。

娇娇也大声喊道："爸爸，不要管我，炸死狗特务！"

巧翠用手去掩娇娇的嘴，娇娇挣扎着，巧翠用尖刀在她的脖颈上划了一道刀痕。

龙飞看得真切，从赵长征手中接过一支步枪，瞄准了巧翠……

"砰"一声清脆的枪响，巧翠身子一歪，落入海中。

娇娇见状，"扑通"一声跳入海中，奋力游走。

白薇、白蕾看到这般情景，有些慌了神，向娇娇落水的地方射击……

娇娇潜游的本领颇高，半天也没露面。

楚云菲生怕白蕾伤着娇娇，猛地用头去撞白蕾。

白蕾恼羞成怒，用枪顶住楚云菲的太阳穴。

"你老实点儿！……"她狠狠地说。

龙飞命令赵长征："快去救娇娇！"

几个人在海面上紧张地搜索着。

这时，楚云菲已经磨断了右手捆绑的绳索，猛地拽住白蕾拿枪的手，大声朝军舰喊道："向我开枪！向我开炮！……"

白薇深知此事的分寸，朝白蕾喊道："不要杀死她，她有用处!"

白蕾死命按住楚云菲。楚云菲毕竟是将近七十的老人，气力不如白蕾——她的左手仍旧捆绑，只有右手能动。她拼命扳动白蕾手中手枪的扳机，枪口正对着自己的太阳穴……

"砰!"枪响了，楚云菲软绵绵地倒下了……

她的鲜血溅了白蕾一脸，也溅到甲板上。

白薇见状，惊恐万状，大叫一声："小蕾，赶快跳海!"

白薇先跳了下去……

紧接着，白蕾也跳了下去……

"轰！……军舰上几炮齐发，一连串的爆炸声，掀起一股股火红的冲击波，快艇被炸得粉碎，炸药引爆，惊天动地。

柯平站在甲板上，悲喜交集，只觉眼前一黑，晕厥在地上。

娇娇浮出水面，龙飞让快艇靠近她，把她救了上来。

她躺在龙飞怀里，眼望着破碎的海面，喃喃呼叫着："奶奶，奶奶……"

龙飞等搜索周围，没有发现白薇和白蕾的踪迹，只发现一只被炸得稀烂的绣花鞋。

肖克说："她们可能葬入海底，喂鲨鱼了。"

导弹驱逐舰正沿着预定航线，乘风破浪，迎着万道金色霞光，驶向蔚蓝色的远方……

图书在版编目（CIP）数据

向我开枪 / 张宝瑞著. —北京：中国工人出版社，2017.6
ISBN 978-7-5008-6661-9

Ⅰ.①向…　Ⅱ.①张…　Ⅲ.①长篇小说—中国—当代　Ⅳ.①I247.5

中国版本图书馆CIP数据核字（2017）第090404号

向我开枪

出版人	芮宗金
责任编辑	宋　杨
责任校对	董春娜
责任印制	黄　丽
出版发行	中国工人出版社
地　址	北京市东城区鼓楼外大街45号　邮编：100120
网　址	http://www.wp-china.com
电　话	（010）62005043（总编室） （010）62005039（出版物流部） （010）62379038（社科文艺分社）
发行热线	（010）62005049　（010）62005042（传真）
经　销	各地书店
印　刷	北京市密东印刷有限公司
开　本	880毫米×1230毫米　1/32
印　张	10.25
字　数	270千字
版　次	2017年7月第1版　2017年7月第1次印刷
定　价	45.00元